傲慢令嬢と腹黒貴公子の、
打算から始まる騙し騙され恋模様

1

登場人物紹介
CHARACTERS
アンティ
ノーディスが飼っているワイバーン。
主人に忠実。
ライラ評
なにこれ? わたあめちゃんのほうが
100倍可愛いでしょ。
ノーディス・シャウラ
シャウラ公爵家の次男。
真面目で誠実な貴公子として知られている。
ある目的のために婚約者を探している。
ライラ評
当て馬のくせに出しゃばってる。
もしかしてこいつも転生者?
アリア・レーヴァティ
レーヴァティ公爵家の次女。
完璧な淑女として名を馳せる。
ある目的のために婚約者を探している。
ライラ評
あざとぶりっ子の困ったちゃん。
一人じゃなんにもできない
ワガママ娘。

ライラ評
元・ヒロインちゃん。原作を台無しにしてごめんね。
その代わり、ダルクはわたしが責任をもって
幸せにするから安心して!
アンジェルカ・アルバリ
アルバレカ王国の王女。
アリアを親友として慕い、
アリアからも信頼されている。
ライラ評
最低最悪のヤンデレ大魔王。
漫画のラスボス。
ウィドレット・シャウラ
シャウラ公爵家の長男。
婚約者であるアンジェルカを
溺愛している。
ダルク・ミネラウバ
レーヴァティ公爵家の使用人。
孤児だった自分を拾ってくれた
ライラに好意を寄せている。
ライラ評
最強のヒーロー!
早く一緒にスローライフを楽しみたい。
わたあめ
ライラが飼っているフェンリル。
ライラの前ではおとなしい。
ライラ評
最高のモフモフ。
かわいいペット。
ライラ・レーヴァティ
レーヴァティ公爵家の長女。
前世の記憶を持っていて、
自分が漫画の世界に転生したと
思っている。
ライラ評
この世界を救える唯一の存在。
だってここが漫画の世界だってことを知ってるのは、
わたしだけなんだから!

傲慢令嬢と腹黒貴公子の、打算から始まる騙し騙され恋模様 1

目　次

プロローグ

「アリア、貴方《あなた》は本当にそれが食べ物だと思っているの？」

手作りクッキー……になるはずだった真っ黒焦げの塊を手にしたアリアを前にして、ノーディスは眉根を寄せる。

「そんなもの、食べられるわけがないだろう」

指先で額を押さえ、ノーディスは深いため息をついた。いたたまれなくなったアリアは、ぎこちなく笑みを浮かべる。

「そ、そうでしょうか。いただいてみたら、案外美味《おい》しいかもしれませんのに」

「悪いが、私はそうは思わないよ」

ノーディスは険しい顔をしている。このクッキーをノーディスに渡したら、そのまま捨てられかねない。それはあまりにもったいないだろう。

ノーディスはアリアの婚約者だ。夏の盛りに二人は婚約を結び、来年には結婚する予定だった。婚約して以来、アリアとノーディスは定期的に会う機会を設けている。このクッキーを焼いたのも、その機会の一環でのことだった。ノーディスのかたくなな心を融かしたくて、アリアは一縷の望みをかけてクッキーを口に運んだ。しかし現実は非情にもアリアを嘲笑った。思い描いていたものとあまりに違う。アリアの目に、うっすらと涙がにじんだ。

第一章　すべてが変わった夏の日のこと

レーヴァティ家は、アルバレカ王国でも指折りの名家だ。建国の折から王家に忠誠を誓った忠臣として公爵位を与えられ、今代においてもその名誉は輝かしくレーヴァティ家を彩っている。

アリアは、そんなレーヴァティ家の次女……双子の片割れとして生まれた。華やかなピンクブロンドの髪に、透き通った大きな琥珀の瞳。なめらかで真っ白な肌、形のいい鼻と可憐な唇。幼いながらに愛らしさを体現する双子の姉妹の外見は、とてもよく似ていた。

長女のライラ、次女のアリア。二人を見分けることは、両親でもなかなかできなかった。

まだ仲の良かった二人は、よく入れ替わって大人達をからかっては遊んでいたし、大人達もそんな悪戯を笑顔で許容していた。この時のアリアは間違いなく幸せだった。片割れと過ごしていたあの日々は、幼い日の大切な思い出だ。たとえ今となってはもう、消えてなくなってほしい最低の記憶だったとしても。

事件が起きたのは、アリアとライラが六歳を迎えようとした年の、ある夏の日のことだ。社交期も盛りのころ、アリア達は両親に連れられて王都に来ていた。そんな中、王弟を当主に戴くシャウラ公爵家から、十歳になる嫡男の誕生日パーティーの招待状が届いたのだ。

シャウラ家には、ウィドレットとノーディスという幼い兄弟がいる。実際にアリア達が彼らと会うのは初めてだったが、年回りは近い。あちらは王弟が興した公爵家、こちらは生粋の臣下としての公爵家と、始祖に若干の違いはあれど、家柄の釣り合いも十分だ。もちろん、政治派閥的な問題もない。そのパーティーの招待状が、両家の婚約の第一歩として用意されたものであることは誰の目にも明らかだった。婚約がうまくまとまれば、姉妹のどちらかがシャウラ家に嫁ぎ、あるいは弟がレーヴァティ家に婿入りすることになるだろう。わざわざ長男のウィドレットの誕生日に見合いの席をぶつけたということは、前者を望まれている可能性が高い。

もっとも、そんな大人達の目論見などアリアには知る由もない。彼女はおめかししてお出かけできることに浮かれていた。幼いアリアにとって、それが初めての社交界だったからだ。姉が「ウィドレット・シャウラ」という名前を聞いて怪訝そうな顔をしていたことにも、アリアはちっとも気づかなかった。

パーティーは特に問題なく始まったかのように見えた。レーヴァティ家以外にも、自分の家の娘を売り込みたい招待客が集まっていた。王族からも出席者があった。

今日の主役であるウィドレットに挨拶する順番がアリア達に回ってきた。兄のウィドレットは退屈そうな顔で来客に応対していた。長い前髪で左目を覆った弟のノーディスは、愛想よくアリア達を歓迎してくれた。

「ぎゃあああああ！　ウィドレット⁉　嘘でしょ⁉」

いっぱしのレディとして気取った挨拶をしようとしたアリアの横で、ライラが淑女らしからぬ奇声を上げて大げさに飛びのいた。いきなり呼び捨てにされたウィドレットは不愉快そうに眉根を寄せる。大人達は慌てふためき、場を取りなそうとするが、我を失ったライラはそれに構わない。近くにあった料理の皿をひっくり返し、ケーキをウィドレットに投げつけて、手当たり次第暴れている。なんとか取り押さえられたライラはこの世の終わりのように泣き叫んだ。

「わたしはこんな性悪自己中ヤンデレ魔王と婚約なんて、絶対しないからっ！　何されるかわかったもんじゃない！」

もちろん、世界はこんなことでは終わらない。終わったのはレーヴァティ家だけだ。周囲の囁き声と冷たい眼差しが突き刺さる。幼心にも、何か良くないことが起きたとわかった。血の気を失い震えながら、アリアは周囲を見渡した。両親になだめられてもぐずり続ける片割れを見た。

「レーヴァティ家のご令嬢は、挨拶もまともにできないのか」

誰かが口にしたわけではない。ただ、そんな声が聞こえた気がした。

アリアは勇気を振り絞り、せめて姉の失態を『なかったこと』にしようと、何事もなかったかのように淑女の礼を取った。

「あ……姉が大変しつれいいたしました。レ、レーヴァティ家の次女、アリア・レーヴァティと申します。シャウラ家の方々とお目にかかれて、こうえいです」

もちろん、それで事態は取り繕えない。蒼白な顔の両親は平謝りでライラとアリアを連れ出し、逃げるようにタウンハウスに帰った。

「ライラ、どうしてあのような振る舞いをしたのです⁉」

「だってウィドレットがあのウィドレットだと思わなかったんだもん！」

「その言葉遣いはどうした？　頼むから、私達にもわかるように説明してくれ」

「あのね、ウィドレットが好きなのはアンジェなの！　アンジェ以外の子に興味はないからきっといじめられるし、もしかしたら殺されちゃうかもしれないんだよ⁉　お父様もお母様も、わたしが殺されてもいいわけ⁉」

「お前は一体何を言っているんだ⁉」

「もうっ！　二人がそんな薄情者だと思わなかった！　親だったら、娘の言うことぐらい信じてよ！　そんなに王族に媚びへつらって生きたいなら勝手にすれば⁉」

両親と姉の声が響く。自室で待機を命じられたアリアは、うずくまって震えていた。激怒する両親と、わけのわからないことを喚く姉を前にして、アリアができることなど何もなかった。それよりも、何かが大きく崩れて変わっていってしまうような気がして怖かった。

この日以降、ライラは客室の一つを占拠して、そこを新しい自分の部屋にした。片割れ《アリア》からの干渉でさえ、彼女にとっては疎ましいものになってしまったのだろう。

貴族は体面によって生きている。シャウラ家に泥を塗ったレーヴァティ家は、社交界ではすっかり笑いものだ。謝罪行脚《あんぎゃ》にはアリアも駆り出された。時にはライラのふりをするよう命じられ、ライラとして頭を下げることすらあった。シャウラ家に謝罪に行ったのも、本当はアリアだ。

正式な社交デビューも済ませていない子供のやったことだし、これまでレーヴァティ家が積み立てていた名声のおかげで負債が残ることはなんとか避けられた。それでも、たった一度の失敗が貴族の評判を左右するのだということは、幼いアリアの心に刻まれた。

ライラは自身の醜態についてなんの責任も取らないまま、自分の部屋に引きこもった。最初はライラを部屋から出そうと躍起になっていた両親も次第に諦めてしまい、ライラ・レーヴァティの名は屋敷内で禁句になった。使用人の話では、両親の見ていない時にこっそり部屋を出たり、街に遊びに行ったりしているらしい。ライラの言うことには従わなくていいと両親は使用人達に命じたが、それでも育児放棄は外聞が悪いものだ。ライラのための食事は毎食きちんと部屋に運ばせたし、レーヴァティ家から籍を消すこともしなかった。一部の使用人が何故《なぜ》かライラに傾倒し、「ライラお嬢様のためなら」と便宜を図っていたのも大きい。ライラの脱走を手伝っていたのもその者達だろう。

結局、子供同士のお茶会にすらライラは一切出かけなかった。アリアも楽しむどころではなく、どこかに行ってもただ針のむしろに座るような苦痛だけがあった。方々への禊を済ませたレーヴァティ家は、社交期が終わるとすぐに自領へと戻った。孤児の少年が新しい使用人としてそれに同行していたことについて、両親は何も言わなかった。恵まれない者に金や居場所を提供するのも、高貴な者のつとめだからだ。もし彼を雇うと決めたのが、家令を懐柔したライラだと気づいていれば、また何か違っていたのかもしれないが。

カントリーハウスに帰ってからも、ライラの引きこもり生活は続いた。双子の部屋がこれほど早く別々になるなど、誰も思わなかっただろう。自領にあるカントリーハウスの敷地には、本邸の他にもこぢんまりした屋敷がもう一つあったが、ライラはその離れの屋敷の一つをまるまる自分のものにしてしまった。双子の姉妹に確執が生まれたのは、この時からだ。

身勝手なライラを更生させることなど、大人達はとうに諦めていた。けれど叩き出して絶縁を言い渡せない程度にはライラは子供だったし、何より大人達から愛されていた。だからすべてのしわ寄せが、アリアに集中した。

「アリア。レーヴァティ家を背負う者として、貴方は誰にも恥じない淑女にならなければなりません」

今までの接し方が甘かったのだとばかりに、両親はアリアを厳しくしつけた。勉学に励む時間、礼儀作法を身につける時間、令嬢としての教養を育む時間、そして奉仕活動を行う時間。一日の予定のすべてが細かく決められた。その中に、自由時間は入っていなかった。

やることなすこと、すべてに実用性が求められた。おやつの時間はあくまでもマナーと社交術を学ぶための時間であって、間違っても息抜きの時間ではない。悪い影響を与えられないように、交友関係も厳選された。友達も同然のように遊んでいた使用人とも遊ぶことはなくなり、雇用主の娘と被雇用者達という事務的な関係だけが残った。けれどライラのいる屋敷からは、楽しそうな笑い声が聞こえた。

「アリア。お前には期待しているぞ。レーヴァティ家はもうお前だけが頼りだ。お前は決してライラのようにはなるなよ」

両親はアリアを激励した。ライラのように恥をかかせるな、と口を酸っぱくして言う彼らは、けれどアリアにライラの代用品になることを望んだ。だってそうでなければ、客人にアリアを紹介するときに「この子は長女のライラです。次女のアリアは体調を崩して寝込んでいて」なんて言うはずがない。もちろんアリアとして人前に出ることもあったが、ライラのふりをさせられることも多かった。長女が引きこもりだと、外聞が悪いのだろう。だからレーヴァティ家の双子は、いつもどちらかが必ず体調を崩している。『そういうこと』になった。どうせ、誰もアリアとライラを見分けられない。

「アリアお嬢様は、こんな簡単なこともおできにならないのですか。ライラお嬢様なら、この程度の問題はあっという間に解いてしまいますよ」

ある一人の家庭教師は、ことあるごとにそう愚痴をこぼした。その優秀なライラがすべてを投げ出したから、こんなことになったのに。二人分の負荷を背負ったアリアは、その重荷をどこかに捨てることができなかった。自国の地理や歴史を深く学び、周辺諸国の言語をマスターし、巧みにピアノやバイオリンを演奏してみせても、件《くだん》の家庭教師はアリアの勤勉さを認めなかった。甘やかしてつけあがらせてはいけないという意識があったのかもしれないし、両親からそう言い含められていたのかもしれない。もしくは、彼女の中に「誰より優れたライラお嬢様」という唯一絶対の解答があって、そのせいで最初からアリアのことなど目に入っていなかったのだろう。

離れに引きこもってからも、ライラは勉強だけはしているらしい。どうやらライラがそう望んだからのようだった。彼女が興味を示すのは、数学や魔導学、そして経済学といったものだそうだ。貴族令嬢には不要かつ専門的なそれらの学問を教えるために、多くの家庭教師がやってきた。両親も教師や学問と双子の相性を察したのか、アリアとライラの教師はそれぞれ別の人間が務めるようになった。例の家庭教師は、喜び勇んでライラだけを見るようになった。ライラ専属の家庭教師達は、淑女教育に励むアリアとその家庭教師を見るたびに鼻で笑っていた。多分、自分達のほうが高尚な学問に従事しているという自負があったのだろう。

一方でアリア専属の家庭教師達は、両親の期待通りにアリアを一分の隙もない淑女に仕立て上げようとした。そのためなら、自分達は何をやってもいいと思っていた。食事の作法に間違いがあればその場で皿を取り上げ、勉強でつまずくのならば鞭で打ち、姿勢が崩れるのなら正しい姿勢を何時間でも取らせ続けることで身体《からだ》に覚えこませる。けれどアリアはそれを受け入れ、従順にレッスンに臨み続けた。だってそうでなければ、彼女達からすらも見放されてしまう。

家庭教師達の給金は家の金だ。ライラのために教師やメイドをつけるのは、両親がまだ一縷の希望をライラに見出《みいだ》している証明のように思えた。厳しく育てられているのはアリアだけで、ライラは自分の部屋で好きなことを好きなようにやっているのに。それでもライラは、何もしなくても愛されている。アリアだけここまで抑圧されるのは、アリアが出来損ないだからなのだろうか。初めに問題を起こしたのは、ライラのほうなのに。

「アリアお嬢様は傲慢で、冷たい子だ。あの年でああも驕り高ぶっているなんて、先が思いやられるよ。その点ライラお嬢様は素晴らしい。優しくて、思いやりがあって」

ライラの暮らす離れへの出入りを許されていた使用人達は、その日離れであったことを楽しそうに話していた。ライラにプレゼントをもらったとか、アドバイスされたおかげで問題が解決したとか、おやつを一緒に食べたとか。アリアはいつも引き合いに出されてこき下ろされた。陰口を叩かれると両親に訴えても、「貴族の娘を相手にそんなことをする無礼者が我が家にいるはずがない」と取り合ってもらえなかった。アリアは何もしていないが、ライラ派の使用人達にとっては何もしていないことがよくないらしい。それなら自分もライラのように、かつてと変わらず無邪気に馴れ馴れしく振る舞えばいいのだろうか。「互いのためにも、身分が違う者同士は自分達の立場を区別していなければならない。それは、上の立場の者が率先してわきまえるべきものだ」と両親に叱られるのは自分なのに。

「あんた、顔はライラお嬢様によく似てるけど、中身は全然違うな。ライラお嬢様と違って、あんたはいつも空っぽだ。その笑顔も、嘘くさくて反吐《へど》が出る」

ライラにはお気に入りの従者が一人いた。ライラが王都で拾った孤児の少年はぴかぴかの服を着て、小姓としてライラに仕えていた。ダルク・ミネラウバという名の彼のことを、アリアはとても苦手に思っていた。顔を合わせるたびに、傍若無人な言葉をぶつけられるからだ。けれど人前で負の感情をあらわにするのは淑女らしくないから、アリアはいつも笑顔でやり過ごしていた。

あの無礼な使用人をクビにしてくれと両親に泣きつくのは簡単だが、どうせ信じてもらえない。もしも両親が本気にしてくれたとしても、そんなことをすればライラ派の使用人から一気に反感を買うだろう。わざわざ使用人に嫌われて生活が滞りかねないことを思えば、いちいち相手をするほうが面倒だった。アリアのせいで「あの家は使用人を不当に解雇した」なんて噂が流れれば、レーヴァティ家の名誉にもかかわることを思えばなおさらだ。

屋敷の使用人達に生まれたひそやかな派閥は、年々対立を深めていった。当主夫妻に従順な中立派、アリアにひたむきに仕える忠実なアリア派、そしてライラを信奉する自由なライラ派。アリア付きの使用人が実はライラ派であるということは珍しくはなかったが、その逆はなかった。ふとしたきっかけで、ライラはいともたやすくアリアから使用人を奪う。対象は、奉公に上がったばかりでまだ仕事に慣れていない若いメイドだ。彼女達にとっては、階級を意識せずに接することができる庶民的なライラといるほうが気楽らしい。

「お可哀想《かわいそう》なアリアお嬢様。アリアお嬢様の努力を、わたくし達は見ております。わたくし達はアリアお嬢様の味方です」

アリア派の使用人達は、常々そう言ってアリアを慰めた。そんな彼女達の身の回りにライラからのプレゼントがないか、さりげなく目を光らせるのがアリアの日課だ。まだ双子の姉妹仲が良好だったころ、優しい言葉をかけてくれていた使用人達はみなライラに鞍替えした。口だけの忠誠など、信じるに値しない。

アリアは自分の使用人達のことを信じていなかったが、自分の使用人達がアリアを信じるよう仕向けることはした。もっとも、馴れ馴れしく振る舞うのはライラの模倣のようで嫌だったのでやっていない。叱咤と称賛を適切に使い分けただけだ。尊敬に値する主人として、アリアは彼女達の上に君臨した。未来の女主人として、自分の使用人を統率するのは当然だ。ライラ派という不確定要素はあれど、次期女公としてのスキルを磨き続けるいい機会だと受け止めた。

いつしかアリアは誰にも弱音を吐かなくなった。誰のことも信用できなかったからだ。何を言っても無駄だと知ってしまった。アリアにとって、自分のことを救えるのは自分だけだ。だからアリアは他人のことを、自分を引き立てる端役として割り切ることにした。自分から先に利用してやればいいのだ。馬鹿な奴らを手のひらの上で転がして、思い通りに操ってしまえばいい。そして、アリアは理想の自分を築き上げた。

それはある人から見れば、非の打ち所のない完璧な令嬢だった。可憐でつつましやかで、慈愛にあふれていて。愛されることによって己の価値を証明する、甘くて柔らかいお姫様だ。

それはある人から見れば、世界が自分を中心にしていると思い込む高慢な少女だった。自分の美貌を鼻にかけて、他人がなんでも言うことを聞いてくれると信じている甘ったれだ。

アリアへの感情の好悪で、その印象はどちらにでも傾く。アリアをか弱いお姫様だと思い込む相手ほど制御しやすい者はいない。自分が他人に与える印象を把握できるようになったおかげで、アリアはたやすく信者を増やせるようになる。けれどそうやって自分を造れば造るほど、本当の自分と向き合ってくれる人もいなくなっていくことに、アリアはちっとも気づかなかった。

季節は巡る。十年の月日はあっという間に過ぎ去った。
ライラは病弱さを建前にして引きこもり続けたものの、「レーヴァティ家の才女」という二つ名を自慢げに掲げていた。画期的な発明や事業で領地を盛り立て、民に慕われているかららしい。成長するにつれて、魔法の才能が顕現したのも理由の一つだろう。アリアには、魔法の才能などなかったのに。

いつの間にか、ライラは自分の商会を起ち上げていた。もちろん実務は経験豊富な商人が行っているようだが、名義だけの出資者でも大きな顔はできる。ライラは貴族ではなく実業家として生きることにしたようだった。貴族の娘としてはライラに不適格の烙印を押した両親も、彼女の実業家としての才能は認めざるを得なかったらしい。たとえそれがなんであれ、子供がやりたいことを見つけたのだから応援したいという親心なのだろうか。結果としてレーヴァティ家の富と名声を食い潰されて終わらないといいのだが。

そもそも、どこまでライラの意思が反映されているのか、それもアリアにはわからなかった。もしかすると彼女は、都合のいいことばかり言う詐欺師達におだてられて利用されているだけなのではないだろうか。ライラのことはどうでもいいが、レーヴァティ家が不利益を被るのだけはごめんだ。

両親の期待と関心が自分ではなくライラに向き始めたことを、いつのころからかアリアは感じ取っていた。それはひどい裏切りだ――アリアだって、両親の熱心な教育のかいあって立派な淑女になったのに。

社交期を迎え、アリアは両親に連れられて王都に足を踏み入れた。正式な社交界デビューで王妃から称賛の言葉をもらったのは、その年にデビューを飾った令嬢の中ではアリアと……体調不良のせいでアリアとは別の回でお目通りを済ませたライラだけだった。そのライラ・レーヴァティがドレスを着替えて化粧と髪形を変えただけのアリアだということには、誰も気づかなかった。

「わたし貴族の社交なんてしたくないから。アリアが代わりにやってきてよ」

たったその一言で我儘を押し通し、恐れ知らずにも王族を欺こうとするライラのことが憎かった。娘が社交界デビューの挨拶すらできないという不名誉を得るより、人の目をごまかして体裁を整えることを選んだ両親のことが情けなかった。なによりも、両親に逆らえず、言いなりになるだけの臆病な自分のことが嫌いだった。本当は、誰もがライラ・レーヴァティを虚像だと知っているのではないか。病弱で領地にこもりきりの双子の姉なんて存在していなくて、レーヴァティ家の娘はアリア一人しかいないと思っているのではないか。この一人二役に、誰か気づいてくれるのではないか。いつのころからか、そんな淡い期待が胸にあった。その秘密を知る者がいれば、それはレーヴァティ家の汚点になる。決して気づかれてはいけないし、暴かれることをアリアも恐れていた。それでも心のどこかで、アリアだけのパーソナリティーを認めてもらうには、ライラの存在を完全に塗り潰すしかないと思っていた。

だが、アリアの昏い希望に反して、誰からもそれに関する指摘はなかった。これまでライラが領地で華々しく活躍してきたのが悪い。ライラが打ち立ててきた実業家としての評判が、ライラ・レーヴァティの実在を裏付けてしまっているのだ。アリアには、ライラが着手している事業の話なんてまったくわからない。そんなことは学んでこなかった。いや、学ぼうと思えばできただろう。そこまで真似をするのが嫌だっただけだ。そんなことをすれば、きっとアリアがライラに塗り潰されてしまうから。それは、アリアに残った最後の意地だった。

アリアには、ライラのように魔法を使いこなすことだってできない。双子の才能は決定的に分かたれていた。どれだけ理論を学んだところで、資質に限界がある以上は伸びしろも限られている。ライラの魔法は、アリアが努力で補える域を超えていた。自分がライラより劣っているだなんて、絶対に認めたくなかったけれど。

アリアはライラのふりをして挨拶して回ることはできるが、ライラになることはできない。だからライラ・レーヴァティは、王都に着いてすぐに体調を崩したことになった。だったらライラだけでもさっさと領地に帰ればいいと思ったが、彼女は彼女で王都の視察やら商談やらがしたいらしい。ライラが言うことには、見栄っ張りで無能な貴族のために割く時間はないそうだ。威張り散らすことしかできない貴族と会うより職人や商人と仕事の話をしたいというのが彼女の言い分だった。ライラなら、そんな理由で社交を投げ出すことができる。もう彼女は、いっぱしの実業家気取りだった。都合のいい財布だと思われて、利用されているだけかもしれないのに。

噂の才女ライラと会えないと知り、彼女との顔つなぎを望んだ上流階級の者達は落胆したが、代わりにアリアを人脈形成の足掛かりにしようとした。

「ぜひアリア嬢からも、姉君にお口添えしていただけませんか」

「かしこまりました。姉に伝えておきますわ」

ここでもアリアは、ライラの代用品だった。ライラ。ライラ。ライラ。大人の望み通り完璧な淑女になったのはアリアなのに、ライラの呪縛がまとわりつく。

「アリア嬢。どうか私と一曲、踊っていただけませんか」

「光栄です。ぜひお願いいたします」

甘い笑みと共に誘う貴公子の本当の狙いは、ライラに近づくことではないかと真っ先に疑ってしまう。そんな不信を押し殺し、アリアはつとめて華やかに笑う。

(だってそうしなければ、わたくしがわたくしである意味がないでしょう?)

花の妖精のように可憐で、所作も洗練されたアリアは、たちまち社交界の人気者になった。エスコートを買って出たがる男達に囲まれたアリアは、誰にでも平等にチャンスを与えて公平に接していた。だが、ダルクにかけられた「空っぽで嘘くさい」という言葉が頭から離れない。ライラの代役であれと望む人々の声と眼差しが忘れられない。その呪詛がいつも心に暗い影を落としていた。

つらい。苦しい。もういやだ。誰でもいい。誰か、わたくしを見て。わたくしを認めて。わたくしだけを愛して。そんな本音を心の奥底にしまい込む。自分の弱さも醜さも悟られないように、アリアはいっそう美しく虚飾を纏った。


ある日の夜、アリアはオペラを観るために劇場に足を運んでいた。

「席がないとはどういうことですの?」

「大変申し訳ございません、アリア様。今期のお席はまだご用意できていないのです」

小首をかしげるアリアに、劇場の案内係は青い顔で頭を下げた。このスピカ座は国でも一番大きな劇場だ。社交期の間、貴族はこぞって席の権利を押さえていく。レーヴァティ家も毎年のように、スピカ座の特等席のチケットを長期にわたって買っていた。今年もその例に漏れず、いつものボックス席を使う権利をおさえていた。しかし劇場の話では、その予約が適用されるのは来週からのことらしい。今日の観劇について予定を確認した時に、専属メイドのロザは問題ないと言っていたのに。

（ライラ派の使用人の、陰湿な嫌がらせですわね。まさかこんなことまでするだなんて。最近は何もありませんでしたから、つい油断してしまっていましたわ）

アリアは内心でため息をついた。ライラを熱烈に支持する使用人には、アリアを目の敵にする者もいる。彼らからするとアリアは、貴族令嬢として生まれた幸運にあぐらをかいて贅沢な暮らしを送るだけの我儘娘だそうだ。

そんな世間知らずの箱入り娘にはちょっとした教育代わりに痛い目を見せるべきだ、というのが彼らの主張らしい。ライラが使用人に甘く、両親もライラに甘く、そしてアリアがめったにことを荒立てたがらないから、使用人達も増長しているのだろう。家名に傷をつけるほどではなく、けれどアリアにささやかな恥をかかせたり徒労を感じさせたりする小さな嫌がらせは、日々積み重なっていた。嘘の予定を吹き込むのもその一環だ。オペラを観に行くのも、アリアが遊んでいるだけだと思ったのだろう。他家とかかわるわけでもない、遊びの予定なら潰れても構わないと考えたに違いない。何が重要かを判断するのは使用人ではなくアリアなのに。

（劇場も立派な社交場の一つ。観客が鑑賞するのは、舞台だけではないというのに。今日の不手際のせいでレーヴァティ家が笑いものになってしまっても、貴方達では責任が取れないでしょう？）

浅はかなライラ派の使用人達を思いながら、アリアはメイドのロザをじっと見つめた。苛立ちを理性で押し殺そうと、気を紛らわせるために状況の分析を始める。

ロザは王都のタウンハウスに置いている使用人だ。タウンハウス常在の使用人は、カントリーハウスから連れてきた少数の使用人とは違って完全にアリアの支配下にあるわけではない。

　それはライラにも言えることだが、身分差について意識の低いライラのほうが使用人達にとって取り入りやすかった。結果、仕込みに時間のかかるアリア派とは違ってライラ派はすぐに形成されてしまうのだ。社交期に限らず、旅行の際に家から大勢の使用人を引き連れることはほとんどない。滞在先にあらかじめ使用人を雇い入れてあるからだ。どのメイドを滞在の間の娘のお付きにするか、最初の決定権はアリア達の母にある。使用人がどちらの娘を推しているかなんてレーヴァティ公爵夫人は興味すら持っていないし、そもそも使用人が自分の娘達を格付けしているなど思いもしていないだろう。

　ロザはへらへらと笑いながら頭《こうべ》を垂れ、謝罪の言葉を口にする。この場でロザをなじるのは簡単だが、そこまでアリアは愚かではなかった。ロザの他にも使用人はいる。予定を取り違えた使用人がいることについては、帰ってから家令と両親に報告しよう。そのせいで「やはりアリアは傲慢な娘なのだ」と言われようと、給金分の仕事をしなかったほうが悪い。敬意も感銘も理解できないような使用人は、置いておくだけ時間の無駄だ。

　おかげで、アリア付きの使用人はよく入れ替わる。クビにならないのは、ライラがお気に入りの使用人を庇って自分のもとに置くからだ。波風を立てるのは確かに面倒だが、見て見ぬふりをするばかりでもよくないというのをアリアはこの十年で理解していた。少なくともアリアの専属を名乗るのであれば、主人に対する裏切りを許してはいけない。なあなあにするからつけあがるのだ。実際に処罰が下るかはどうあれ、アリア側からの報告実績は必要だった。

（これ以上、劇場に長居する理由はありませんわね。無理強いしたってわたくしのための席はない

んですもの）

劇場の人間に謝罪して停車場に戻ろうとしたアリアだが、背後から声をかけてくる者がいた。

「どうかなさいましたか？」

振り返ると、人当たりのいい笑みを浮かべた青年が立っていた。銀灰色の髪の、誠実そうな青年だ。隻眼が目を引いた。

「もしや貴方は、アリア様ではございませんか？　まさかこんなところでお会いできるなんて」

青年は胸に片手を当て、嬉しそうに一礼する。彼の左目を覆う眼帯は、ともすれば物々しさを感じさせるだろう。だが、愛想がよく身なりが整っているせいか、無頼漢のようには見えなかった。眼差しが理知的だったことも大きい。

社交界に出る者として、アリアは主要な人物の顔と名前を頭に叩き込んでいた。年回りが近く、家格も釣り合っている男性のことならなおさらだ。この青年のことも、アリアは肖像画を通して知っていた。シャウラ家の次男、ノーディス・シャウラだ。

シャウラ家の兄弟には、十年前のあの地獄の誕生日パーティーとそれに伴う謝罪以来会っていない。アリアが六歳、ノーディスが八歳のころのことだ。幼いころの面影なんて、今さら覚えていない。肖像画を通しても、懐かしさなどは感じられなかった。彼とは初対面も同然だ。

それに、あの時謝罪に行ったのは、ライラとしてだった。ノーディスからすれば、アリアと会ったのは今日が二度目だろう。彼に認識されていることのほうが意外だった。それだけアリアの名が社交界でも知れ渡っているのだろうか。できればいい意味であってほしいものだ。

「ご無沙汰しております、ノーディス様。わたくしに何かご用でしょうか」

これ以上シャウラ家に対して悪印象を与えるわけにはいかないと、アリアは優雅に淑女の礼を取った。

「私のことを覚えていただけていたようで光栄です、アリア様。これまで中々ご挨拶ができずに申し訳ありませんでした。貴方が困っているようにお見受けしましたので、これ幸いと声をかけさせていただきましたが……ご迷惑でしたでしょうか」

「めっそうもありません。実は観劇に来たのですが、当家の使用人が席の予約の日取りを間違えてしまっていて、案内を受けられなかったのです。お恥ずかしい限りですわ」

「それは残念だ。もしアリア様さえよろしければ、我が家の席に案内しましょうか？　二階のボックス席を取ってあるんです。私と一緒でも構わないのであれば、ですが」

「よろしいのですか？　では、ご厚意に甘えさせていただきます」

アリアは華やかに笑う。こういう時、相手に恥をかかせるのはよくない。素直に親切を受け取っておいたほうが面倒は少なくて済む。ノーディスも安心したように微笑《ほほえ》んだ。

ノーディスのエスコートを受け、アリアは彼と共にボックス席に座った。他の座席からの視線を感じるが、アリアはひるむことなく周囲を見渡す。元々観劇には、自分を誇示するために来たのだ。

ノーディスも注目の的になっていることなど気にしていないようだった。

「姫花の聖女が観劇に連れ出されたことに、みな興味津々のようですね。偶然とはいえ、貴方をエスコートできる栄誉を手に入れられたのは僥倖でした」

「まあ。それはわたくしのことですの？　分不相応の二つ名をいただいてしまってお恥ずかしいですわ」

「そうでしょうか。貴方にふさわしい、美しい呼び名だと思いますが」

　ノーディスにそう言われ、アリアは顔を伏せてはにかんでみせた。恥じらう所作は初々しさを感じさせると評判がいい。社交界は大げさな通り名を好む。ノーディスにも、シャウラの紅蓮の宝玉《レッドスピネル》とかいう呼び名がついてたはずだ。印象的なその真紅の一つ目と、シャウラ領に点在する潤沢な宝石鉱山のせいだろう。とはいえ、聞こえさえよければゆえんなどなんでもいい。少なくともアリアには自分の二つ名の由来の心当たりはなかった。

　オペラ鑑賞はつつがなく終わった。たった今観たオペラの良し悪しそのものは、アリアにはよくわからない。役者や脚本に興味があったわけではないからだ。話題の芝居だから観に来た。人が多く集まる場所だから、自分の姿を見せに来た。着飾った自分を通して、レーヴァティ家の財力と影響力を伝えたかった。それだけだ。これで社交界での話題を一つ確保できた。流行に取り残されて笑いものにされることはないだろう。

「ノーディス様、今日は本当にありがとうございます。ノーディス様のおかげで、楽しい時間を過ごすことができました」

「こちらこそ。お役に立てたのならなによりです」

　アリアは美しく微笑む。予想外のトラブルがあったとはいえ、シャウラ公爵家の次男のエスコートを受けられたのなら上々だ。人々に対して十分にアリアの存在感をアピールできただろう。

「アリア様と再会が叶ったのは幸運でした。十年ほど前に数度会ったきりで、いつかまたご挨拶したいと思っていましたので」

「わたくしもですわ。せっかく今日ノーディス様にお会いできたことですし、どうかこれからもよろしくお願いいたします」

「もったいないお言葉です。またどこかでお見かけすることがあれば、喜んで御前に参じましょう」

　ノーディスはアリアの手を取り、手の甲に口づけするふりをした。他人の手の甲にキスをするのは敬愛や親愛を表す一般的な仕草だが、アリア達のようにさほど親しくない間柄なら、実際にキスはせずその真似にとどめるのがマナーだ。彼の言葉が社交辞令だとアリアもわかってはいたが、悪い気はしなかった。


　ノーディスとの再会の機会は、アリアの予想より早く訪れた。さる侯爵家が催した舞踏会に、ノーディスも出席していたのだ。

「男達の輪ができていたので、すぐに貴方がこちらにいるとわかりましたよ」

「まあ。わたくしも、ご令嬢達の熱い視線の先を探していましたの。きっとその先に貴方がいらっしゃるんですもの」

　軽やかに笑みを交わし、アリアはノーディスを見上げてダンスの誘いを待つ。アリアの期待を悟ったのだろう、上品な切れ長の目が優しげに細められた。

　思った通り、すぐにノーディスはアリアをダンスに誘った。当然のようにそれに応じ、エスコートに身をゆだねる。ノーディスは手慣れた様子だ。二人のステップには寸分の狂いもなかった。元々アリアは相手に合わせるのが得意だったし、おそらくノーディスも相手をよく見ているのだろう。息ぴったりのダンスを披露する二人の周りには、いつの間にかギャラリーができていた。

「ノーディス様はダンスもお上手ですのね。エスコートされている間、まるで羽が生えたように身体が軽くって」

「貴方の前で恥をかかないようにと必死だっただけですよ。気づかれなかったようで安心しました」

ふと、給仕がアリア達の傍を通る。手にした盆には何種類もの飲み物が用意されていた。アリアは思わずオレンジジュースのグラスを目で追った。アリアは酒が飲めなかったし、彼が持つお盆の上にあった飲み物の中ではそれが一番飲みやすそうだったからだ。

給仕を呼び止めたノーディスは、自分用にワインを、そしてアリアのためにオレンジジュースを取った。アリアは何も言っていなかったのだが、ノーディスに迷いはなかった。アリアは渡されたそれをお礼と共に受け取り、渇いた喉を潤す。弾《はじ》けるような甘酸っぱさが口いっぱいに広がった。美味しい。

それからアリアのもとには他の貴公子がダンスの誘いに来たし、ノーディスも別の令嬢に声をかけられたので、その日の舞踏会では二人はそれ以上一緒に踊ることはなかった。そもそも、家族でもない相手と一日に何度も踊るのはマナー違反だ。引き際はあっさりしていたが、社交辞令の義理を果たしたと見れば十分だろう。レーヴァティ家とシャウラ家にはわだかまりなどないと、しっかり周囲に伝わったはずだ。

ただ、アリアにとって本当に予想外となる出来事は、その数日後に起こった。

「アリア、シャウラ家から訪問の先触れが届いたのだけれど……」

「かしこまりました。お会いさせていただきます、お母様」

戸惑う公爵夫人には平然とそう答えたものの、アリアも内心では首をかしげていた。まさかシャウラ家にそこまでされるとは思っていなかったからだ。

社交期の間、まだ未婚で婚約者もいない年若い貴公子は令嬢達の家を回るならわしだった。自分の妻を見つけるためだ。貴公子達は社交界で候補となる女性を見繕っては彼女達の家を順番に訪問するし、令嬢のほうでも誰かが自分に会うために屋敷を訪れるのを待つ。その気がない男性が来れば、何かと理由をつけて門前払いだ。けれど応接室まで通したのなら、令嬢側の家族も同席のもとで歓談という名の見合いが始まる。国中の貴族が王都に集う社交期の間によい結婚相手が決まらなければ、領地に戻ってからほどほどの相手を探すか、来年の社交期まで待たなければならない。裕福な家は専有の飛竜車で空路を自在に行き来できるとはいえ、あてもなく他家を訪問するのは労力がかかる。結婚相手を探すのには、上流階級のほとんどの人間が王都に集まる社交期を利用したほうが楽なのだ。幼いうちから親がさっさと婚約者を決めているのならこれらの過程は形骸化した伝統として飛ばせるが、適齢期を迎えた男女であれば段取りに従っていたほうが間違いはなかった。だから社交期の間、誰もが真剣に良縁を探し求めている。その慣習に従って、アリアも多くの男性を迎え入れていた。断った数のほうが多いが、そもそも会った相手にしたってライラに取り次いでもらうことを目的にアリアに取り入ろうとした者を含めた数だ。あまり自慢できることでもない。

シャウラ家の嫡男ウィドレットは、従妹《いとこ》であり幼馴染みでもある王女アンジェルカと数年ほど前に婚約したはずだ。今も二人の関係が保たれているのなら、今日会いに来るのは次男のノーディスだろう。ただ、アリアはあくまでも次女だ。レーヴァティ家の後継者は自分でなければおかしいとアリアは思っているが、他家から見れば長女《ライラ》に軍配が上がるに違いない。婿入り先の候補の一つとして数えられたにしては、よその令嬢と比べれば不自然さがあった。ノーディスは家を継げない次男なのだから、狙うべきは跡取り娘の長女だろうに。よもや、ライラ目当てで来るのだろうか。

アリアは昔から、自分がレーヴァティ家を継ぐのだという自負のもとで研鑽を重ねてきた。両親もそのつもりで教育を施していたはずだ。だが、最近の両親のライラに対する手のひらの返しぶりを見ていると、そこはかとなく危機感がもたげてくる。まさか今さらライラに返り咲くことを許すのでは、と。これまでライラを見放しながらも切り捨てられなかった両親を思えば、アリアに対するその最大の裏切りの可能性を排除できないのが憂鬱だった。

(ですが……わたくしは、その程度では諦めません。次期レーヴァティ公爵にふさわしいのは、このわたくしですわ)

約束の時間ちょうどにレーヴァティ家のタウンハウスにやってきたのは、やはりノーディスだ。彼は手土産《てみやげ》として、美しい花束を持ってきていた。初夏の爽やかさを感じさせる、青と白を基調とした花束を受け取り、アリアは愛らしく笑う。どろりとした陰鬱な不安も欲望も、すべてその笑みで覆い隠した。

「お会いできて嬉しいです、アリア様。私のためにお時間を割いていただき、ありがとうございます」

「ノーディス様こそ。お忙しい中で当家までご足労いただいて光栄に存じます。あいにく、おもてなしできるのはわたくししかおりませんが」

ライラに取り次ぐつもりはないと言外に告げる。ノーディスが才女《ライラ》の姉目当てならすぐに帰るだろう。

「つまり今この時間は、私がアリア様を独り占めできるということでしょうか？」

「ノーディス様がそうお望みであれば」

「よかった。貴方のことが忘れられなくて、どうしてもまたお会いしたいと思っていたんです」

ノーディスは嬉しそうに口元をほころばせた。「来たかいがあった」と小さく呟かれた喜びの声に、彼の純朴な人柄がうかがえる。アリアの胸が思わず弾んだ。まっすぐな好意を向けられたようで、気恥ずかしくも嬉しさがある。それをごまかすように、足早になったアリアは応接室へと彼を通した。

「わたくしもお会いしとうございました。ですがノーディス様ほどのお方なら、わたくし以外にも訪問を心待ちにされている方々がいらっしゃるのではなくって？」

「失礼のない程度には、他家の方々とも社交させていただいていますが……当家は兄が継ぎますし、あまり熱心にならずともよいと言われているんですよ。私自身、立場にこだわりはありませんので。今はまだ学生ですが、卒業後も学問を続けていく予定ですから、それさえ叶えられれば十分なんです。……こういう向上心のないところが、人によってはあまり好ましく思われないようで」

ノーディスの考え方は少し意外だったが、訪問先にアリアが選ばれたのは納得した。アリアがレーヴァティ家を継ごうが継ぐまいが、ノーディスにとってはどちらでもいいのだろう。

（けれど……それではまるで、ますますわたくし自身を求めてくださっているように思えてしまいます）

胸の奥がじわりと熱くなる。透き通るように輝くその赤い尖晶石《スピネル》の瞳は、しっかりとアリアを映してくれているのだ。

「そうかしら。わたくしは素敵だと思いますけれど。身分ではなく、あくまでもご自身の能力で身を立てようとなさっているんですもの」

「アリア様にそう言っていただけると、私も肩の荷が下ります。実のところ、私ではアリア様にはふさわしくないのではないかと不安だったものですから」

ノーディスはちらりと視線を動かす。その先には、見守るために同席していたアリアの両親がいた。レーヴァティ公爵夫妻はにこやかに微笑んで応じる。下手なことを言って過去の汚点をぶり返したくはないのだろう。

「ノーディス殿はどちらの大学に？」

「イクスヴェードです。大学では主に魔導学を学んでいて、半年後には卒業する手はずです。その時は教授の席の推薦状を用意していただけるとのことなので、いっそう勉学に身が入りますよ」

「ほう。その若さでイクスヴェードの推薦を得るとは。さぞ将来有望な魔導学者なのでしょうな。さすがはシャウラ家のご子息だ」

父はすっかり気をよくしたらしい。母も満足そうに相好《そうごう》を崩していた。イクスヴェード大学といえば、国で一、二を争う名門校だ。卒業後の栄華も約束されている。学問を志す者のうち、才能のある者であれば若いうちから大学や研究所の職に就くが、それが早ければ早いほど優秀さの証明になった。イクスヴェードの卒業証書と推薦状を持つなら、どこの学術機関でも引く手あまただ。シャウラ家の人間だという色眼鏡を差し引いても、ノーディスの頭脳は公に認められているのだろう。教授職は名誉ある仕事だし、上流階級の職業としてもふさわしい。アリアの結婚相手としてまったく問題なさそうだ、と二人は判断したようだった。

（ですが、口だけならなんとでも言えますわ。彼だって、本当はレーヴァティ家の家督目当てかもしませんせん。それに……お父様とお母様が彼を気に入ったのも、レーヴァティ家の婿としてふさわしいからではなくて……いずれわたくしを問題なく追い出せるように、わたくしを押しつける相手として認めたのかもしれませんもの）

実家が太いうえに、本人も若くして名門大学の後ろ盾を持つ未来の教授。これほどの良縁をまとめたのだから、レーヴァティ家から追い出したってアリアも文句は言わないだろう――両親の打算を疑う程度には、親子の間に信頼関係はなかった。

笑みを顔に張りつけたまま、アリアは注意深くノーディスを観察する。彼の本心は何なのか。たとえどれだけ好感を持てても、アリアは素直に人のことを信用できない。アリアの視線に気づいたのか、ノーディスは柔らかく微笑んだ。

「いえいえ、私にはそれしかとりえがないだけですから。おかげで、魔導学にしか興味のない朴念仁だと兄からはいつも揶揄されていますよ。アリア様を退屈させてしまわないといいのですが」

ノーディスはティーカップを手に取った。すらりと伸びたしなやかな指が目に留まる。

「アリア様は何かご趣味はございますか？　つまらない男と過ごす時間のせめてもの慰みに、貴方のお好きなことを私にも共有させていただきたいのです」

「手習い程度ですが、刺繍と器楽を少々たしなんでおります。最近では、よくウェスリント・パークの散策にも出かけておりますわ。咲いているお花を眺めて、自然や季節を感じるのが好きですの」

「奇遇ですね、私も散歩は好きなんです。美しい景色の中を歩いていると、思索がはかどりますから。自然の美に触れていると、心が洗われるような気がしますよね」

模範的な貴族令嬢らしい回答を、ノーディスは無事気に入ったらしい。本当は刺繍も楽器も教養として身につけただけで、アリアには趣味らしい趣味などなかったが。散歩も、適度な運動量を維持する名目で許可されたものだ。ただ決められた時間にあてもなくうろうろと歩くだけで、別に花などに興味はなかった。だが、花だの動物だのといった可愛《かわい》らしいものを愛でているほうが、好意的に見てもらえる可能性は高いだろう。

「よろしければ今度、一緒にウェスリント・パークを散策しませんか？」

「ノーディス様にお誘いいただき光栄です。楽しみにしておりますわ」

ウェスリント・パークは王都で一番大きな王立公園で、上流階級の者達もよく散策している場所だ。季節ごとの花やゆったりとした乗馬を楽しめるので、若い貴族の男女にとっては定番のデートスポットと言い換えることもできるだろう。屋敷の訪問で好感触を得られれば、令嬢を外に連れ出す誘いをかけることでお見合いが第二段階に進む。こうして次の約束を持ちかけてきたということは、ノーディスもアリアとの縁談に前向きだということだ。

もっとも、だからといってアリア一人に決め打たれたわけではないだろうし、アリア側でも並行して他家の男性とのやり取りを行うだろう。大勢いるであろう互いの配偶者候補の中で、一歩前進したというだけに過ぎない。横並びの他の候補者はきっとまだ多いはずだ。それでも確かな印象を残し、ノーディスは帰っていった。今日は他にも何人かアリアとライラ目当ての客が来たが、ノーディスほど条件のよさそうな相手はいなかった。

「アリア、ノーディス様には絶対に気に入っていただかないといけませんよ」

「承知しています、お母様」

「素晴らしい良縁が向こうから現れてくださったんですもの、なんとしてでも引き寄せなければ。貴方がシャウラ家のご子息に見初《みそ》められるだなんて、わたくしも鼻が高いわ」

「これからも決して失礼のないようにな。お前ならきっと、ノーディス殿の心を射止めることができるだろう」

両親は終始上機嫌だ。その空虚な称賛に、アリアも微笑みを浮かべて応じる。

「アリアは手がかからない、いい子でよかったわ。ライラも貴方ぐらい聞き分けがよかったら……」

ライラのことを想っているのだろう。母は微苦笑を浮かべた。それでも、その声音はひどく優しい。両親にとって都合のいいアリア。ライラの取り巻きにとって都合のいいライラ。結局自分達はよく似た姉妹ではないのだろうか。アリアはずっと渇きに苦しんでいた。都合がいいからではなくて、利益を得られるからでもなくて、ただ純粋に愛してほしい。それなのにありのままの自分を認めてもらう方法がわからないから、アリアは他人の望んだ姿を演じ続ける。それならライラはどうだろう。もし大嫌いな双子の片割れも同じ苦しみを背負っているのなら、もう一度ぐらい歩み寄れる気がしたが——アリアには、ライラの考えていることはもうわからなかった。

「ヨランダ、それはなぁに？」

あくる日の朝、ベッドの上で上半身を起こしたアリアは、差し出されかけたティーカップを目で追う。今、それはメイドの背中に隠されていた。今日から目覚めの紅茶を淹れるのは、専属を外したロザの代わりに新しくアリア付きのメイドになった少女だ。

ヨランダはまだ雇われてから日が浅い。淑女として完璧なアリアのもとにつかせることで彼女の成長を促したい、とかなんとか女中頭は言っていたが、ようは指導役を押し付けられた形だ。使用人の教育などアリアの仕事ではないのだが、アリアはこれを「使用人の仕事ぶりに文句があるなら好きなように育てろ」という宣戦布告として受け取っていた。

（あの女中頭、使用人の分際でこのわたくしを試そうとは何事です？　ですがいいでしょう、下の者に力を示すのも上に立つ者のつとめですもの。次期公爵がなんたるものか、思い知りなさい）

公爵令嬢が不出来な使用人を連れていれば家の沽券にもかかわる。外出には別のメイドを連れていくことになるだろう。家の中だけであれば、傅くのが新米メイドでも構わない。どうせベテランの使用人だろうと、ライラの名を盾にしてささやかな悪意をぶつけてくるなら傍に置くだけ邪魔だ。

そのメイド、ヨランダは泣きそうな顔で答えた。

「も、申し訳ございません！　すぐに新しいものと取り換えてきます！」

ヨランダが紅茶を注いだばかりのティーカップには、二匹の小さな蜘蛛の死骸が浮いていた。もしかしたらティーポットの中にはもっといるのかもしれない。さすがに自然に混入したとは考えづらいが、ヨランダの狼狽ぶりからしてそれが彼女の手によるものでないのは明らかだ。そもそもヨランダが犯人なら、よりにもよってアリアの目の前でわかるようにはやらないだろう。厨房でティーポットを用意している間、目を離した隙に仕組まれたに違いない。

「そう。今日はもう、紅茶はいりませんわ。片付けておいてくださる？」

「かしこまりましたっ！」

可哀想なヨランダの声はすっかり裏返ってしまっている。たとえ彼女がライラに寝返ったとしても、彼女に大それた悪事は難しそうだ。警戒すべきは、彼女自身も無自覚のうちに嫌がらせに加担してしまうことぐらいだろうか。ちょうど今のように。

「次からはお気をつけてくださいまし。それから、飲食物に手を加えるような行為は、貴方達の大好きなライラお嬢様でも庇いきれない問題を起こしかねないことを理解しておいてちょうだい、と使用人達に伝えておいてくださる？」

ヨランダはがくがくと頷いた。犯人捜しがどう進展し、ライラがそれをどう庇うのか見ものだ。

うんざりしながら起き上がり、朝の身支度を整えてから朝食のために食堂に向かった。両親に挨拶し、食事が運ばれてくるのを待つ。そんな時、食堂の扉が勢いよく開いた。

「まあ！　ライラ、今日はここで食べる気になったのね？」

母が嬉しそうな声を上げる。もしアリアがこんな騒々しい登場の仕方をすれば、きっと目を三角にして怒るのに。それよりも母にとっては、普段自室で食事をするライラが姿を見せたことのほうが嬉しいらしい。

「たまにはね、たまには」

「なら、すぐにお前の分の食事をここに用意させよう」

従者のダルクを引き連れたライラは、堂々とした足取りでテーブルに近づいた。父が給仕係に命じる。ライラはぽっかり空いた椅子に座り、隣のアリアを呆れたように一瞥した。ほどなくして全員分の食事が運ばれてくる。

「アリア、あんたって本当ワガママだよね。わたしが庇ってなかったらロザは路頭に迷ってたかもしれないのに、また同じことをするなんて。あんたの一言で人の人生が左右されるかもしれないってことの重みをもっと考えたら？」

「おっしゃっていることの意味がよくわからないのですけれど？」

「だから、この前ロザがちょっと予定を間違えたのを、大げさに訴えたことがあったじゃん。あんたが使用人をいじめるたびに、わたし付きに代えてもらってるけど……あれ以来ロザはずっと怯えてるんだよ。自分の後任が同じような目に遭ってないかって」

（ああ、なるほど。ヨランダは伝言を、きちんと犯人に伝えられましたのね。ですから先手を打って、ライラに牽制をさせるよう仕向けたのでしょう）

「いじめてなどおりませんわ。ロザが貴方付きになったのは、元々ロザがわたくしより貴方に仕えたがっていたからでしょう？」

「いじめの加害者はみんなそう言うんだよ、自分はやってませんーって。でも、被害者は覚えてるんだから。今朝だって、メイドのちょっとした失敗を責めておどしたでしょ。悪気もない人にそんなことするなんて最低だよ」

「……それは、冗談でおっしゃっているのかしら」

言いたいことは色々とある。だが、何を言っても理解される気がしない。沈黙の末、アリアは微笑を浮かべた。

「悪気がないというだけで許される世界があるのなら、そこはきっととても生きづらいでしょうね」

「は？」

「やめなさい、二人とも。いい加減にしないか」

父がうんざりした様子でたしなめたので、姉妹の舌戦はいったんの停戦を迎えた。ライラは不服そうだが、アリアは何事もなかったかのように食事を始める。

「ねえライラ、せっかくだし今日は一緒に出掛けない？　新しいドレスを……」

「興味なーい。ドレスなんて何の役にも立たないし。アリアと行ったら？　わたし、アリアと違って忙しいんだよね。アリアならどうせ暇でしょ」

母の誘いを鼻で笑い、ライラは大きく口を開けてオムレツを頬張る。ライラの無神経さはもちろんだが、その無作法さにも眩暈《めまい》がした。自分と同じ顔でそんな振る舞いをしないでほしい。

「そ、そうね。少しでもノーディス様に気に入っていただけるよう、もっとたくさんのドレスを仕立てましょう。いいわね、アリア」

「はい、お母様」

「ノーディス？　なんで？」

「シャウラ家のノーディス殿が、数日前にアリアに会いにいらしたのだ。ライラ、お前も年頃なのだから、アリアのように良縁を掴まないといかんぞ」

父の言葉にも、ライラの目には軽蔑が浮かぶばかりだ。アリアがライラを嫌っているように、ライラもアリアを嫌っていた。

「そういうの、どうかと思うよ。結婚だけが幸せじゃないし、そもそも男に気に入られるかどうかが基準っていうのがありえない」

「よりよい条件の家と結びついて、自領と我が家を盛り立てることは、貴族の女の義務ではなくって？」

「うっわぁ。なんでアリアもそうやって自分をわざわざ貶めるのかな」

ライラは心底呆れたようにため息をつく。アリアだってわかり合えない姉の相手はもうしたくなかった。

「ライラは相変わらずですこと。貴方がどのような主張をしようと自由ですけれど、わたくしの邪魔はしないでくださるかしら。ウィドレット様だけでなく、ノーディス様にまで礼を欠いた振る舞いをするようであれば、もう誰も貴方を庇えませんわよ」

「そもそも庇ってくれなんて頼んでないんだけど。いっそあの時の不敬が理由でうちが没落してたらよかったのにね。そうすれば面倒な貴族社会から離れて生きられたんだから」

「ライラ！」

さすがに看過できなかったのか、父が声を荒らげる。はっとした父は咳払いをしてごまかすが、ライラの失言の事実は取り消せない。

「ご安心なさって、ライラ。いずれ貴方は、貴方の望み通りの生き方ができるようになりますわ。ですから、わたくし達を巻き込まないでくださいまし」

家が没落すればいいだなんて言ってのけた者に、家督が譲られることはないだろう。両親がどう考えていようと、それが馬鹿げた幻想だったとわかってくれるはずだ。アリアが家督を継げば、ライラにはもうこの家の敷居は跨がせない。ただのライラとして、彼女の望む通り好き勝手に生きればいいのだ。

ライラ・レーヴァティさえいなくなれば、アリアはきっと唯一の存在になれる。そうなれば、二度とライラの代役にされない。ライラと比較されることもない。ライラではなく、アリア自身を見てもらえる。認めてもらえる。その未来に想いを馳せ、アリアは小首をかしげてうっとりと微笑んだ。

白い日傘は日差しを受けて輝き、アリアの美貌をより神聖なものへと高めていた。侵さざる高貴さを醸し出す少女の傍らに立つ男は一体誰なのかと、人々の責めるような視線がアリアの隣に立つ青年へと集まる。だが、すぐに得心したように雰囲気が和らいだ。知性にあふれた青年の面差しが、シャウラ家の次男ノーディスのものだと気づいたからだ。

「天気がよくて何よりですわ。雨の日も好きですけれど、せっかくノーディス様とご一緒できるんですもの。気兼ねなく散策したくって」

「雨には雨のよさがありますが、やはり外出するとなると晴れているに越したことはありませんからね」

もっとも可憐に見える位置に日傘や首を傾けようと腐心するアリアの隣で、ノーディスは穏やかに微笑んでいる。幸い、アリアの必死の努力は悟られていないようだ。勘づかれていたら恥ずかしいどころの騒ぎではないので、ぜひこれからも気づかないでもらいたい。

アリアの歩みに合わせ、ノーディスもゆっくりと歩いてくれた。初夏のウェスリント・パークの一番の見どころは、国花でもある豪奢な薔薇だ。他愛《たわい》もない話をしながら薔薇のアーチの下を通っているると、まるで本当の恋人になったかのように感じられた。このむせかえるような甘い芳香にあてられたせいだろうか。

ウェスリント・パークの散策に限らず、実現した数度の逢瀬はすべて好感触で終わっていた。

ノーディスはすっかりアリアに夢中なようで、花束やら小物やらといった手土産も忘れない。それに彼は気配り上手で、アリアの欲しい物やしてほしいことをぴたりと言い当てることができた。麗しい貴公子に愛を囁かれながら傅かれていると、乾いていた心が満たされていくような気がする。

「王都で人気の菓子店で、ケーキをいくつか買ってきたんです。アリア様は甘いものはお好きですか？」

ノーディスの思慮深そうな一つ目は、いつもアリアを見つめている。まるで、アリアのすべてを知りたいと言うように。その探究心と洞察力は、学者ならではのものなのかもしれない。

「このブローチ、アリア様に似合うと思って。もしよければ受け取っていただけませんか？」

そう言って彼が渡すアクセサリーは、アリアの魅力を引き立てるものばかりだ。もちろん流行も押さえてある。どんなものがアリアに似合うか、アリアならどんなものが好きそうか、吟味に吟味を重ねて選んだのだろう。

「わたくし、ノーディス様と一緒にいる時が一番心が安らぐのです。貴方にお会いできる日が待ち遠しくて仕方ありませんの」

最高の笑みと共に優しく言い募る。感謝の気持ちは素直に表すのが一番だ。だって言葉一つで相手の充足感を引き出して次につなげることができるなら、やらないほうが損なのだから。

「素敵な刺繍ですね。私のためにわざわざアリア様が施してくださったのですか？　このハンカチはずっと大切にさせていただきます」

刺繍に限らず、教養を見せる機会は逃さない。「お嬢様の遊びなんて何の役に立つの？」だの

「男に媚を売るために生きてて楽しい?」だのとライラには馬鹿にされるが、アリアにとっては立派な特技だ。この通り、ノーディスだって喜んでくれている。

観劇、買い物、散策、果てはレストランでの食事に至るまで。ノーディスのスマートなエスコートはアリアの自尊心を大いに満足させた。

ノーディスは、アリアが「好き」と言ったものは絶対に忘れない。彼ほどの男がかいがいしく尽くしてくれるなら、これまで淑女教育に明け暮れた労力も報われるというものだ。

(決めた。わたくしの婿は、この方にしましょう)

ノーディスがすっかりアリアに熱を上げ、アリアもまんざらでない様子を見せているものだから、アリアの両親も有頂天だ。ノーディスとの仲は半ば公認のものとなり、あとは正式な婚約の申し込みを待つだけになった。

日に日に夏の暑さが厳しいものになっていく。アリアがノーディスと出逢い、もう一ヵ月が経とうとしていた。今日もノーディスとの逢瀬の日だ。午後からウェスリント・パークでのんびりと散策を楽しみつつ、生け垣でできた迷路の見物に行く。王立の公園らしく宮廷の庭師が手入れをしているだけのことはあり、トピアリー一つとっても壮観だった。

アリアは陶然とした面持ちでノーディスを見上げる。あくまでも自然体に見えるように、計算しつくしたうえでの所作だ。生い茂る生垣の小径の中に入ってしまえば、他の恋人達の視界には入らない。遠くからアリア達を見守る目付役のことも、意識の外に追い出すのはたやすかった。

「ここにいると、なんだか世界にわたくし達二人きりしかいないように思えます」

「本当にそうならどれだけいいか。もしそうであったなら、アリア様の目にいつでも私を映していただけますから」

しなだれかかるアリアを、ノーディスは優しく受け入れた。彼はアリアの耳元に唇を寄せ、甘く低い声で蠱惑的に尋ねる。

「無作法な男だと、突き飛ばされても構いません。どうかこれだけは訊かせてください。……今日、貴方とここにいるのが私でよかった。けれど明日、貴方は他の男とここに来るのでしょう？」

見え透いた睦言だ。口ではなんとでも言える。それでも彼の言葉は、アリアにとっては勝ち筋を照らされたに等しい。

「いいえ。せっかく貴方と訪れた場所ですもの。この場所は、わたくしとノーディス様だけの場所ですわ。……わたくし以外の女をお傍に置く貴方を見ると、きっと胸が張り裂けそうになってしまいます。そんなわたくしのことを、愚かで醜いわがままな女だとお思いになるでしょうか……？」

切なげに目を伏せ、声を震わせる。とびっきりの媚態に、ノーディスも気をよくしたらしい。

ノーディスはアリアの手を取り、その手の甲に口づけを落とした。

(――勝った)

赤い眼差しは真摯にアリアだけを見つめている。アリアは内心で己の勝利を確信し、彼の次の言葉を待った。

「その可愛らしい願いを無下にする男など、世界のどこにもおりません。ですがよろしいのですか？　貴方の隣に立てる栄誉を、永劫私にのみ授けるとおっしゃったことになってしまいますが」

アリアははにかんでうつむいた。どうせ、沈黙は何よりも雄弁だ。余計な言葉は言わないほうが、

想像力を掻き立てられるだろう。迷路を出るころには、二人の距離はよりいっそう縮まっていた。寄り添い合う姿は、仲睦まじい恋人そのものだ。

そして数日後、シャウラ家から正式に婚約の申し込みが届いたことで、アリアは一人自室で勝利の高笑いを上げた。もちろん両親の前では恥じらうように目を伏せて、「わたくしでよいのでしょうか」としおらしく言ってある。当然の結果とはいえ、思い通りになるのはやはり気分がいい。

「どうかわたくしを失望させないでくださいませ、ノーディス様?」

婚約の申し込みと同時に届いた恋文を、陶然とした面持ちで抱きしめる。貴公子はすっかりアリアに籠絡された。あとは、彼がよそ見をしたり道を踏み外したりしないようにしっかりと見張るだけだ。

見目麗しく優秀で血筋もいいノーディスなら、レーヴァティ家の婿として不足はない。愛するアリアのために、という名目で、ノーディスには誠心誠意尽くしてもらうことにしよう。この家も、公爵の地位も、忠実な夫も、ありとあらゆる称賛と羨望も、淑女の鑑たるアリアが手に入れるべきものなのだから。

今年の社交期が始まっても、ノーディスは特に結婚活動にいそしむこともなく呑気に異母兄のもとで休みを満喫していた。

「ノーディス！　次はこの夜会に行ってこい！」

「またかい、兄上」

ノックもなしに部屋のドアが開く。読書をしていたノーディスは顔を上げた。ちょうど今面白いところだったのに。まあ、訪問者が異母兄ウィドレットなら拒む理由はない。勝手知ったるウィドレットは、傍のテーブルに招待状の山をどさりと置く。ノーディスはその中から何通かを適当に引き抜いた。社交期になると、必ずウィドレットはシャウラ家宛てのパーティーの招待状をノーディスにだけ押しつける。自分で行くのが嫌だからだ。シャウラ家の異母兄弟《きょうだい》、そのどちらかがパーティーやら晩餐会やらに出席していれば招待主は満足するので、ノーディスだけが応じていた。

「じゃあ、これで。他は断りの連絡を入れさせよう。あまり多くに出席しても、希少性が薄れるから」

「本音は？」

「面倒だから行きたくない」

口ではそう言うものの、ノーディスは強く拒まない。社交は確かに嫌いだが、別に苦ではないからだ。その重要性もよく知っている。ウィドレットに求められれば、よほどのことがない限り出席していた。

「時間を割くだけありがたいと思ってほしいよ。金だってないんだから」

冗談めかしてそう言うと、ウィドレットはからからと笑う。ノーディスが態度を取り繕わないのは、異母兄の前だけだ。彼と二人きりでない時、ノーディスはいつも理想的な紳士の仮面を被《かぶ》る。誰に対しても人当たりがよく、親切で。ノーディスの本性を唯一知るウィドレットからは転身ぶりが不気味すぎると不評だが、幸い真実を吹聴されたことはない。

「いい加減兄上も、もっと社交に熱心になったらどうなんだい？　私が家を出たら、兄上の代わりに社交界に出ることもできなくなるけど？」

「アンジェが社交界デビューして、パーティーに行きたいと言ったら行くぞ」

「行きたいと言わせるつもりは本当にある？」

「俺だって賭場や紳士クラブには顔を出して、きちんと人脈を築いているとも。パーティーはお前の領分というだけだ」

ノーディスが呆れたように一瞥すると、ウィドレットは意味ありげににやりと笑いながら話題をそらした。答える気はないらしい。

異母兄の、自身の婚約者に対する偏愛ぶりはよく知っている。王女アンジェルカを大事にするあまり、「他の男の目に触れるような場所にいさせたくはない」「いつも俺の隣にいればいいし、俺以外の者に向ける眼差しも言葉もいらないのに」と口癖のように言うぐらいだ。幸い、アンジェルカは彼の束縛を苦に思ってはいないようなので、なんとかうまくやれているようではあるが……一歩間違えれば、王家から裁きを受けかねないほどの執着っぷりだった。ウィドレットの異常な愛情のせいでアンジェルカが害されるようなことがあれば、いくらシャウラ家が傍系王族とはいえ罰はまぬがれないだろう。

「これは俺の兄心なのだぞ、ノーディス。社交に出る機会を与えるのは、お前にも俺の女神のような女と巡り合ってほしいからなのだ。無論、アンジェに並ぶ女などどこの世のどこにも存在しないが」

「余計なお世話」

ノーディスは読書に戻った。恋だのなんだのにうつつを抜かすよりも、魔導学について最新の論文を読んでいたい。だが、ウィドレットは中々退室しない。いつもなら、招待状を押しつけたらそれですぐに帰るのに。

「さっさと出ていってくれる？」

「そう急《せ》かすな、話は終わっていない」

ウィドレットは咳払いをして言葉を続けた。

「実は……お前の母親が騒ぎ出していてな。お前を正式な跡取りにするべきだ、と」

「は？」

一瞬虚をつかれたノーディスだったが、その顔にはすぐに嘲笑が浮かぶ。

「なに、あの人。恥知らずなのは元からだったけど、そこまで見境がなくなったんだ」

ノーディスの母親、マリエルは浪費家だ。彼女の趣味は散財で、シャウラ領の宝石鉱山を過信しているせいか年々シャウラ家の資産を食い潰している。ウィドレットと執行官が厳しく目を光らせているため領内の経済に影響は出ていないが、シャウラ家自体の財政は決して健全とは言えない。

見栄っ張りかつ妻を溺愛する父親には、家計を切り詰めるどころか妻をたしなめるという発想はなさそうだった。実の親とはいえ振る舞いに問題のある両親を、ノーディスは軽蔑しきっている。

ノーディスと家族のつながりは希薄だ。両親の顔など、社交期の王都でしか見なかった。大学が夏季長期休暇に入るので、それを利用して王都に遊びに来たついでに顔を合わせるのがせいぜいだ。

ただし滞在先は、両親がいるタウンハウスではなく、別のタウンハウスを使っている。ハウスの所有者はウィドレットだ。自分は王女の婚約者だからできる限り彼女の傍にいたいと言い張ったウィドレットは、数年前から単身で王都と領地を——そして王族の保養地を——せわしなく行き来しながら暮らしている。だから彼のタウンハウスは、ノーディスが休暇のたびに転がり込む先としてちょうどよかった。そういうわけで兄弟は一足先に王都入りをしていたが、両親はまだ着いたばかりなのだろう。今期はまだ顔を合わせていない。できればこれからも会いたくはないが。

ノーディスは九歳のころから、領地を離れて遠方の寄宿学校に一人で通っていた。学術都市の呼び声高い領地にある名門校だ。同じ都市にある難関大学にも進学した。一見、明晰な頭脳を持つ若者の順風満帆な進路にも思える。だが、実態はただ家から——より正確には母親から——離れたいがための行動だった。

マリエルは成り上がりの貴族の娘で、侍女として宮廷に仕えていたが、当時第二王子だったシャウラ公爵ジェイマスの秘密の恋人でもあった。しかし彼女は王族と縁づくには身分が低く、そもそもジェイマスには政略的に決められた婚約者がすでにいたため、愛人の座に甘んじていた。

だが、そんな彼女が日向に立てる絶好の機会が巡ってきた。婚約期間中からないがしろにされ続けてもなお一途に夫を愛し続けた公爵夫人が、幼い息子ウィドレットを残して亡くなったのだ。心を病んでの自殺だったという。……厳密に言えば、彼女は命を落としたわけではない。ただ、もはや表舞台に立てないと判断され、死んだものとして扱われている。

公爵は傍系王族としての権力でその醜聞を握り潰し、妻の死はあくまでも不慮の事故だったことにした。そして彼は、「幼い息子のためにも母親役が必要だから」と、かねてからの愛人を後妻として迎え入れた——そんな彼女より先に、生まれたばかりの乳飲み子がシャウラ家の人間として一、応《いい》は認められていたのだが。

ノーディスが実は後妻の子で、先妻がまだ存命の折りに生まれていたというのはシャウラ家に近しい親族の間でしか知られていない。表向き、ウィドレットとノーディスは同腹の兄弟ということになっている。前シャウラ公爵夫人の実家の顔を立て、変わらず嫡男として育てられることになったウィドレットだが、その立ち位置は不安定なものだ。二歳年下の異母弟ノーディスがいたこともあり、ウィドレットはいっそう苦しい立場に追い込まれた。

ただ、この異母兄弟の仲は、親族の大人達が無責任に予想していたようなものではなかった。ウィドレットはノーディスを可愛がったし、ノーディスはウィドレットを信頼していたので、家督やら何やらを巡って争うということがなかったのだ。とはいえ、周囲の不躾な視線にさらされることに変わりはない。ありもしない野心を煽られたり、大人の権力争いに利用されたりすることを嫌がったノーディスは、自分をシャウラ家から遠ざけたい前夫人の実家の策略にあえて乗る形で早々にシャウラ家から脱出した。それが寄宿学校入学の真相だ。

ノーディスは両親のことも母方の祖父母のことも嫌いだったが、異母兄ウィドレットのことだけは好きだった。ウィドレットに迷惑をかけたくないし、彼との間に余計な対立を生みたくない。だからノーディスは徹底して実家と距離を置いた。母方の親族との接触は断ち、シャウラ家の人間として振る舞う時も必ずウィドレットを立てる。ウィドレットと不仲だと思われて、付け込まれる隙を与えたくなかったからだ。

「仮にもお前の母親だろう。口の利き方には気をつけたほうがいい」

「生んでくれたことに感謝こそしても、尊敬までできるかは別の話。……シャウラ家を継ぐべきは貴方だよ、兄上。父上や母上が何を言おうとね」

ノーディスは、ウィドレットの努力を知っている。争いを避けるためとはいえさっさと実家から逃げた自分とは違い、ウィドレットは親元に残って戦ったのだ。自分の母方の実家と連携して居場所を確立し、かといって彼らの傀儡にならないよう繊細なバランスを保ち続け、領地と領民のこともしっかりと考えているウィドレット。王女アンジェルカと婚約したのだって、一番の理由は直系王族の後ろ盾を得るためだ。そんなウィドレットがシャウラ家の次期当主ではないというのなら、この世の誰にもその資格はない。

公爵位もシャウラ領も、継ぐのは長男のウィドレットであるべきだ。次男のノーディスには何も譲られることはないし、欲しいとも思わない。ノーディスは金や権力を求めるより、学問を探究するほうが性に合っていた。爵位を持たない上流階級の人間として、このまま安穏と生きていられるだけで十分だったのだが……母がウィドレットの廃嫡に動こうというのなら、早めに手を打たないといけない。どうやらウィドレットも、同じことを考えているようだ。

「では、率直に言わせてもらおう。ノーディス、できるだけ早くどこかの家に婿入りしてはくれないか。お前がシャウラを名乗っていると、いよいよ俺の立場がおびやかされかねん」

「いいよ。私も、親にあれこれ口を出されるのはうんざりなんだ。成人した息子のことなんて、放っておいてほしいのに」

ノーディスは左目を覆う眼帯に触れる。異母兄のことだけは信じられると思ったのは、この目をふさいで生きると決めた日のことだった。その日は、ノーディスが両親を見限った日でもあった。

「感謝する。アンジェが嫁いでくる前に、すべての憂いを断つつもりではいるが……不安要素はできるだけ排除するに限るからな」

　まっすぐで自分本位で、自分のためなら他人をどうとでも利用できるウィドレット。そんな異母兄だからこそ、誰しも虚飾を纏うこの世界においてはむしろすがすがしく見えた。愛だの倫理だのと綺麗事を盾にして甘い言葉を囁かず、利害というとてもわかりやすい基準でもって接してくれるウィドレットは、一周回って信用に値する。

「ノーディス、お前なら受け入れてくれると思っていたぞ。まあ、お前が誰かいい相手を見つけて、幸せな結婚をしてほしいというのも本音だが」

「私達にとって、幸せな結婚の基準って簡単じゃない？　ようは父上と母上と、貴方の母上のような関係を作らなければいいんだろう？」

　ウィドレットの執念にも似た愛の重さは、きっと父親の遺伝だ。父は愛する女以外のすべてを軽視している。前妻やその息子はおろか、最愛の女が生んだ息子すら彼にとっては邪魔者だった。彼女の愛が奪われるとでも思っているのだろうか。ウィドレットはそんな父を反面教師にしているつもりのようだが、それでもやはり好いた女への情の深さは隠せないらしい。それでもきっと、自分達の子供をないがしろにするようなことはしないだろうが。

　父はおそらく、現公爵夫人にはいつまでも無垢で愚かな女のままでいてほしいのだ。恋した少女の面影が失われるのを、彼はことのほか嫌う。清らかな思い出が汚されて、愛した女がただのうるさい女に成り果てるのを防ぐためなら、きっと彼は何でもするだろう。彼女の愚行が我が子《ノーディス》の輝かしい未来を求める母親ゆえの行動だというのなら、元凶である息子を排除しかねない。あの手段を選ばない父のことだ、どんな劣悪な環境に落とされるかわかったものではなかった。

そうと決まれば早速動かなければ。社交期はまだ始まったばかりだが、うかうかしてはいられない。母に諦めてもらうためにも、父より先になんとしてでもノーディスにとって都合のいい婿入り先《いばしょ》を見つけなければならないのだから。

社交界は品定めの場だ。主な採点基準は家柄に尽きる。顔の配点は低めでいい。ただし、シャウラ家の財産をあてにされると困るので、経済的に余裕があるほうが望ましかった。

滞りなく縁談を進めるためにはシャウラ家と釣り合いが取れる家格であることが必須だが、だからといって対立するほどの野心がある家は減点だ。次期当主の兄とそりが合わなくて出ていったとか、シャウラ家に対する当てつけのための結婚だとか、そういう根も葉もない憶測を呼ぶような相手は選ぶべきではないだろう。

吟味に吟味を重ね、ノーディスは候補を三つに絞った。そのうちの一人が、レーヴァティ家の令嬢アリアだ。レーヴァティ家は先祖代々王党派の中核をなす家柄なので、傍系王族のシャウラ家とも相性は悪くない。かといって、両家の当主夫妻の間に個人的な親交がないのも高評価だった。少なくとも、両家の人間が同じサロンやクラブに出入りしていたり、自らが主宰する催しに招待し合っていたりするような話はとんと聞かない。

その理由は、おそらく十年前の出来事にある。ノーディス自身は幼かったためうろ覚えだが、レーヴァティ家の令嬢、双子の姉のほうのライラがウィドレットに対して無礼を働き、それ以降なんとなく気まずい空気になっていたはずだ。謝罪は受け入れたし、子供のしたことなのでおおごとにはなっていないが、元々互いの領地が遠いのもあって疎遠になったのだろう。

その時に、「粗相をしたのはライラなのに、アリアに代わりに謝らせるのはおかしい」という風なことを、ウィドレットにこっそり言われたような覚えがある。それでノーディスも、レーヴァティ家はそういう家なんだなぁと思っていた。

実は、ウィドレットにはとある特技がある。それは、他人が有している魔力量を感知できるというものだ。

王家の威信にかかわるため公表していないが、王家の血筋の中には魔力に欠陥を持って生まれる者がいる。ウィドレットもノーディスも、症状は違えど先天性の奇病を患っていた。ノーディスは魔力の制御ができずに無意味な放出や暴走を繰り返し、ウィドレットは体内で生成できる魔力量が極端に少なく他者から魔力を無意識に奪ってしまう。彼の特技が身についたのはその影響だろう。ウィドレットが最初にアリアとライラを見分けられたのも、その特技のおかげらしい。パーティーで会ったライラには豊富な魔力があったのに、謝罪に来たライラには魔力どころか魔力孔すら見受けられなかったとか。

今年の社交期に双子の姉妹がデビューしたと聞いたので、ノーディスもなんとなく遠目で見てみたが、あれも妹が姉の代役をさせられているのではないだろうか。姉妹が一緒に並んでいるところを一度も見たことがない。わざわざ指摘するのも野暮なので、沈黙を選んでおいたが。

偶然劇場で会ったことをきっかけに、ノーディスはアリアに近づいた。元々アリアは社交界でも人気が高く注目されていたので、ノーディスが交遊を求めても不自然ではなかったからだ。社交界デビューを果たしたばかりの少女を手玉に取るなどたやすいことだ。少し優しくしただけで、アリアは簡単に落ちた。無邪気に自分を慕う少女の姿に罪悪感を抱くほど、ノーディスの心根は清らかではない。あとは、他のライバルを蹴落としつつ、優位性をキープしていればいいだけだ。

アリアはレーヴァティ家の第二子だった。第一子のライラがどこかに嫁ぐといった話は聞いていない。普通に考えればアリアが婿を取るうまみはないのだから、婿入りを狙う次男以下の男はそもそも彼女に近づかないだろう。

だが、あえてノーディスはアリアを候補者とみなしていた。何故ならば、婿目的のライバルが少ないほうが目立てるからだ。爵位を継ぐあてのない次男の自分がどこかの家の一人娘や娘しかいない家の長女に近づけば、その目的は間違いなく婿入りだと気づかれるだろう。同じ行動を取る次男以下の子息はあまりに多い。目当ての令嬢に近づく前に、男同士の争いに長々と時間を割くつもりはなかった。

求婚する男と、される女の間に結婚形態の希望についてギャップがあれば、そぐわない相手は選考で落とされる。だが、次女《アリア》は家を継がない次男《ノーディス》を受け入れた。レーヴァティ家としては、ノーディスと娘を結婚させるのもやぶさかではない、ということだ。

客観的に見て、アリア・レーヴァティの価値は十分に高い。美しくて教養があるし、生まれも名家。そんな娘を、たとえ王族の血を引くといえど領地どころか爵位すらも持たない男に嫁がせるとは考えづらい。彼女を妻にと望む貴族の嫡男は多いだろう。にもかかわらずノーディスがまだ選考に残されているということは、レーヴァティ家が次女に婿を取らせて家を継がせることを視野に入れているという証明に他ならなかった。

（一時しのぎでいいならさっさと相手を決め打って、ほどほどのところで婚約解消に動くところだけど……それで両親を刺激したら逆効果だ。本当に結婚することまで視野に入れて、もう少しじっ

くり選ぼうかな。そのほうが、結婚相手を真剣に考えているように見えるし）

自室で一人机に向かい、ノーディスは思考を巡らせる。アリア以外にも、候補の令嬢はあと二人いる。現状はアリアが一番相手をしていて楽だが、彼女も彼女で淑女の皮を被っているだけかもしれない。自分にとって後悔のない選択ができるのは自分だけだ。三人の中で誰が一番自分にとって都合がいいか、しっかり見極めるべきだろう。万が一にも両親に疑われるようなことがあってはならないし、相手の家に真意を見抜かれても具合が悪い。ノーディスの婿入りは、もっとも自然かつ両家にとって円満に行われるものでなければ。

（うーん、運命的な恋に身を焦がして情熱だけで動く男っていうのも捨てがたいな。どうしても結婚したいと訴えるには、それぐらいのほうが説得力がある）

情熱も過ぎればただの愚か者だが、ストレートな感情ほど誠意を示せるものもない。アプローチのさじ加減は重要だ。

（とはいえ、この段階からたぶらかしすぎるとあとが面倒だ。あくまでも節度を保って、紳士的にいかないとね）

下手に勘違いさせて、いざ伴侶を決めた時に残りの二人から騒がれたらおおごとだ。真剣な結婚相手は条件のいい複数の相手から探すものだという不文律も、感情の前では効力を持たない。まだ若い令嬢なら、なおさら割り切れないこともあるだろう。

ノーディスは昔から擬態がうまかった。うますぎた。そのせいで、まだ社交界にデビューしたばかりのころ、ノーディス自身にそんなつもりはなかったのに、何人かの少女を本気にさせて争わせてしまったのは苦い思い出だ。誰がノーディスと踊るか、誰が先にプレゼントされるか、誰が先に催しに招待されるか、何回目が合ったか……ノーディスの意思を飛び越えて、誰がノーディスに一番好かれているのかがあらゆる種目で競われた。自分の些細な言動の一つ一つが拡大解釈されて、推し量られて押しつけられる。当然いい気はしない。あの経験《しっぱい》を経たノーディスは、人当たりこそよく振る舞うものの、浮いた噂がなるべく出ないよう身辺に気を配っていた。令嬢同士の争いが生まれないよう、誰に対しても公平に。結婚すると決めた今はなおさら、あの時と同じことを繰り返すわけにはいかない。

「ノーディス、我が家宛てに音楽会の招待状が届いたぞ。週末の予定は空いているな？」

部屋のドアがいきなり開き、そう声をかけられる。ウィドレットだ。ノーディスはペンを走らせていた手を止めた。

「いいよ。ちょうど気晴らしがしたかったし」

ウィドレットが来てくれたおかげで、張りつめていた集中が途切れた。おかげで見失っていた休憩のタイミングが訪れる。そこでようやく、ノーディスは考えが行き詰まっていたことに気づいた。今回の一人会議の主な議題は、結婚活動にいそしむノーディス・シャウラという商品を、三人の令嬢に対して今後どうやって売り出していくかだ。

「何か書き物でもしていたのか？」

「昨日カペラ家のご令嬢と会ってきたから、その備忘録をね」

つかつかと歩み寄ってきたウィドレットは、ノーディスの手元を覗き込んだ。その顔がひきつっていくのにそう時間はかからない。

「そういえばお前、昔から人に会うとよく記録を残していたな。会話の内容を逐一記憶して書き込んでいるのか？」

「当たり前でしょ。話題も好き嫌いも、取り違えないようにちゃんと分類しておかないと。こっちのノートはリゲル家のご令嬢用で、そっちはレーヴァティ家のご令嬢用」

「まめな奴だとは知っていたが、まさかここまでやるとは」

「人当たりのいい男を演じるなら、これぐらいやらないとね。これまで溜めた私の秘蔵の社交用手帳、兄上にならら貸してあげてもいいけど？」

「確かに、それがあると人付き合いも滞りなくやっていけそうだが……遠慮しておこう。アンジェやお前のことならまだしも、どうでもいい他人についてそこまで詳しくなりたいとは思えん。覚えられる気もしないしな」

「他人だからこそ記録しておくのになぁ」

「不要になったら燃やしておけよ……？」

性格、日ごろの態度の傾向、話題の方向性、キーワードやエピソード、趣味嗜好、一緒にいる時の注意事項、観察していて気づいたこと。逢瀬の数だけ記録は増える。それぞれの少女達に合わせた最適なアプローチのため、情報収集は欠かせない。本気で人に取り入ろうと思ったら、ノーディスはこういったことを平気でやるタイプだった。

「レーヴァティ家の分は、他のものより分厚いな」

「アリア嬢、何を考えてるのか結構読めなくてさ。それで、色々と試行錯誤してるんだ」

効果的に彼女の心を掴んでいるという手ごたえはある。ただ、たまにアリアを遠く感じることがあった。今、本当にアリアの心理を読み解けたのか……ふとした瞬間に、自信がなくなるのだ。それが悔しいので、観察にも力が入った。彼女の一挙一動から些細な表情の変化まで見逃さないように、それが持つ意味を見抜けるように。

「それで？　音楽会って、どこの誰の家でやるの？」

「主催はアダラ侯爵夫妻だ。気楽に来い、と」

招待状を受け取る。幸い、週末はまだなんの予定も入れていない。いい気晴らしになるといいが。

アダラ侯爵夫妻は、芸術を愛する人物として社交界でも名が知られている。主催するパーティーは大抵が芸術がらみで、招かれる芸術家も指折りの名匠から新進気鋭の若手まで幅広く押さえられていた。

今回の音楽会も、国内外から演奏家や作曲家を多く呼んだらしい。広い屋敷のほとんどが招待客のために開放され、どの部屋でも小さなコンサートが開かれている。招待客は各自で気に入った音楽家を見つけ、その演奏を好きに聴くというスタイルだった。

（話題の引き出しは多いに越したことはないけど……正直、芸術にはそこまで詳しくないんだよね）

文化的な芸術活動は貴族のたしなみとして好まれるが、そちらの才能はノーディスには微塵もなかった。音楽を聴くこと自体は嫌いではないが、崇高な持論などは特にない。自分で演奏するのも苦手だし、歌唱に至ってはもってのほかだ。楽譜の読み方すらわからない。

「気楽に来い」との言葉通り、形式ばった挨拶や紹介の時間があるわけでもない。近くに来たのでついでに立ち寄った、といった様子の客も散見された。この様子なら、冷やかし感覚のノーディスでも紛れ込めるだろう。

ノーディスは人目を避けるようにしながら広い屋敷の中をうろつく。幸い、招待客のほとんどは知り合い同士のグループで固まって音楽鑑賞にいそしんでいた。みなうっとりと演奏に聞き惚れているので、ノーディスの動向など気にされないだろう。とはいえ、隻眼のノーディスはどうしても目立つ。知人に捕捉されれば気軽な会話ぐらいはするが、音楽についての評論を交わすつもりはない。どうせ無学を晒すだけだ。できるだけ聞き役に徹し、間違っても高尚な意見など求められないようにした。

ある部屋の前を通りかかった時、少女達の華やかな笑い声が聞こえた。何の気なしに覗いてみる。広い部屋の中で、レーヴァティ家のアリアがピアノの前に座っていた。傍に立つ美しい青年は、この部屋を割り当てられた音楽家だろうか。

(まいったな、彼女も来てたのか。あとで挨拶をしておかないと)

アリアとは、三日後にウェスリント・パークで散策をする予定だった。それがあったので、今日は完全に気を抜いていたというのに。危ないところだった。彼女とのデートは何度か経験している。そのためデート自体は気負っていないが、まったく関係ない時にばったり出くわすとヒヤリとした。物腰柔らかな紳士という皮ならいつも被っているものの、アリアのためにあつらえた仮面の準備だってしないといけないからだ。

貴族が主催する音楽会では、演奏家以外にも音楽の心得がある客人が腕前を披露する場を設けられることがある。ちょうどその時間なのだろう。ノーディスは静かに室内に入った。聴衆が多く、部屋自体も広いため、アリアに気づかれたそぶりはない。

（私のために飾られていないときのアリアも見ておかないと。彼女を多角的に分析するのに必要だ）

音楽家の男と親しげに言葉を交わし、アリアは白魚のような指を鍵盤の上に走らせる。室内の空気が一気に変わったのが、音楽に疎いノーディスですら感じ取れた。軽やかに舞う細い指が紡いでいるとは信じられないほど力強い旋律。速くて激しくて、それでいて優雅だった。あの愛らしい令嬢が、これほど勇ましい曲を演奏しているだなんて。誰もが食い入るようにアリアを見つめ、一音たりとも聞き逃すまいとしていた。

（この曲……すごく難しいんじゃないか？　だってこんなにテンポが速いし……）

音楽に対する語彙も知識も全然ないノーディスでも、アリアが何かすごいことをしているのはなんとなくわかる。たしなみレベルでとどめていい腕前ではない。あっけに取られている間に、いつの間にか曲は終わっていた。喝采が響き、アリアは照れくさそうに淑女の礼を取る。中でも感動しているのは、ずっと傍に控えていた音楽家のようだ。

「素晴らしい演奏でした、アリア様！　まさかドレドの超絶技巧曲をここまで弾きこなす方がいらっしゃるとは！」

「ピーコック様にそうおっしゃっていただけて光栄ですわ。皆様の貴重なお時間をいただいたんですもの、少しでも楽しんでいただけたのなら幸いです」

ピーコックと呼ばれた音楽家は、勢い余ったのかアリアの手を取って激しく握手をした。それにとどまらず、熱烈に彼女を抱擁する。距離が近い。無意識のうちにノーディスの眉間にしわが寄った。立ち振る舞いからしてピーコックは異国の人間のようだし、侯爵夫妻の名でこの音楽会にいる以上、彼は夫妻の後ろ盾を得ているとも言える。何より、室内の聴衆はアリアの演奏にすっかり興奮しきっていた。そのため、ピーコックの馴れ馴れしい振る舞いにぴりぴりしているのはノーディスだけだ。自分が今、何かに対して不快に思ったということに気づいたノーディスは、はっとしながらも首をひねった。

（うーん……これはまずいな。ただでさえ競争率の高いアリアの人気がまた高まりそうだ。アリアにするか、それとも諦めて他の二人から選ぶか、もう決めたほうがいいかもしれない）

多分今感じたのは、それについての不安だろう。アリアの心を手に入れたからといって、慢心してはいけないようだ。別に名前を書いているわけでもないのだから、いつまでも手元に置いておけるとも限らない。

アリアはピーコックを拒絶することもなく、嬉しそうに頬を染めて彼を見上げている。どきりと心臓がはねた。だってあの表情は、彼女がうっとりとノーディスを見つめる時のものと似ていたからだ。

（見間違い……だよな？　くそっ、この距離からだとアリアの瞳孔の開き具合がわからない……！）

けれどよくよく見れば、微笑む唇の開き具合が微妙に違う。誤差の範囲からも逸脱しているから、同じ感情に起因するものではないはずだ。きっとあれは、愛想を振りまくための笑顔であって、恋しい相手に見せる笑顔ではない。

（アリアは私に夢中のはずだ。アリアがすぐに離れていくとは考えづらい。……だけど、いつまでも私がじらしていれば、言い寄ってくる他の男になびく可能性は十分にあるのか）

アリアが表情を蕩けさせたのは、ごく短い間のことだった。けれどピーコックを魅了するにはその一瞬で十分すぎたようだ。呆けた様子でアリアを見つめる彼の表情に、興奮とは違う輝きが宿るのをノーディスは見逃さなかった。

（元々私達は恋人でもなんでもない。今の関係は、あくまでも友人のそれだ。お互いの交友関係に口を挟む筋合いはないだろう。結婚相手として、私があの男より劣っているとは思わないけど……遊び相手としては、彼は十分刺激的な男だろうね）

入室時と同じように、ノーディスは一人静かに部屋を出た。アリアに見つかる前に帰宅する。もし後日、今日の音楽会にノーディスが参加していたことを知られたとしても、違うコンサート会場にいてアリアには気づかなかったと説明しよう。ピーコックを虜にした場にノーディスもいたことを悟られれば、いざ求婚した時に余計な勘繰りをされかねないからだ。「他の男に取られることを危惧しているのでは？」と。張り巡らせた策謀の気配には、気づかれないほうがいい。

（自然に求婚するためには、今日の出来事は間違いなく雑音になる。迅速な求婚は、情熱的なだけだと思われるからこそいいんだ。焦って牽制しただけだとは絶対に思われたくない。そうなれば、誠意も疑われるかもしれないし）

目的のために取り入っただけだからこそ、二心を見抜かれかねない不安要素はなるべく排除するべきだ。アリアに対して誠意《あい》がないのは初めからだが、真摯に接するふりはできている。それに疑念を抱かれればほころびが生まれ、やがて大きな破たんを招きかねない。

（心からの焦燥を見せた瞬間、優位性は反転する。恋愛というのは、必死になったほうが負けるものだ。余裕の冗談と本気の嫉妬を取り違えさせるなよ、ノーディス）

自分にそう言い聞かせ、次に取るべき行動を考える。わざと跪くのと、跪かざるを得ない状況に追い込まれるのは違う。相手の愛を乞うふりをして、けれど自分がリードを握っていたい。なおかつ、相手に油断させる形でだ。そのほうが操りやすい。ここでアリアに固執せずとも、他の二人の令嬢を相手に仕切り直すことは可能だ。だが、そうすればきっとアリアは他の男のものになるだろう。せっかく目をかけてあの笑顔の花を咲かせたのに、みすみす失うのは惜しかった。

ウェスリント・パークの迷路で行った実質的な求婚を、アリアは二つ返事で受け入れた。やはりピーコックに見せたあの笑みは、ノーディスの勘違いだったのだろう。彼女の心はノーディスのものだ。

ちょうどその翌日が、今年初となる家族揃っての晩餐の日だった。婚約を認めさせるには絶好のタイミングである。元々両親――というより、父――は自分達《おたがい》さえいればそれでいいと思っているので、疎遠気味の二人の息子とは無理に会おうとしない。社交期が始まってからしばらく経って、ようやく家族の交流の場が作られたのはそういう事情だ。

「レーヴァティ家に婿入りする気なのか」

「ええ。アリア嬢はとても素晴らしい女性ですから。レーヴァティ家と縁づくことで我がシャウラ家を盛り立て、次代を背負う兄上の一助になれたらと」

父の問いに、ノーディスは笑みを貼りつけて応じる。母は不服そうに唇を尖らせていた。反論の材料を探しているのだろう。

「まあ、それもいいだろう。レーヴァティ家は最近、魔具開発で潤っている。魔導学を専攻しているお前の知識が役に立つこともあるかもしれん。だが、何故長女のライラ嬢ではないのだ？　レーヴァティの才女は、姉のほうだろう？」

「アリア嬢のほうが私と相性がいいもので。それにこれは推測ですが、レーヴァティ家を継ぐのはアリア嬢だと思います」

父は少し悩んだそぶりを見せた。だが、彼の本音はわかっている。「愛する妻を面倒な女に変貌させてしまう息子を、さっさとどこかに追いやりたい」だ。ノーディスが自分でお膳立てした良縁を蹴るつもりはないだろう。

「ノーディス、ですが」

「マリエル。この件については何度も話し合っただろう？　ノーディスの希望が第一だと」

父はカトラリーを置き、優しく母を見つめる。眼差しこそ優しいが、その言葉には確かな圧があった。母は逡巡したようだったが、結局自分の立場を守ることを選んだらしい。言葉を呑み込み、美しく微笑んで頷いた。

「では、さっそくレーヴァティ家に話を持ちかけよう。アリア嬢は社交界でも注目されているらしいから、他家に先を越されないようにしないとな。なに、ノーディスなら先方も断らないだろう」

父にとって、後継者などどうでもいいに違いなかった。ただ長く、愛した女と一緒にいられればそれでいい。結局彼は、自分のことしか考えていないのだ。それを理解しているからこそ、母も一線を踏みとどまった。長年愛人の座に甘んじてやっと手に入れた最愛の夫、そしてシャウラ公爵夫人としての豪勢な生活を、今さら失うわけにはいかないのだろう。最大の欠点だった魔力制御不全も落ち着きを見せ、ノーディスは名門大学に通う若い研究者として頭角を現した。だからこそ、母も欲をかいたに決まっている。どうせなら我が子を次期当主にしたい、と。そんな思いつきと、今の安定した日常を天秤にかけただけだ。その結果で心を動かされるほど、ノーディスは母親の愛も関心も求めてはいない。ウィドレットはすまし顔だが、ノーディスを一瞥してわずかに目元を和らげる。ノーディスも目だけで返事をし、自身の手際のよさを誇った。

婚約が無事締結されて、ノーディスはすぐにレーヴァティ家に挨拶に行った。応接室に通され、アリアの訪れを待つ。

（彼女はきっと、いつものように嬉しそうな笑顔を浮かべながらやってくるだろうな。私に利用されているだけとも知らないで。まあ、もう少し女の子の夢に付き合ってやるか）

したり顔でアリアのことを思った。ノーディスは釣った魚には存分に餌を与えて肥え太らせる主義なのだ。内心では結構浮かれているのだが、この高揚は思い通りに事が運んだことに対してのものだ。少なくともノーディス自身はそう信じて疑っていない。

（今日の手土産は彼女が気に入っている菓子店のプティフール・フレ。彼女が好きなベリー系を中心に、いくつか種類を詰め合わせてある。飽きは来ないはずだ。アリアは特にクリームが好きみたいだけど、この気候ならさっぱりとした爽やかなジュレも食べたがるだろう。変わり種も入れてあるから、話題に困ればその話を振ればいい）

アリアのこれまでの行動パターンを脳内で反芻しながら会話のシミュレートをする。今日はどんな反応をするか楽しみだ。アリアとのやり取りを、ノーディスは一種のゲームとみなしている。アリアがうっとりとするたび、何とも言えない達成感があった。

「ノーディス様、お越しいただきありがとうございます」

考えていると、応接室の扉が開いた。無垢さの象徴のようなピンクブロンドの髪に、蕩けそうな琥珀の瞳。笑みを浮かべてちょこんとお辞儀をしている少女がいる。

(誰だ?)

ノーディスは一瞬、彼女が誰なのかわからなかった。アリアが来ると思っていたのに、アリアではなかったからだ。姿かたちは確かにアリアとまったく同じだった。だが、所作が違う。アリアはスカートを持ち上げる時にあんな風に背筋を曲げないし、バランスを崩しもしない。今日の前にいる少女のように、ドレスが邪魔だと言わんばかりのおおざっぱな動きは絶対にしなかった。

何より、笑みの浮かべ方が違う。ノーディスを前にした時、アリアは陶然とした面持ちをする。目元を潤め、頬を赤く染めて、うっとりとノーディスを見やるのだ。

笑顔というのは、もっとも便利な仮面だ。どんな感情も覆い隠してすり替えることができる。だから頭ごなしに信用しているわけではないが、まさに恋する乙女そのものといったその様子を向けられることに悪い気はしなかった。だが、この少女は違う。ぎこちなく、ひきつった笑みだ。アリアがそんな風に笑うところなど見たことがなかった。

(私と会いたくなかった? まさか。対応は完璧だったはずだ。本音が透けるようなぼろは出してない。昨日の今日で、もっと条件のいい求婚者が現れたとも考えづらいし)

「貴方は……ライラ様でしょうか。アリア様はどちらに?」

ノーディスが指摘すると、眼前の少女は驚いたような顔をした。その反応を見て確信する。やはり、彼女はアリアではないのだろう。アリアの嗜好から些細な癖まで、すべて頭の中に入っているのだ。間違いようがない。すべては観察眼と記憶力の賜物だ。一歩間違えれば気持ち悪いが、間違えなくても気持ち悪いかもしれない。

（彼女が本物のライラか。なら、私がこれまで社交界で見かけた『ライラ』は、やっぱりアリアだったんだね）

ライラの仕草は、貴族の娘としては野暮ったい。ドレスを着慣れていないのもありありとわかる。なんとか取り繕ってはいるが、アリアとの差はノーディスでなくても見破れるはずだ。少なくとも、ライラが正式に社交界に出ていれば取り違えられることはないだろう。

「嫌だわ、ノーディス様ったら。いくら似ているからといって、わたくしを姉と間違えるだなんて」

「ライラ様を前にして、アリア様と呼びかけるほうがお二人にとっても失礼でしょう。私の目には、お二人はまったくの別人に見えます」

ライラは諦めたようにため息をつき、ノーディスの向かいに腰掛けた。彼女に立ち去る気がなかったことに、ノーディスは小さく眉をひそめる。

「ごめんなさい。実はアリアは風邪をひいて寝込んでるから、わたしが代わりに来たの。ちょうどわたしも貴方と話してみたかったし」

「そうでしたか。では、お大事にとアリア様にお伝えください。私はお暇《いとま》させていただきます」

あいにく、ノーディスにはライラと話したいことはない。アリアに会えないなら長居は時間の無駄だ。昨日訪問の伺いを立てた時も、今日訪れた時も、レーヴァティ家の使用人はアリアの体調についても何も言っていなかったが。それに対する不快感を呑み込み、ノーディスはにこやかに立ち上がった。

「待ってよ！　話があるって言ってんじゃん！」

乱暴に腕を掴まれる。とっさに振り払いかけたが、相手は婚約者の姉だ。ゆくゆくは義姉となるレーヴァティ家の人間に、悪印象を植えつけるのはまずい。「離していただけますか」とつとめて穏やかに声をかけ、ひとまず話とやらに付き合う姿勢を見せた。

「アリアとの結婚って、本当にノーディスが望んでることなの？　ウィドレットの意思じゃなく？」

いくら未来の姻戚とはいえ、現状さしたる親交があるわけでもない他家の人間を呼び捨てする無礼さに、もう話す気力が失せてくる。質問の内容もあまりに不躾だ。

（私が結婚したい理由は、確かに元を辿れば兄上にあるけど……だからってそれを素直に言う義理はないよね）

「当然、私の意思ですよ。アリア様のような素敵な方に手を取っていただけて、光栄の極みです」

最上級の笑顔と共に言い募ると、ライラは目をぱちくりさせた。次第にライラの顔に哀れみが広がっていく。アリアと同じ顔をしている少女なのに、彼女とまったく違う表情を見せられることには違和感しかなかった。

「じゃあ、なんでその眼帯をつけてるの？　その眼帯って、いわば隷属の証でしょ？　とても自我のある人間がつけるものとは思えないわ。貴方が本当にウィドレットの言いなりじゃないなら、外してみせて」

「何を……」

驚いた。この眼帯が何なのか、知っている者がいると思わなかったからだ。

(魔具開発で領地を盛り立てる、レーヴァティ家の才女。なるほど、その肩書は伊達じゃないってことか。でも……私達兄弟の疾患について、他家の人間が知るわけがない。それなのに、どうして兄上と結びつけられるんだ？)

ノーディスの眼帯は魔具だ。この魔具は、ノーディスの魔力孔である左目からあふれる魔力を吸収し、ウィドレットの魔力孔に連結された彼の手袋型の魔具に供給するためのものだった。

制御できずに垂れ流された魔力は周囲に悪影響を及ぼしてしまうし、魔力を求めるあまり周囲から無作為に魔力を奪うのも問題がある。だからノーディスが放出した魔力をウィドレットに吸い取ってもらうのだ。魔力飢餓のウィドレットと魔力制御不全のノーディスは、そうやって二人で支え合って生きてきた。そのからくりを知っているのは、自分達兄弟しかいない。

「お言葉ですが、それは致しかねます。この眼帯を外せば、貴方にも危険が及ぶかもしれませんから」

「そうやって理由をつけて逃げるのね。じゃあやっぱり、貴方は無意識のうちにウィドレットに服従してるのよ」

「ですから、違うと言っているでしょう」

「大丈夫、おびえないで。ここにウィドレットはいないんだから」

(彼女はきっと、自分が信じたいことしか信じない。私がどれだけ否定しようと、それが彼女の望む言葉じゃない限り聞き入れる気はないんだ)

面倒な相手に捕まったと思った。誤解を解きたいのに、できない。言葉が通じない相手との会話ほど無意味な時間もないだろう。

ウィドレットに魔力を供給するのは、ノーディスも納得したうえでのことだった。この眼帯がなければ、常時魔力を浪費してしまうのはもちろん、小さな魔法一つろくに使えない。魔力を無為に消費するのは体力を大きく消耗するし、深刻な場合死に至る。ノーディスにも利があるからこそやっているのだ。それを隷属だとか服従だとか言われるのは、あまり気分がいいものではなかった。

「あのね。贖罪のために一生を棒に振るの、よくないと思うんだ」

「……はい？」

心臓を掴まれたような錯覚。冷たく鋭いものを押し当てられているような、嫌な圧迫感。

「だって、貴方は何も悪くないでしょ。前公爵夫人が自殺したのは、貴方のせいじゃないんだから」

前公爵夫人。ウィドレットを見捨てた母親。心労に耐えかねて自ら死を選んだ女。夫からひとかけらの情も得られず、常に愛人と比較され、周囲から冷遇され続けた孤独な人。ノーディスは彼女のことを知らない。けれど、だからこそ。

「今までつらかったでしょう。その罪を押しつけられて。だから貴方はウィドレットに逆らえないんだよね」

追い詰められて摩耗していた彼女の精神にとどめを刺したのは、夫の無慈悲な行動らしい。古参の使用人が囁いていた。「生まれたばかりの愛人の子を養子にしたから、ついに自棄《やけ》を起こしたんだろう」「死んでも何の関心を寄せてもらえないなんて、可哀想な女だね」と。主人と一緒になって彼女を追い込んでいたくせに、陰でひそひそ嗤っていた。

「でも、ウィドレットに引け目を感じる必要なんてないんだよ。貴方は貴方。過去に囚《とら》われないで、ちゃんと貴方の人生を生きてほしいの」

嗚呼――この少女は、一体何を言っているのだろう。そもそも、何故それを知っているのだろうか。シャウラ家の最大のそのタブーを、前公爵夫人の末路の真相を、どうして彼女が。

「……何も知らないくせに私の心を語るな。勝手に決めつけるな。私の心は私だけのものだ。部外者からの無責任な言葉なんていらない」

「え？」

虫唾が走る。呆けたようなその顔も気に食わない。赤の他人の分際で人の一番柔《やわ》いところに踏み込んできて、何故素直に受け止めてもらえると思っているのか。

（まさか、今の言葉で私が感動するとでも？　そんな押し売りも同然の軽い言葉で、人を救えるわけがないじゃないか。今日初めて言葉を交わしたような、なんの信頼も積み重ねていない他人のうわべだけの言葉が響くほど、自己憐憫に酔ってはいないよ）

自分の存在が一人の女性を死の淵に追いやるのに加担し、ウィドレットから母親を奪ったことについて、ノーディスは彼に謝った。ウィドレットはノーディスを許した。それで終わりだ。ノーディスを救えるのはウィドレットしかおらず、すでにその目的は果たされている。今さら第三者に出しゃばられても迷惑なだけだ。第一、この痛みと苦しみを分かち合う資格などライラにはない。

「今日はこの辺りで失礼します。差し出口ですが、ライラ様はアリア様の思慮深さや慎み深さを見習われたほうがよろしいかと。普段はアリア様にご自分の代役を押しつけているようですが、いざ人前に立った時に苦労なさるのは貴方自身ですよ」

「はぁ⁉」

「そもそも、アリア様は貴方の奴隷ではありません。私に人間としての自由と権利を説く前に、貴方がアリア様を解放なさったらどうですか？」

制止の声に耳を貸さず、ノーディスは足早にレーヴァティ家を去った。気分が悪い。アリアに取り入って無事好条件の婿入り先を確保したのはいいが、もれなくライラがついてくると思うと憂鬱だ。

（アリアに家督を継いでもらえば、姉のほうはどうとでも理由をつけてレーヴァティ家から遠ざけられる。それまで耐えるしかないな。どうせもう、姉のほうが会いに来ることもないだろうし。あれだけきっぱりと拒絶したんだから）

それでも一応、アリアに怪しまれず、レーヴァティ公爵夫妻に疑いももたれないよう、ライラとのつながりを希薄にするための布石を打っておこう。アリアが家を継ぐころには、ライラも肩身の狭い思いをしているだろうから、そう難しいことではないはずだ。


「ライラ、貴方はご自分が何をなさったのかおわかりになっていて？」

「だって、わたしもノーディスと喋ってみたかったんだもーん」

ノーディスから届けられた見舞いのカードを手に、アリアは笑顔で問いかけた。アリアにしては珍しく、琥珀の瞳に怒りがにじむのを抑えられない。一方のライラはどこ吹く風だ。

「たったそれだけの理由で、使用人達を抱き込んでわたくしを遠ざけて、あまつさえノーディス様を騙したのですか？」

「バレると思ってなかったし」

「見破られなければいいということではございません！」

すぐにノーディスに謝罪の手紙を書かなければ。先触れをもらっていたのに、当日になってアリアが不在だったなんて失礼にもほどがある。

（ライラが代役を買って出たから甘えてしまった、ということにしようかしら。ですが、これではまるでノーディス様を軽んじているようにも取れてしまいます。ああ、どうしてライラはわたくしに迷惑しかかけないのかしら！）

姉の愚行の尻拭いをするのはいつもアリアだ。ライラは必ず許される。天才だから。自由だから。愛されているから。それが通用するのは家の中だけなのに。だが、どうせ両親は事を荒立てないだろう。可愛いライラがお気に入りの使用人達を巻き込んでやったことなのだ。使用人達を罰せばライラの機嫌を損ねてしまうし、ライラを罰することなんてあの二人にできるわけがない。

「他家の方にご迷惑をおかけするような振る舞いは慎むように、貴方からもお気に入り達にきちんと命じてくださいます？　レーヴァティ家は使用人の教育もできないのかと笑われてしまいますわ」

「待ってよ、みんなは悪くないってば！　わたしがみんなに頼んだだけなんだもん。それに言ったでしょ、バレると思わなかったって」

「まさか、見破ったノーディス様が悪いなどとはおっしゃいませんわよね？」

使用人を庇うライラに、かかわった使用人達が尊敬の眼差しを向ける。これではまるでアリアが悪者だ。

（誰のせいでこうなったと……！　何故いつもわたくしだけが汚れ役を押しつけられるのですか⁉）

ノーディスが会いに来た日の前日、アリアは確かに体調を崩していた。だから念のため、前日に断りの連絡を入れさせた。案の定、体調不良は翌日も続いた。しかしノーディスと会う予定はすでになくなっていたはずなので、アリアは気にせずゆっくりと過ごした。ところが実際はどうだ。手紙は途中で握り潰され、シャウラ家には届かなかった。そうするようライラの指示があったからだ。

「妹の婚約者を見定めたい」という、誰も頼んでいない理由のせいで。ヨランダはアリアにつきっきりだ。他の使用人に教えてもらわなければ、彼女も来客には気づけない。元からアリア付きとして仕えているアリア派のメイドも、ライラ派に結託されて邪魔をされれば思うようには動けなかった。

（わたくしが家督を継いだなら、ライラはもちろんライラ派の使用人達も全員何かしらの理由をつけて追い出してさしあげますわ。それまでせいぜい大きな顔をしていることね）

ようは、レーヴァティ家の悪評が立たないようにクビにすれば問題ないということだ。積もり積もったアリアの怒りは根深かった。

「でもさー、ノーディスもわたしと話せてまんざらじゃなかったみたいだよ？」

「なんですって？」

「内緒にしてって言われたんだけどさー。ほら、あの人魔導学の勉強してるじゃん。それで色々と話が合っちゃったの。わたしも久しぶりに専門的な話ができる人と話せて楽しかった！」

アリアには、魔法の作用の研究をする学問のことなどわからない。その方面の才能はアリアにはなかった。もちろん、魔法を使う才能もだ。けれどライラは違う。ノーディスが何の勉強をしているのか、ライラにはきちんと理解できるのだろう。

「あんたと話すの、あんまり楽しくないんだってさ。馬鹿っぽいし、うるさいから疲れるって」

ライラはいつもアリアのことを馬鹿にする。どうやら彼女はこと令嬢《おんな》らしさを毛嫌いしているらしい。アリアだって、ライラの上昇志向は鼻についていた。だから、今さらライラにどうこき下ろされようが構わない。けれど、まさかノーディスにまでアリアのアイデンティティーを馬鹿にされているだなんて。

『アリア様ほど魅力的な女性にはお目にかかったことがありません。貴方の夫になれる男は、きっとこの世で一番の幸せ者でしょうね』

ノーディスの温かな笑顔が、優しい声音が脳裏に浮かぶ。あれも全部、アリアをおだててその気にさせるための演技だったのだろうか。内心では、彼もライラのようにアリアのことを見下していたのかもしれない。

（い……いいえ。そのようなことは信じませんわ。ノーディス様はすっかりわたくしの虜ですもの。ライラなどより、わたくしのほうが淑女として優れているのです。それなのにわたくしの努力が認められないいなど、あるわけがないでしょう）

鎌首をもたげた不安を慌てて振り払う。けれど、小さな疑念がこびりついて離れない。

「わたしが婚約者だったらよかったのに、って言ってたよ。あんたみたいな頭空っぽのぶりっこ女に付き合わないといけないなんて、ノーディスも大変だよね」

空っぽ。その言葉が突き刺さる。それは、淑女らしくあることを第一にしたせいで、明確な趣味も嗜好もない自分をそのまま言い表したものであるように感じられた。ノーディスはアリアが「好き」と言ったものをちゃんと覚えていてくれるし、アリアの趣味に合う、アリアに似合うものをくれる。だが、それは果たして本当にアリア自身が望んだものだっただろうか。公爵令嬢アリア・レーヴァティというキャラクターにふさわしく、他人受けがいいように構成された、偽りのものではなかったか。

「そもそもあんたと婚約したのだって、アンジェの代わりのつもりなんだろうし。あんまり調子に乗ってると痛い目見るよ？」

代わり。誰が、誰の？『アンジェ』という名前に心当たりはないが……まさか王女アンジェルカの愛称だとは言わないだろう。貴族嫌いのライラが王女と交友関係を持っているはずがなかった。

「そういうところが心配だったから、のぼせ上がったあんたの代わりにわたしがチェックしてあげようと思ったのにさぁ。あんたのためにやってあげたんだからね？　……ま、確かに余計なお世話だったかも。でもしょうがないじゃん、まさかノーディスがわたしにも興味を持つとは思わなくって」

（どうして……どうしてライラは、わたくしから愛を奪うのでしょうか。わたくしと違って、貴方は満たされているはずなのに。それだけではまだ足りないとおっしゃるの？）

ライラはニヤニヤと笑っている。勝ち誇ったその顔が何より憎らしい。

「いくつか申し上げたいことはございますが……まず、いくらわたくしの姉とはいえ、人の婚約者

を呼び捨てで呼ぶのはいかがなものかと」

　心の淀みから逃げるように、アリアは毅然として告げる。気高さという鎧がなければ、ライラの前だというのにみっともなく泣き崩れてしまいそうだった。幸い動揺には気づかれなかったようで、ライラはむっと顔をしかめた。

「それから、人から口止めを頼まれているお話を、こうもあっさり打ち明けてしまうのは貴方の信用にもかかわるのではなくって？　よりによって陰口を叩かれた当人に伝えるだなんて、品位を欠いた行いですわ」

　ライラの顔がさっと赤くなる。いい気味だ。また喚かれると面倒だったので、アリアはわざとらしく丁寧なお辞儀をして自室に戻った。

　ライラの言葉の真偽など確かめようがない。証人はいないし、仮にノーディスに尋ねたところで否定以外のものが返ってくることはないだろう。ライラの虚言ならノーディスに心当たりはないし、本当だったらノーディスが認めるはずもない。訊くだけ無駄だ。だからアリアにできるのは、まったく気にしていない風を装って大きく構えることだけだ。その虚勢はライラへの意地であり、自分を守る砦でもあった。


　その日開かれた王宮の夜会に、ライラは欠席の連絡を出していた。代役を務めるべきアリアがノーディスにエスコートされるので、ライラを演じている暇がなかったからだ。

　ライラには、自分が出向くという選択肢はないらしい。それどころか、「もう商談も下見も終わったから」と帰り支度まで始める始末だ。もしノーディスからの熱烈な誘いがなければ、レーヴァティ公爵夫人はアリアを欠席させてでも『ライラ・レーヴァティ』を出席させるつもりだった。

まだライラには決まった相手がいない。だからライラの代わりに、アリアを使って貴公子達の気を引かせるのだ。しかしその計画は、「今度の王宮の夜会のエスコートはぜひ私が」と無邪気に願い出たノーディスによって砕かれた。アリアが参加すると信じて疑わない彼に、どうして出る気がないなど伝えられるだろう。しかもアリアはすでに一度――ライラのせいで――体調不良によってノーディスとの予定を当日に潰している。同じ手は何度も使えない。口実のことごとくを封じられたことで、母は少なくとも今回の夜会ではアリアをライラの代役に立てることを諦めた。ノーディスはそんな事情など知りもしないだろうが、アリアにとっては救世主に等しい。そもそも、アリア達がどんなお膳立てをしようとも、ライラはすべてを台無しにするに決まっている。何をしようと時間の無駄でしかない。

（お父様もお母様も、早く諦めてくださらないかしら。ライラに夫など必要ないでしょう？　ライラを押しつけられる殿方の身にもなってさしあげてくださいな）

鏡を見つめ、アリアは小さくため息をついた。鏡に映したようにそっくりな片割れは、けれど顔しか似ていない。

ノーディスが迎えに来たとヨランダに呼ばれ、アリアは最後に自分の身なりを確認した。水色のドレスは、アリアの清廉さと優雅さをよく引き立てている。流行の最先端を行く仕立て屋の作品だ。社交界でも注目されることは間違いないだろう。婚約者であるノーディスの瞳を模したような赤い宝石の髪飾りは、当然彼からの贈り物だ。ぜひ今日の夜会に身に着けるようせがまれていたので、ノーディスの歓心を買うためにも今日のコーディネートに組み込んでおいた。

「お身体の調子はすっかりよくなられたようですね。先日は申し訳ございませんでした。無理に押し掛けてしまって」

「こちらこそ。連絡の行き違いがあったせいで、大変失礼いたしました。体調はすっかりよくなりましたので、どうかご心配なさらないでくださいな」

ノーディスは何も気にしていないというような顔をしている。だからアリアもそれに合わせ、なんでもない風を装った。

（本当は、わたくしとライラを間違えなかったことのお礼を伝えたいのですけれど……）

ライラの話によれば、少なくともノーディスはライラをライラだと見抜いてくれた。それが嬉しくないと言えば嘘になる。だが、そもそもライラの話をどこまで信じればいいかわからない。それに、見破ったことも含めてノーディスが口止めを要請していたとしたら、なおのことアリアが話題にするわけにはいかなかった。

「今日の夜会は、ノーディス様の婚約者として初めて参加できる催しですもの。わたくし、とても楽しみにしておりましたのよ」

「それはよかった。これで私も、貴方に好意を持つ男達に対して安心して勝利宣言を出すことができます」

冗談めかして笑うノーディスに、アリアへの二心は感じられない。それでも彼にとっては、アリアと一緒にいるよりもライラと話しているときのほうが楽しいのだろうか。不意に湧き上がるその不安に嫌気がさした。

一方のノーディスはノーディスで、婚約者の姉に悪態をついたことを気にしていた。ライラへの罪悪感からではなく、アリアからの心証が悪くなっていないかが心配だったのだ。

（よかった。この様子だと、ライラから私の悪評は吹き込まれてないみたいだ）

ライラとアリアはあまり仲がよさそうには見えない。だが、ノーディスの態度に腹を立てたライラが何かよからぬ嘘を吹聴し、それをアリアが信じてしまう可能性はなきにしもあらずだった。

（いくらライラでも、やり込められたことを思い出すような真似はしたくなかったんだろうね。さすがにその程度の分別は備わっていたか。話題に上げるのも嫌だと思うぐらい私が嫌われたのかもしれないけど、それで私が困ることは特にないし）

そういうことなら、わざわざ自分からつつくのはやめておこう。終わったことをアリアの前でほじくり返して、下品な男とも思われたくない。

ノーディスもアリアも、擬態がうますぎた。二人の心中はすれ違い、読み合いは外れに外れている。それでもある意味、絶妙に噛み合っていた。


夜会が盛り上がりを見せる中、アリアとノーディスはそっと広間を離れてバルコニーに向かった。


「実は王都には、大学の夏期休暇を利用して滞在しているだけなんです。ですから、王都の社交界に顔を出せる機会は限られていて。月末には帰らないといけないんです。そんな短い間にもかかわらず、貴方と巡り合えたのは本当に幸運でした」

「まあ！　そうですわよね、ご立派な学問をなさっていらっしゃるんですもの。お勉強がお忙しいのは当然ですわ。……真面目なノーディス様からすると、王都の社交界は馬鹿馬鹿しいものなのでしょうか？」

震える声で不安を吐露する。ノーディスがもしライラと同じ考え方をしているなら、上流階級の社交すら侮蔑の対象のはずだ。顔を売るより勉強を優先したいと思っていても不思議ではない。妻を見つけるという大きな目的も果たした今、確かにノーディスが王都に残る意味はなかった。

「まさか。いい息抜きになりましたよ。久しぶりに兄にも会えましたし」

だが、ノーディスは晴れ晴れと笑っている。やはりそこに嘘は感じられない。

「本の虫になっているほうが確かに落ち着きますが、それはそれです。多くの方にお会いできる社交期は、見識を広めるいい機会だと思っていますよ。一人で研究室にこもっているだけでは学べないことも多いですからね」

「そう言っていただけて安心いたしました。無理に連れ出してノーディス様を退屈させていないか、心配しておりましたのよ？」

「退屈？　めっそうもない。アリア様と一緒にいられる時が、一番刺激的ですよ。貴方の琥珀の瞳はいつでも輝いているでしょう？　その目に見つめていただくために、王都の滞在を延ばしたようなものなんです。まさか本当に婚約を受け入れていただけるとは。不慣れなことをしたかいがありました」

ノーディスは照れたように頬をかいた。穏やかな眼差しは、彼の誠実さと愛情深さを感じさせる。ノーディスはまぶしげに目を細めてアリアの手を取った。

「こう見えて私は、貴方の愛を乞いたくて必死なんですよ。みっともないでしょう？」

「けれど、ご自身の愛を免罪符にしてお相手を傷つけるような方よりよほど素敵だと思いますわ。

わたくしのことを想ってくださるんですもの」

　アリアはノーディスにしなだれかかる。ノーディスはアリアを抱き寄せ、優しいキスをした。

「イクスヴェード大学があるのは、ルクバト領の領都でしたわよね？　ノーディス様のお住まいはそちらなのでしょうか」

「ええ。アリア様がレーヴァティ領にお戻りになった際は、呼んでいただければいつでも駆けつけますよ。ルクバト領はレーヴァティ領の隣ですし、飛竜車を使えば一時間半ぐらいで着くでしょうからね」

「でしたら……」

　ノーディスの手を握り、アリアはそっと目を伏せる。切なげにまつ毛を震わせて囁いた。

「わたくしも、レーヴァティ領に戻ることができたらいいのに……。エスコートしてくださる方のいない社交界なんて、きっととても退屈ですもの。お休みのたびにノーディス様とゆっくりとお会いできたら、きっと素敵ですわ。……ご迷惑でしょうか？」

　その申し出は、いわばただのかまかけだった。ライラはレーヴァティ領に帰ろうとしている。ノーディスも王都から去ろうとしている。二人はいつでも会える距離だ。王都のアリアの目を盗んで逢瀬を重ねるつもりなら、アリアの我儘はただの束縛以上に嫌悪されることだろう。反応の度合いを確かめたら、「言ってみただけ」と言ってなかったことにすればいい。

「よろしいのですか？」

「えっ？」

　だが、ノーディスの反応はいい意味で予想を裏切るものだった。ノーディスは嬉しそうに目を輝かせ、アリアを強く抱きしめたのだ。最悪の想定すら視野に入れていたアリアにとって、これは嬉しい誤算だった。

「私も、貴方を一人だけで王都に残していくことにためらいがあったんです。貴方に寂しい思いをさせてしまいますし、諦めの悪い男達に付け入る隙を与えてしまいますから。ですが私のわがままで、貴方から王都の社交期という楽しみを奪ってしまうのも忍びなく、中々言い出せなくて。アリア様がレーヴァティ領に戻ってくださるのは私にとっても願ったり叶ったりです。もちろん、レーヴァティ公爵夫妻のお許しが出るのであれば、ですが」

(いやだわ。わたくしったら、一体何を疑っていたのかしら。彼はこんなにもわたくしを愛してくださっているのに)

伝わる温もりに、心が一気に軽くなる。「両親はわたくしが説得いたしますわ」アリアはすっかり嬉しくなって、ノーディスの腕の中で満面の笑みを咲かせた。

「こっ、こんなことってある⁉　なんで『アンまど』の世界に転生しちゃってるの、わたし⁉」

ライラが前世の記憶を取り戻したのは六歳のころ。すべてを思い出したばかりのころは、その疑問だけが頭の中をぐるぐると回っていた。

『アンジェルカは愛惑う』は、大手の出版社が運営している漫画アプリに週刊で連載されていたマイナー作品だ。そのアプリではどの曜日にも無名の若手漫画家の連載枠が用意されていて、『アンジェルカは愛惑う』、通称『アンまど』もその中の一つだった。

「大好きな漫画の世界に転生できたのは嬉しいけど、なんでモブなのかなぁ。どうせなら主人公《アンジェ》に……いややっぱそれはないな、うん」

鏡を見て顔をぺたぺた触りながら、ほっと胸を撫でおろす。この世界の主人公でこそないものの、かなりの美幼女として生まれ変わっていた。しかも大貴族の娘だ。むしろ主人公アンジェルカのような過酷な運命を背負っていない分、人生薔薇色イージーモードと言えるかもしれない。

『アンまど』には、ライラ・レーヴァティという人物は登場しなかった。父であるレーヴァティ公爵は序盤に少し登場するものの、中盤で死んでしまうサブキャラだ。ただ、レーヴァティ公爵家の一人娘がどうのという台詞《せりふ》はあった気がする。きっとそれがライラのことに違いない。

(転生の影響で、双子になっちゃったのかも。一つの身体に二人分の魂が入っちゃったから、押し出されて余った魂が妹《アリア》になって……みたいな？　知らないけど)

自分の現状を、ライラはそう結論づけた。前世の記憶を持って転生した自分こそが存在しえない余剰分《イレギュラー》なのだという意識は彼女にはない。

「ウィドレットとのフラグは折ったし、これからはモブとして自由に生きようっと！　あっ、でも『アンまど』の悲劇フラグも折っておいたほうがいいのかな？　もしかしたら、原作《うんめい》を改変するために転生したのかもしれないし……！」

使命感がめらめらと燃え上がる。思い描いていた輝かしい人生設計に、『この国を救う』が加わった瞬間だった。

「わたしが頑張れば、きっと未来は変えられるよね。だって、ここはもう漫画の世界じゃなくて現実なんだから」

ライラは行動力の化身だったので、前世の記憶を取り戻して今後の指針を定めてからは意欲的に活動した。幼女のうちから努力することが、輝かしい未来を掴む秘訣だ。前世の記憶がある分、ライラは他の子供達にはできないようなことが難なくできた。前世で培った知識の賜物だ。

まず、面倒なだけでうまみのない貴族の社交はすべてパスすることにした。代わりに実用的な人脈形成に励み、優秀な人材を引き抜くことにした。身分なんてものより、本人の実力を重視するべきだからだ。

『アンまど』は、王女アンジェルカが辿る激動の半生を描いた作品であり、アンジェルカを巡る男達の愛憎と信念の物語でもある。渦中にいるのは主役のアンジェルカと、彼女と恋仲になる幼馴染みのダルクだった。ストーリーの開始は、アンジェルカの十六歳の誕生日。何度も届く従兄のウィドレットからの求婚を、いつものように断るところから始まる。そのアンジェルカに仕えているのが騎士のダルクだ。幼いころにお忍びで城下町に出かけたことで知り合った彼に、アンジェルカは恋していた。ダルクも美しい王女に敬愛以上の念を抱いていて、けれど身分差を理由に恋心を必死で押し隠そうとする。その二人の純愛を引き裂く悪役が、性悪魔王のウィドレット・シャウラだった。

（手に入らないなら力ずくで奪おうとする、サイテーの自己中男。そんな男にアンジェが振り向くわけないのに。みんなの前でこっぴどくフラれて、王弟の父親を焚きつけて王位を簒奪させちゃうんだよね）

これまでさんざんアンジェルカ達の恋路を卑劣に妨害してきたウィドレットは、ストーリーの中盤でついに暴挙に出る。王弟派による内乱を主導し、現王朝を強引に終わらせるのだ。レーヴァティ公爵が死亡するのもこれが原因だった。そしてウィドレットは「王朝の統合」という名目で、元王女アンジェルカを無理やり自分の妃にしてしまった。ちなみに、この時ダルクもウィドレットに殺されたと聞かされるアンジェルカだったが、実はダルクは重傷を負って消息不明になっただけできちんと生きている。殺したと、ウィドレットが思い込んでいるだけだ。

たとえ何をされようと心は決してウィドレットに売り渡さないアンジェルカ、そんな彼女を前にしてますます愛欲に身を焦がすウィドレット。そんな中、死の淵から舞い戻ってきたダルクが革命軍の旗印となって簒奪王朝を終わらせ、ウィドレットの魔の手からアンジェルカを奪還するのだ。その圧倒的功績からダルクとアンジェルカの身分差は無事に埋められ、二人はついにアルバレカ王国の女王と王配になった。こうして、幾多の犠牲を出した物語も幸せに終わる。

ようは、アンジェルカとダルクが惹かれ合ってしまうと、最悪のヤンデレ男が暴走して国中を巻き込む戦争が起こってしまう。つまり、主役二人が恋に落ちることだけは絶対に阻止しなければならないのだ！

（だからって、ダルクがわたしに懐いちゃうのは想定外だったけど！）

「どうかしたのか、ライラお嬢様」

「なんでもなーい」

給仕をしていたダルクが首をかしげる。ライラは笑いながらクッキーをつまんだ。ダルクにもおやつを勧めると、嬉しそうに食べ始めた。

ダルクは十年前からライラ専属の従者兼護衛だ。今は、執事になるための勉強をしている。そのかいあって、振る舞いは中々さまになっていた。もちろん、騎士属性のヒーローなだけあって剣の腕も卓越している。

アンジェルカがいつ、どこで、そしてどんな風にダルクと出逢うのか、ライラはちゃんと知っていた。「過去編」で読んだからだ。だから、それをそのままなぞった。アンジェルカより先にライラがダルクと出逢い、アンジェルカとの出逢いシーンをまるっと再現したのだ。初対面の少女《アンジェルカ》に心を奪われて忠誠を誓ったダルクは、現実でも初対面の少女《ライラ》に心を奪われて忠誠を誓った。

どんな運命的な出逢いだろうと、互いに面識がないうえでなら競う条件は平等だ。同じことをして同じことを言い、しかもそれが競争相手《アンジェルカ》より先であるならば、たとえ横から割って入ったライラでも十分に勝機がある。もっとも、アンジェルカにはそんな勝負をしているという意識はないだろうし、そもそも自分の未来の夫が奪われたことにすら気づいていないのかもしれない。今のアンジェルカは、ダルクのことなどまったく知らないのだ。ライラの機転により、ウィドレットが愛執のままに暴走する未来は変えられた。しかし、第二第三のダルクが現れる可能性はなきにしもあらずだし、想い人の存在を抜きにしてもアンジェルカ的にウィドレットが生理的に無理《ナシのナシ》だということも考えられる。油断は禁物だ。

いざという時に備えるために、淑女教育とかいう時間の無駄の極みに等しい自己満足ではなく、もっと建設的で役に立つ専門的な学問を学ぶことにした。将来的に自分でお金を稼げるようになりたかったからだ。淑女教育なんて綺麗な言葉で飾っているが、ようは女性から自立の機会を奪って男にとって都合のいい人形に変えているだけだ。そんなもの、自分には必要ない。

同じ思いを燻らせていた女性はすぐに見つかった。性別を理由に就職先が限られていた家庭教師、学ぶ機会を制限されたメイド。彼女達を味方につけて、ライラは勉強に励むことにした。そのためには、金も人脈もいくらあっても困らない。

そんな生活を続けるうちに魔具開発に着手するようになったのは、ちょっとした気まぐれだ。前世の恵まれた生活を再現し、ついでにお小遣いも稼ぎたい。それだけのつもりだった。自力でお金を稼ぐのは、いつか身分制度が崩れて貴族でなくなる日に向けた練習にもなる。するとこれがまさかの大当たり。前世の知識を総動員して作った魔具は飛ぶように売れ、自分の商会を起ち上げるまでに至った。

最近では、父公爵の補佐として、内政にも口を出している。心ない下級役人から「お嬢様のままごと遊びに振り回される身にもなってほしい」というようなことを幾重ものオブラートに包んだ陳情書が届けられることもあるが、前世の文明レベルについてこれない保守的な怠け者の遠吠えだ。事実として、レーヴァティ領はライラのおかげで大きく潤っているのだから。

本音を言えば、いつ内乱が起きてもいいよう武力も蓄えかったのだが、それについてはあまりうまくいっていない。父公爵が承諾しないからだ。ちょっと領地に武器と兵士を集めればいいだけなのに頭が固い。きっと、ライラを心から信じてくれていないせいだろう。

（まあ、お父様とお母様がわたしを信じてくれないのは昔からだけど。わたしだって、前世の記憶の話なんてできないし）

思い出すのは十年前のこと。ウィドレットを目にして、ここが『アンまど』の世界だと気づいてしまった日のことだ。

『アンまど』のウィドレットは、極悪非道のクズ野郎だ。髪色や目の色など、アンジェルカにどこか似ている——もしくは似せている——女の子をアンジェルカの代用品として集めては、「しょせん偽物だな」とすぐに殺してしまう。ウィドレットは、人の命をなんとも思わない男なのだ。ライラがウィドレットの婚約者になろうものなら、「アンジェとの婚約の障害になる」という理由でさっくり殺されていただろう。

（十歳の誕生日の時にはじめて見た五歳児にそこまで執着できるんだから、ウィドレットってきっと真正のド変態だよねぇ。ああ、殺されなくて本当によかった！）

生の喜びを噛みしめるライラだが、メイドのロザに来客を告げられると気分はたちまちしぼんでしまった。やってきたのが、アリアに会いに来たノーディスだからだ。ライラも彼に会おうとしていたとはいえ、実際にその時が来ると憂鬱になる。

ライラはウィドレットとの縁を全力で断ち切りたいのに、あの考えなしのぶりっ子アリアがよりにもよってノーディスと婚約してしまった。これではウィドレットが何かやらかしたら、レーヴァティ家も巻き添えになりかねない。せっかくライラが色々手を回してあげているのに、妹にこうも台無しにされるだなんて。これだから、甘えるぐらいしかとりえのないお花畑は困る。

ライラは、『女の子』を前面に押し出すだけで自立する気のないアリアのことが好きではなかった。実の妹とはいえ、いや、実の妹だからこそ、ライラと同じ顔でかわいこぶられると鳥肌が立つ。とはいえ、アリアのことが憎いわけではない。アリアはそれしか学んでこなかった、可哀想な子なのだから。だが、可愛さで人を言いなりにできるのは若いうちだけだ。アリアのような、親や異性に媚を売らないと自分を確立できない生き方なんて、ライラはまっぴらごめんだった。前世で言うところの、近世かそれ以下ぐらいのレベルの価値観程度しかこの世界には備わっていないのだから仕方ないとは思うが……カビ臭い習慣に縛られていないで、アリアももっと自由に生きればいいのに。ああいう女のせいで、しっかりした向上心を持った女性達まで侮られる。アリアのためを思い、他人に寄生するような生き方をしていては駄目だと口を酸っぱくして厳しいことを訴えるものの、その愛の鞭が届いている気はまったくしなかった。あのざまでは、きっと将来苦労するだろう。

（うぅ……。でも、こうなったらもう仕方ないよね。どうせなら、ノーディスのことも抱き込んでやろっと）

幸い、相手がノーディスならやりようがある。何故なら原作において、ウィドレットのせいで瀕死の状態に陥ったダルクを、回復するまでかくまっていたのが他ならないノーディスだからだ。ウィドレットの身内でありながら、ウィドレットの味方ではない青年。彼を懐柔する秘策はある。ノーディスを味方にできたら、シャウラ家内でのウィドレットに対する抑止力として役立つはずだ。それにノーディスは、覇気こそないが魔導学者としては優秀だった。味方につければ、ライラの人生はますます安泰だ。別に好みではないが、顔も整っている。ウィドレットの巻き添えで死ぬのは可哀想だし、ついでに助けてあげよう。

（あー、転生するって大変だなー。ヘタに権力のある家に生まれたし、原作《みらい》まで知っちゃってるから、見て見ぬふりもできないし。何も考えなくていいアリアが羨ましいったら。せめて大貴族の娘でさえなければ、国を救うなんて大きすぎる責任を抱え込まなくてもよかったのに。いっそ平民になりたい！）

持たない者のために尽力するのが持つ者の義務とはいえ、持ちすぎるのも大変だ。ライラはやれやれと肩をすくめ、次のターゲットを攻略《オト》しに向かった——のだが。

「あいつ、一体なんなの⁉」

ノーディスは冷笑だけ残して帰っていった。荒々しく自室に戻ったライラを、ダルクが心配そうに出迎える。

ライラの作戦はこうだ。アリアのふりをして自然に接触し、途中から自分がライラであることを明かして、ノーディスの心を鷲掴みにする必殺の台詞を言う。完璧なはずだった。

原作のノーディスは、異母兄ウィドレットに下僕のように仕える卑屈で陰気な主体性のない青年だ。元々は明るい人柄だったようだが、ウィドレットによる支配が彼をそういう風に変えたらしい。

しかしそんなノーディスは、自分と同じようにウィドレットに苦しめられるアンジェルカと出逢い、少しずつ彼女に惹かれていく。ウィドレットの手前大っぴらには表せないものの、陰ながらアンジェルカを助け、けれど彼女の幸せを願って身を引く健気なノーディスの姿に、漫画アプリのコメント欄は当て馬推しの読者達で大いに沸いていた。

(アンジェがノーディスを説得して、ノーディスがアンジェ側に本格的に寝返るのは内乱の途中だから、三年ぐらい先のはず。先手は打ったのに、なんでノーディスには通用しなかったんだろう)

ウィドレットが扇動する内乱が激化する中で、アンジェルカはノーディスに対して横暴な異母兄からの離反と自立を促した。それを拒んでウィドレットのもとに戻ったように見えたノーディスだが、実はアンジェルカの言葉はきちんと届いていた。だから彼はウィドレットの目をかいくぐり、危険を冒してまでダルクをかくまったのだ。……そんなノーディスも、裏切りに気づいた異母兄によって粛清され、歪みきった兄弟愛に終止符が打たれるのだが。

（ダルクはアンジェじゃなくてわたしを選んでくれた。つまり、この世界に強制力はないってこと。だからノーディスも、わたしに傾倒してくれなきゃおかしいのに）

アンジェルカが決死の覚悟でノーディスに離反を呼びかける原作のシーン。それは、ノーディスがウィドレットの魔の手から逃れて、アンジェルカのために生きようとするもっとも決定的かつ印象的なシーンでもあった。それをライラは切り取って再演した。こまごまとしたネタはすべて拾えなくても、各キャラの見せ場に等しい名シーンなら覚えている。口調だけは多少ライラの言いやすいように改変したが、あとはほとんど原作の通りのはずだった。それなのに、ノーディスはライラを拒絶した。それが原作のような葛藤の表れではないことは、原作と反応が違うことからも明らかだ。

ウィドレットとノーディスの母親が異なることは、世間的には秘匿されている。部外者でそれを知っているのは、原作の知識があるライラぐらいだろう。ノーディスの過去編によれば、異母兄弟の関係が主人と奴隷さながらになったのは、ウィドレットの十歳の誕生日らしい。ライラが前世を思い出した日だ。シャウラ家の兄弟は、ただでさえ普段からぎくしゃくしていた。おまけに誕生日パーティーの後、ウィドレットを廃嫡にしてノーディスを次期当主とすることについて大人達が話し合っていたらしい。それを聞いてしまったことで、ノーディスに対するウィドレットの憤りが爆発するのだ。

魔力飢餓と魔力制御不全という二人の特異な体質のせいで、兄弟喧嘩は図らずも殺し合いまがいのものにまで発展した。そこでノーディスはウィドレットに殺される寸前まで痛めつけられた挙句、出生の秘密を恨み言たっぷりに明かされたのだ。それ以降、ノーディスはぬぐい切れない恐怖心と罪悪感によってウィドレットに隷従するようになったとか。そんなノーディスの心を照らし続けたのがアンジェルカだ。

　ライラには、ダルクという成功体験があった。原作のヒーローを手中に収めた彼女に、恐れるものなど何もない。だから今回も、アンジェルカと同じことをすれば彼女が手にするものと同じ成果が得られるという自信があった。その成功のせいで気づかない――ダルクとノーディスでは、そもそも前提条件が違っていることを。

　ライラが『原作』と呼ぶ記憶の中で、ダルクはアンジェルカとも初対面だった。一方で『原作』のノーディスがアンジェルカの説得に胸を打たれた時、すでに彼はアンジェルカと親交があった。ウィドレットに苦しめられる同志として、二人の間には絆が芽生えていたのだ。

　劇的な出逢いか、あるいは日ごろの積み重ねか。それぞれ響くものが違う。うわべだけ模倣したところで、ライラは完全な主人公《アンジェルカ》になどなれはしない。そもそも、この世界は現実だ。そうである以上、ほんの些細な偶然が、大きな波紋《へんか》を呼ぶことはある――定められた脚本《うんめい》に縛られずに好き勝手に生きて、『偶然』が生まれる余白を作り出すような者がいるならなおのこと。

（第一、ノーディスは原作と違って鬱屈としてなかった。でも、原作とキャラが違うなんてありえないよね。……もしかして、ノーディスも転生者なの？　だからウィドレットにいじめられないように、うまく立ち回って……。いじめられてないなら、卑屈になる理由はないわけだし……）

　ここは現実だと言いながらも『原作』を信じ続けるライラの目に、正しい世界の姿は映らない。

（転生者が相手なら、原作通りの展開にならないのも当然か。でも、ノーディスに転生したくせにウィドレットから逃げてないってことは……まさかウィドレット推し⁉　ヤバっ！　ダルクがここにいるって知られたら、何されるかわかんないじゃん⁉　万が一ウィドアン過激派だったらどうしよう……）

ライラは自分の信じたいことしか信じない。彼女には、自分の中で安易に出した結論を正しいと思い込んでしまう悪癖があった。

（わたしが転生者なのがバレちゃったのは痛手だな……。だからあいつもわたしを馬鹿にしたんだろうし。あー、ムカつく！）

「ライラお嬢様、あの男と何かあったんじゃないのか？　戻ってきてからずっと様子がヘンだぞ。何をされたか言え、俺が仕返ししてくるから」

「大丈夫大丈夫。気にしないで。でもありがとね、ダルク」

（わたしがダルクと一緒にレーヴァティ家を出るのは決定事項だけど、すぐにはできないよね？　こうなったらもう、ダルクのことに気づかれる前にノーディス達を婚約破棄させるしかない！）

ノーディスはレーヴァティ家に婿入りする気らしい。だが、転生者がモブ令嬢の家なんかに用事があるとはとても思えなかった。ライラとアリアは、アンジェルカと似ているというわけでもないのに。それなのに何故わざわざこの家を婿入り先に選んだのだろう。おかげで厄介事が増えた。

こうなってしまったものは仕方ない。アリア達が結婚する前に家を出て安全な場所に行く、そしてアリア達を別れさせる。それができるのはライラだけだ。ダルクと共に家を出ればライラは安全だが、ライラのいない間にアリアと両親に何かあったら可哀想だろう。たとえライラの足を引っ張って甘い汁を吸うだけの存在でも、家族であることに変わりはないのだから。せめてノーディスが無害だとわかるまで、決して警戒を緩めないようにしなければ。

（ノーディスとウィドレットが何を考えていようと、あの二人の思い通りになんて絶対にさせない。人の想いを平気で踏みにじるだけじゃなくて、人を殺すことすらなんとも思わないような人でなしなんだから。ダルクのこともこの国のことも、守れるのはわたししかいない！）

ライラはそう固く決意する。この世界で暮らす人々が血の通った人間であることを他ならない彼女自身が否定し、その心をもてあそんでいることに、彼女はちっとも気づかない。

「お父様、お母様。わたくしも領地に帰りたいのです」

「まあ。せっかくの社交界デビューの年なのよ？　それなのに、もう帰りたいだなんて」

「ですけれど、ノーディス様がいらっしゃらないんですもの。ノーディス様とお会いできない社交界なんて、つまらないですわ」

姉と婚約者が浮気しないか見張りたかった、という本当の理由を悟られないように、可愛らしくむくれてみせる。両親は少し悩んだようだが、下手に羽目を外されて婚前に火遊びを覚えるよりはましだと判断したらしい。帰還の許可はあっさりと下りた。『結婚相手を見つける』という最大の目的はすでに果たされているからだろう。おまけに、ライラに帰還の許可を出している以上、アリアを無理に引き留める理由はない。アリアがライラの代役をする必要はもうないのだから。ただの社交なら、両親だけでも十分だ。

　こうして、月末に領地へと帰ることを目指したアリアの予定は、今以上にぎっちりと詰め込まれた。どうしても外せない家から誘われた催しに出席したり、あるいはそういった家の人間を招待したり。劇場やサロンに出入りして、自分の価値を知らしめるのも忘れない。

　王都の社交期は夏から秋にかけて続くが、あえて人の少ない田舎《いなか》の領地に行ってスポーツや行楽を楽しんだり、王都での用事を済ませ次第切り上げて帰ったりする者もいる。よほどの騒動を起こしていられなくなったのではない限り、王都にいなくても悪目立ちはしないはずだ。

　アリアはデビュタントとして王妃にきちんと拝謁したし、ひとときとはいえ社交期の王都に滞在するノルマも果たしている。アリアの帰還は惜しまれたが、婚約者の決まったアリアに対して深入りしようとする令息はいなかった。

　領地に帰る前に、アリアと両親はシャウラ家の晩餐会に招待された。その席には、嫡男ウィドレットの婚約者である王女アンジェルカも招かれていた。当然と言えば当然だが、ライラは来ていない。

「ご機嫌よう、アリア様。お会いできて嬉しいわ。もうすぐ領地に帰ってしまわれると聞いていたから、その前にご挨拶できてよかった」

「ご機嫌よう、王女殿下。お声がけいただき光栄です」

　広大な海のようなロイヤルブルーの瞳にアリアを映し、アンジェルカは快活に微笑む。まばゆい金髪がシャンデリアの光を受けてきらきらと輝いていた。王族の威容に気圧《けお》されないよう、アリアも淑女の礼を取る。一つ年下の未来の義姉は、アリアを見て何を思っているのだろう。

「ご婚約おめでとう。ノーディス君ならきっとアリア様を幸せにしてくれるわよ」

「ありがとう存じます。わたくしには過ぎた良縁でございますが、ノーディス様のご厚意に恥じないよう尽くしてまいります」

そう言ってアリアははにかんでみせた。今日のテーマは、憧れの人と婚約できて舞い上がっている初々しい乙女だ。

「本当は、ライラ様ともお会いしたかったのだけど。これまで一度もお会いできていないから、兄も残念がっていたわ」

アンジェルカの兄とは、王太子オルディールのことだ。オルディールも今日の晩餐会には来ていなかった。女好きの放蕩者として有名なので、もしかしたらどこか別の、もっと賑やかで刺激的な催しに顔を出しているのかもしれない。

「申し訳ございません。姉は身体が弱いのです。機会がございましたら、その時こそ必ずご挨拶させていただけたらと存じます」

「ふふ、楽しみにしているわね」

晩餐は始終和やかに進んだ。両家の会話は弾んだし、アリアとノーディスの仲睦まじさも存分にアピールできただろう。外堀は順調に埋まっている。

「アリア様、領地にお戻りになられたら、お手紙を送っていいかしら？」

「よろしいのですか？　もちろん構いませんわ。王女殿下さえよろしければ、ぜひ我が領にもお越しくださいまし」

晩餐の後に寄った談話室で、アンジェルカにそう尋ねられた時、アリアはつとめて冷静に答えた。

王女の友人として認められたにも等しい発言は、アリアの自尊心を大いに満たしてくれるものだった。

（お父様、お母様。同じことがライラにできるとお思いになって？　確かにライラは経済面で領地を潤していますけれど、当主にふさわしい人脈を築いているのはわたくしですわ）

女公としてもっとも必要なものは、実務能力ではなく社交力と調整力だとアリアは考えていた。シャウラ家を足掛かりとする王家との太いコネは、きっと役に立つだろう。この関係を良好に保ち続ければ、何かと便宜を図ってもらえるはずだ。

「嬉しいわ。これまでは、あまり年の近いご令嬢とお話ししたことがなくって。ウィドが構ってくれるから寂しくはないのだけれど、やっぱり女の子が相手じゃないと言えないことやできないこともあるでしょう？」

アンジェルカはくすくすと笑いながら囁き、自身の婚約者を一瞥する。ノーディスと談笑していたウィドレットは、アンジェルカの視線に気づいたのかふとこちらを見た。

「これからアリア様とは姉妹も同然になるんだもの。だから、わたくしのことは愛称で呼んで構わないわよ。もちろん、殿下なんてつけないで」

「かしこまりました、アンジェ様。そのような栄誉をわたくしに与えてくださったこと、感謝いたします。であれば、わたくしのことはぜひただのアリアと」

（わたくしの姉妹が、本当にアンジェ様だけであればよかったのに！）

愛らしく微笑みながらも、片割れへの苛立ちがくすぶる。アンジェルカならきっと、アリアの努力を理解し尊重してくれることだろう。ライラとは違って。

「よかったな、アンジェ。いい姉ができて。立場としてはお前が義姉《あね》だが」

くつくつと笑うのはウィドレットだ。ノーディスも微笑を浮かべている。

「ウィドがわたくし達の邪魔をしに来たら、ノーディス君、貴方がきちんとウィドを引き留めなさい」

「困りましたね。アリア様をアンジェ様に独占されるようなことがあれば、兄上に密告してアンジェ様を引き取っていただこうと思っていたのですが」

「まあ。どうしましょう。まさか、わたくしにノーディス様かアンジェ様かを選べだなんて、そのような残酷な試練はお与えになりませんわよね？」

「違うの！　アリアを悩ませたいわけではなくってよ！　……仕方ないわね、たまにならウィドとノーディス君も同席していていいわ」

「よもや俺達を邪魔なおまけ扱いするとは。俺は悲しいぞ、我が女神。まあ、そんなところも愛おしいが」

仲のいい兄弟と、その片方の婚約者。すでに構築されていた三人の仲に、アリアはするりと溶け込むことができた。誰もアリアを邪険に扱わず、輪の外に追い出そうともしない。この調子なら、これからもうまくやっていけるだろう。残った不安要素は、ウィドレットの心情だ。ライラが十年前に働いたあの非礼は、彼の中でもきちんと片付いているのだろうか。アリアの心中を察したわけではないだろうが、ウィドレットはアリアを一瞥すると何か考え込むそぶりを見せた。

「アリア・レーヴァティ嬢。思えば、これまでお前とはきちんと話したこともなかったな」

「当家の不精をお詫びいたします、ウィドレット様」

「……俺に会うと、お前は謝らずにはいられないのか？　そういうのはいい。お前にへりくだられていると、ノーディスに文句を言われかねないしな。アンジェにまで嫌われてしまう」

不愉快そうなウィドレットを見て、思わず謝罪の言葉が喉まで出かかる。それをなんとか呑み込み、アリアは笑顔を整えた。ひとまず、ライラ由来の悪感情はアリアに影響していないそうだ。

「そうですよ、兄上。私のアリア様を怖がらせるのはおやめください」

「俺は自然体でいるだけだ。お前こそ、いいところを見せようと見栄を張りすぎるなよ」

兄弟は気安く言い合っている。その様子を見たアリアとアンジェルカは顔を見合わせ、相好を崩した。

「今日はお越しいただいてありがとうございました、アリア様」

「こちらこそ。とても楽しいひとときを過ごせました」

見送りに来たノーディスは、恭しくアリアの手を取ってキスをする。アリアも満面の笑みを返した。

「ノーディス様、最後に一つわがままを言ってしまってもよろしくて？」

「一つと言わずいくらでも。アリア様が願うことであれば、なんでも叶えてさしあげますよ」

「では、どうか楽に接してくださいな。わたくし達はもう婚約者同士なんですもの。結婚だって、きっとあっという間ですわ。ですからわたくし、ノーディス様ともっと親しくなりたいのです。これからは、アリア、とお呼びいただけませんか？」

仲睦まじいウィドレットとアンジェルカの様子に触発され、彼らが羨ましくなってしまった……というのはもちろん方便だ。

（無邪気な女を嫌う殿方がいらっしゃって？　特定の相手だけの特別な接し方は、優越感をくすぐるでしょう？　気安く呼ぶのを許した殿方は貴方だけ。その意味がわからないほど愚かな方を選んだつもりはございませんわ）

上目遣いでそうねだったアリアにノーディスは少し目を丸くしたものの、すぐにふっと微笑む。

「それが貴方の望みなら。ただし私からも条件がある。私のことは、ノーディスと呼んでほしいんだ」

「ええ、ノーディス！」

宝物をもらった子供のように、ノーディス、ノーディスと何度もその名を舌先で転がす。ノーディスは目を細め、愛おしげにアリアを見つめた。

思い通りの反応だ。代わりにノーディスを呼び捨てで呼ぶ許可を出されたのも、無垢なアリアを喜ばれるのも。打てば響くノーディスの様子は、彼が間違いなくアリアの術中にはまっていることを示していた。心の中で高笑いが美しく響く。

さて。

幼少のころから帝王学としての淑女教育に励んできたアリアは、その一環として他国の文化や言語についても深く学んでいた。アルバレカの大領地の未来の領主として、他国から来た外交官や有識者をもてなす機会があることを想定されてのものだ。だからアリアは、隣国にあるこんなことわざを知っている。『肉を焼くのがうまい者ほど《相手に何かを仕掛けたとき》、客に出す肉は少なくなる《自分のほうが引っかかる》』――ただし知識として持っていることと、身をもって経験して理解することは、また別の話なのだ。

アリアは、自分はあくまでも他人を利用する人間であり、決して他人の手のひらの上で踊る人間ではないと自負している。だからこその盲点だった。他人、それも同世代の異性を呼び捨てにするなど、親しい仲でなければ許されない。それでもそう呼んでほしいと言えたのは、彼と親しくなりたいから。だからこそ許したのだと、自分にさえ言い聞かせて納得させてしまう特別な呼び方。あくまでもノーディスからの対等な返礼であり、無邪気さを演出するための小道具として活用できるとしか思っていない気安い呼び方。それが、そっくりそのままアリアの心を絡め取る網として作用するのだということに、まだアリアは気づかない。


「ねえ、シャウラ家の食事会に行ってきたんでしょ？　どうだった？」

「気になるのなら、貴方も行けばよかったでしょう」

「絶対やだ」

屋敷に帰るなりひょっこり顔を見せたライラを、アリアは冷たい目で一瞥する。せっかくいい気分だったのに。目の前のがさつな女が、自分と同じ顔をしているという事実に腹が立って仕方ない。

しかしライラは意にも介さず、両親にぞんざいな出迎えの挨拶をする。そんな彼女の背後にいるのはダルクとロザだ。ライラが顔を見せただけでも満足らしく、両親は小言を言うこともなくにこやかに声をかけて部屋に向かった。

「シャウラ家の方々には歓迎していただきましたよ。アンジェ様とも友誼を結ばせていただきましたし」

「あっ、アンジェもいたんだ。どうしてるか気になってたんだよね。アンジェ、今どんな感じ？」

「何故貴方がそう気安くアンジェ様についてお話しになるのです？　畏れ多いとは思わないのかし

ら」

アリアがたしなめても、ライラはぺろっと舌を出すだけでどこ吹く風だ。面識などないはずなのに、どうしてこうも馴れ馴れしいのだろう。

（この様子だと……ライラが前に言っていた、ノーディスが本当に婚約したがっていた『アンジェ』というのはアンジェ様のことなのかしら）

ますますわけがわからない。十年前のあの日以来、レーヴァティ家とシャウラ家は没交渉だった。シャウラ家の込み入った事情など、ライラが知り得るはずがないのに。

「……アンジェ様はご壮健であらせられます。ウィドレット様ともたいそう仲睦まじいご様子で」

「うそだぁ。アンジェとウィドレットが仲いいわけないじゃん」

「ですから、貴方が一体何を知っているというのですか。貴方はお二人のなんなのです？」

「でも、本当に仲が良くなってるなら結果オーライかな。なりゆきとはいえわたしがダルクを取っちゃったから心配だったし」

ライラはにやにやと笑いながらダルクを見やる。アリアの言葉に答える気はないらしい。とうのダルクは、王女のことになど無関心のようだったが。彼が気にしているのは、アリアがライラの機嫌を損ねさせないか、その一点だけだろう。そうでなければ、こんな風にアリアを強く睨みつけていない。

（そもそも、どうしてただの孤児のことがアンジェ様にかかわるというのかしら。アンジェ様との接点などないでしょうに）

「だけど、それだとノーディスが……」

ライラは神妙そうな顔で黙りこくる。「人の婚約者を馴れ馴れしく呼ばないでいただけます？」指摘は何度目になるかもわからない。いつライラに届くのだろう。いや、根気強くやっていれば、きっといつかは——

（どうして！　どうしてわたくしがここまでライラに配慮しないといけないのですか！）

脳内で思い切り叫ぶ。これが自室なら、ハンカチを思いっきり噛みしめていたところだ。ライラの身勝手さには付き合っていられない。

（落ち着きなさい、アリア。ここで感情を噴出させてライラに当たれば、ライラと同等のところまで堕ちてしまいます。それでは淑女らしくありません）

自分の心を自分で殺す、いつもの言葉を無意識に吐き出す。もうそのことに違和感は抱かない。

抱けない。

「アリア、ノーディスにつらく当たられたりしてない？　どうせアンジェの代わりなんだからって雑に扱われたら、すぐに言うんだよ？」

「めっそうもありません。とてもよくしていただいておりますけれど？　ノーディスのことを何も知らないくせに、憶測で彼を貶めるのはやめていただけませんか？」

その呼び方は、アリアにだけ許された呼称だ。それを強調するように、ノーディスの名前をはっきりと告げる。

こうもライラに連呼されていては、せっかく演出した特別感が薄れてしまう。それではなんの意味もない。あるいは、まさかライラもそれを許されているのだろうか。黒い感情がじわりと心に侵食してくる。

(わたくし達はとてもよく似ています。わたくしへの感情が、同じ顔をしたライラに向けられてしまう可能性は否定できません。……わたくしを愛するように、ライラのことを……)

ノーディスの愛については、今さら疑う余地はない。彼は間違いなくアリアに夢中だ。そうなるようにアリアが仕向けたのだから当然だろう。だが、だからこそ。アリアを愛するのと同じように、ライラにも好意を抱くことは十分考えられる。よく似た双子の間に、美醜によるアドバンテージはない。ノーディスがアリアの見た目に惹かれたのなら、当然ライラの顔も好みということになるだろう。性格はまったく違うが、むしろそれこそがいい刺激になりかねない。

(わたくしに飽きればライラに、ライラに飽きればわたくしに？　そのようなこと、絶対に許しませんわ。ノーディスには、わたくしだけを見ていていただかないと)

ノーディスには、常にアリアを好きでいてもらう。そのための努力は惜しまない。だってそうでなければ、きっとこれからもふとした瞬間に不安になってしまうはずだ。

「ライラ、そうわたくしのことを心配していただかなくても結構ですわよ。貴方が危惧するようなことは一切ございませんもの。……それとも、まさかわたくしに嫉妬してらっしゃったのかしら。もしそうでしたらごめんあそばせ。貴方が聞きたがるような、不幸な報告ができなくて」

「なっ……」

たとえどれだけ自分に自信があっても、好意にあぐらをかいて慢心はしない。何故ならアリアは、釣った魚には存分に餌を与えて肥え太らせる主義なのだから。

ライラは去っていくアリアの背中を目で追う。彼女にはもう、ライラの言葉は届かない。

「あちゃー……。アリアったら、すっかり舞い上がっちゃって。恋は盲目ってこと？」

妹の精一杯の嫌味《つよがり》など、ライラには痛くもかゆくもなかった。こちとら前世も含めれば、アリアの倍以上の時を生きているのだから。粋がる少女の捨て台詞も可愛いものだ。

「いっそ真実を教えてあげたいんだけど、どうせ信じないだろうしなぁ。……でもあの調子だと、失恋した時のダメージが大きそう」

やれやれとため息をつく。まったく手のかかる妹だ。彼女は赤い宝石のイヤリングを身に着けていたが、それもきっとノーディスに夢中だからだろう。美しい赤の宝石はノーディスの瞳を思わせる。もしかしたら、ノーディスからのプレゼントなのかもしれない。

（ヤンデレの弟はしょせんヤンデレってこと？　キモっ。そんな独占欲まるだしのアクセサリー、アリアもなんで喜んで身に着けちゃうのかなぁ。女は男を満足させるための都合のいいトロフィーじゃないんですけど？）

アリアにその辺りの意識が芽生えない限り、ライラの考えは理解されないだろう。今の彼女は、喜んでトロフィーに成り下がっている。無知な妹があまりに可哀想だった。

「失恋？　アリアお嬢様が、ですか？」

ロザが興味深そうに尋ねた。ライラは何気なく答える。

「そう。詳しいことは言えないんだけど、アリアとノーディスを別れさせてあげたいの」

アリアの、そしてレーヴァティ家のために。悪しき王弟一家とは、なんとしてでも縁を切らなければならない。

「なるほどぉ……」

「その二人を別れさせて、何か意味があるのか？」

どうやってアリアの目を覚まさせるか、そのことで頭がいっぱいだったライラは、ロザの意地悪い笑みに気づかない。そして、首をかしげたダルクのいぶかしげな眼差しにも。

「だって、このままだと大変なことになるんだもん」

「……そうなのか？」

「このまま放っておくと、みんなに危険が迫るかもしれないんだよ。みんなを守るためにも、これ以上ノーディスをアリアに近づけさせたくないの」

「それならあたしにお任せください、ライラお嬢様っ」

「ほんと⁉」

ロザが片手で胸を叩く。詳しい事情は伏せているのに協力してくれるなんて、なんて頼れるメイドなのだろうか。

「はい！　あたしにいい考えがあります！」

「……」

「ありがと！　じゃあ任せたよ、ロザ！」

一人の力では、できることにも限度がある。ロザが協力してくれるという申し出は素直にありがたかった。

具体的に何をするのか、ロザは話さなかったが……手の内を伏せているのはライラも同じだ。もしかしたら、これから策を練ってくれるのかもしれない。ここはロザのお手並み拝見といこう。一緒に悩みを共有してくれるメイドができたので、少し肩の荷が下りた気がした。

(本当は、ダルクにも手伝ってもらいたいんだけど。ダルクを守るためっていうのが一番の理由でやってるんだし、ちょっとぐらい協力してってどうしても思っちゃうんだよね。……まあ、女の子同士のことだと首を突っ込みづらいっていうのはあるだろうから、仕方ないかぁ)

そんなことを考えながらダルクを一瞥する。ダルクは何か考え込んでいるようだ。それでもライラの視線に気づくと、いつもの不器用な笑顔を見せてくれる。だが、彼の笑みは普段よりもぎこちなかった。

「ヨランダ、お茶を淹れるのが上手になったのではなくって?」

「あっ、ありがとうございますっ!」

アリアは微笑を浮かべて静かにティーカップを置く。ヨランダはあわただしくお辞儀をした。ヨランダの所作にはまだ見苦しいところもあるが、働きぶり自体は及第点だ。家の中で侍らせるには問題なかった。

(最初のころは、毎日のように何かしら粗相をしていましたが……意外とすぐに仕事を覚えてくれましたもの。頭は鈍くないのでしょう)

まだぎこちなくてもたついてしまう部分も多いとはいえ、ヨランダはアリアの習慣をある程度把握している。少なくとも、ライラと通じている使用人達よりかはよっぽど役に立った。

アリアの傍らに立ったヨランダは今日の予定を伝える。今日は、午後からとある伯爵家のガーデンパーティーに招待されていた。ノーディスもそれに参加するはずだ。それが今年の王都の社交期で出席する最後の催し物だった。

「あら？　貴方、また怪我をしていますの？　その危なっかしいところはどうしたら直るのかしら」

「こ、これは、その……申し訳ありません……」

袖口からちらりと見えた手首の包帯を指摘すると、ヨランダは気まずげな様子で腕を背に隠した。服に隠れるような場所ではあるが、ヨランダは怪我をしていることが多い。尋ねても、自分の不注意だとしか言わない。確かにヨランダはアリアの目の前でもよく転ぶことがあるので、特に気にしてはいなかった。

「何故貴方が謝るのです？　わたくしに謝る必要のあることはしていないでしょう」

そう言いつつも、先日ウィドレットに言われたことが脳裏をよぎる。きっと彼も同じ気分だったのだろう。

「それでも謝りたいというなら、相手は自分自身とご両親にするべきですわ。ご両親からいただいた、貴方だけの大切な身体ですもの」

すると、ヨランダはこぼれそうなほど目を見開いた。何か言いたそうに唇をわななかせ、きゅっとスカートのすそを握り締めている。

「どうかして？」

「あ……あの、アリアお嬢様は、もうすぐ領地にお帰りになられるんですよね……？」

「ええ、その予定です」

「おっ、おこがましいってわかってますっ、けど……あたしも、その、連れていっていただけないでしょうか……！」

「それは構いませんけれど、レーヴァティ領に移住することになりますわよ？」

尋ねると、ヨランダは何度も頷いた。彼女は王都生まれの孤児なので、家族の心配はしなくてもいいのだろう。とはいえ、レーヴァティ領は辺鄙な土地というわけではないが、花の王都ほど刺激的なわけでもない。ヨランダはまだ十四歳だったはずだ。名前しか知らないであろう地方都市に、何か憧れを見出せるものだろうか。アリアに生涯を捧げるほど心酔したとも考えづらい。なにせ、彼女が雇われてからまだ二ヵ月も経っていないのだ。アリア付きになった期間は、そのうちの一ヵ月半ぐらいだろう。

（タウンハウスにいづらい理由でもあるのかしら？）

少し考えて、嫌な可能性に思い当たる。服に隠れて見えづらい場所によく生傷を作る新人メイド。彼女がどんくさいのはアリアの前だけではないだろう。アリア付きの使用人の中で、彼女が一番立場が弱い。

（相手はわたくし付きの使用人ではないでしょう。彼女達はカントリーハウスから連れてきていますもの。ヨランダがカントリーハウスに行っては意味がありません。それならば、標的にしてくるのはきっとタウンハウスのライラ派なのでしょうね）

ライラの策略によるノーディスへの連絡の行き違いがあってから、アリアは身の回りの使用人を一気に整理していた。残ったのはヨランダと、カントリーハウスから連れてきたアリア派の二人の使用人だ。数は少ないものの、優秀な仕事ぶりを見せてくれる。不自由がないわけではないが、ライラ派に足を引っ張られるよりかはましだ。領地に帰る日程も決まったし、耐えきれないほどの問題はない。

「気づいてあげられなくてごめんなさいね。今まで大変だったでしょう」

とはいえ、予想はあくまでも予想に過ぎない。そこでアリアは明言を避け、優しく声をかけた。それは何に対してのものなのか曖昧な言葉だったが、たちまちヨランダの涙腺は崩壊していく。彼女の中で、『大変なこと』に心当たりがあるからだ。

「ずっ、ずっと怒られてて……たくさんひどいこともされて……辞めようかなって思って、でも辞めたら生活できないし、次の仕事も見つけられないし、それで……」

泣き崩れるヨランダにハンカチを差し出す。庇護を求める善良な弱者が相手であれば、慈悲を示すのもやぶさかではない。アリアを求めて縋る者の存在は、渇いた心を満たしてくれる。

涙声の訴えをまとめると、やはりアリアの思った通りのことが起きていたようだ。ヨランダは女中頭から高圧的に接され、ロザをはじめとしたタウンハウスのメイド達からいびられているらしい。アリアや他のアリア付きの使用人に相談しようにも、自分の無能さを露呈してしまうようで何も言い出せなかったとか。

（まったく。もっと早く相談すればいいものを。まさか自分の主人が、庇護下の取り巻き一人を庇うだけの力もないと思っていて？　……それでも、きちんと吐露できたことだけは褒めてあげましょう）

ヨランダの言う女中頭とは、あくまでもこのタウンハウスのメイド達を統括する存在だ。カントリーハウスのメイド達を統べる女性は他にいて、主人一家が留守にしている間の屋敷を守っている。

ライラ派の使用人はカントリーハウスにも多いが、カントリーハウスの女中頭は当主夫妻に忠実な中立派なので悪いようにはされないだろう。アリア派の使用人の間での人間関係の構築は、自分達で勝手にやってくれればいい。

「安心なさい。この家から離れれば、誰も貴方をいじめはしませんわ」

「お嬢様……あっ、ありがとうございます……」

しゃくりあげるヨランダに、アリアは慈愛の眼差しを向ける。使用人と馴れ合いたいわけでは決してないが、弱者を守るのは強者の義務だ。

「実はロザさんから、お嬢様のアクセサリーを盗んでこいって言われてて、でもそんなことできないから、それでもうこのお屋敷にはいられないって思って」

「お待ちになって？」

琥珀の瞳が一気に温度を失う。青い顔のヨランダはぶるぶると震え出した。

「あっ、あたしは盗んでません、一度も！」

「ヨランダ、貴方のことは責めていませんわ。貴方が無実であることも知っています。……ですが、あのメイドがそのようなことを言ったのですね？」

「は、はい……。アリアお嬢様からノーディス様のプレゼントを盗《と》ってきたら、もうひどいことしないって……。奥様はどれだけくすねても全然気づいてないし、マルカブ夫人もグルだから、あたしでも簡単にできるって」

「よりにもよって、ノーディスからの？」

マルカブ夫人というのは、このタウンハウスの女中頭のことだ。腐敗は思ったより深刻らしい。

（これは由々しきことですわね。たとえ使用人であろうと、レーヴァティ家に罪人など置いておけませんわ）

アリアが持っているアクセサリーは高価な物ばかりだ。だが、自分が所有している貴重品について、アリアはきちんと目録に目を通して把握している。少なくとも今年タウンハウスに来た時から、不審な紛失は一度もない。短い間とはいえアリア付きのメイドだったロザなら、目録の存在も把握している可能性がある。管理が厳しいことを知り、自分の手で盗むのを諦めたのだろう。あるいは、純粋にアリアとヨランダへの嫌がらせなのかもしれない。アリア付きを外されてライラ付きになったのは、ロザにとっては願ってもない幸運だったに違いない。ライラは自分のお気に入りに、高価な贈り物を軽率なほどばらまくからだ。そうである以上、わざわざ盗む必要もなくなる。しかしそれは、盗っ人の図々しさを助長させる環境でもあった。窃盗の強要が露呈しても、ヨランダ一人に罪を押しつけて自分は知らぬ存ぜぬで押し通せばいい。ライラに庇ってもらえるという慢心もあるだろう。元からそういう気質だったのか、それともライラに甘やかされたせいか。たとえどちらであろうとも、結果は何も変わらない。

（理由はどうあれ、手癖の悪さは見過ごせませんわ。ロザはすでに、わたくしに対して何度も反抗的な態度を見せています。ヨランダが嘘をついている可能性はもちろんありますが、ロザならやりかねないと思わせる素行の悪さがあること自体が問題ですもの）

いい加減、自分の立場をはっきりわきまえさせる必要がありそうだ。

「アリア、何かあったのかい？　ずっと浮かない顔をしているけれど」

「……ノーディスに隠し事はできませんわね」

ガーデンパーティーですするような話ではない。とはいえノーディスはいずれレーヴァティ家に婿入りする身だ。使用人の不始末を隠し通してもいいことはないだろう。

他の客人達の輪からそっと離れ、人けのない場所に移動する。恥ずかしいので他言無用だと前置きして打ち明けるのは、今朝ヨランダから聞かされた話だ。ついでに、ロザがいかに素行不良かも伝えておいて、アリアが神経過敏なわけではないということもアピールしておく。

「まさかそれほど素行の悪い使用人を雇っていただなんて、当家の恥ですわ」

「そうだね。空気の入れ替えが必要そうだ」

発言自体はアリアも同意見なのだが、いつも人当たりのいいノーディスにしては固い声音だった。怪訝に思ったアリアに気づいたのか、ノーディスは真剣な表情で続ける。

「愛しいアリアを傷つけられて、黙っていられるほど軟弱なつもりはないよ。貴方への嫌がらせはすでに度を越している。私はまだレーヴァティ家の人間ではないから、何の権限もないけれど……それでも、罪人を見過ごしたくないんだ」

「ノーディス……ありがとうございます。その気持ちだけで救われた気分ですわ。わたくしのことで貴方がそこまで憤ってくださることが嬉しいんですもの」

「……本当にそう思ってる？　ねえアリア、自分一人が耐えていればそれで解決するなんて考えていないよね？」

透き通った赤い瞳に、何もかもが映り込んでしまいそうになる。アリアははっと息を呑んだ。

ノーディスの言葉は、すべてを呑み込んできた幼い日のアリアを照らし出してしまう。

「実は……前シャウラ公爵夫人も、使用人達からひどく軽んじられていたんだ。きっと、周囲のすべてが敵も同然だったんだろう。あの人は、何をされようと耐え忍んでいたそうだけど……そのせいで心が弱りきっていて、私が生まれてすぐに亡くなってしまった。……アリアには、そんな悲劇を味わわせたくないんだ」

端整な顔が悲痛に歪む。前シャウラ公爵夫人というのは、きっとウィドレットとノーディスの母親のことだろう。アリアも何か言いたいのに、唇は凍りついたように動かない。

「だからどうか貴方は無理をしないでくれ。アリア、私を頼ってほしい。貴方が背負っているものは私も背負うし、貴方が悪意にさらされるというならその盾になろう。貴方を失わないためなら、私にできることはなんだってするよ」

（わたくしにそんな言葉をかけてくれる方なんて、これまで一人もいませんでした）

誰もがアリアに完璧であることを望んでいた。だからアリアはそれに応え続けた。自分を押し殺し、自分で自分を納得させて、空っぽの心を周囲の期待通りの色で塗り固めた。周囲に助けを求めていれば、違ったのだろうか。ノーディスのように優しい言葉をかけて、慰めてくれただろうか。けれどアリアはそう思わない。どうせ無様で不出来な落ちこぼれだと落胆されるに決まっている。アリアはその眼差しを知っていた。知っているからこそ、諦めた。それなのにノーディスは、アリアに失望していない。痛みと悲しみの中に慈愛を浮かべた彼は、ただ静かにアリアを見つめている。

「嫌だと思えば声を張り上げていい。つらいと感じたら、思いきり泣いていいんだ。貴方の心より優先されるべきものなんて、世界のどこにもないんだから」

頭を優しく撫でられる。差し出されたのは、以前アリアが彼に贈ったハンカチだ。一切のゆがみもない薔薇の刺繍は、アリアの完璧さを示すように咲いている。それを見て、アリアはようやく頬に涙が伝っていることに気づいた。


ガーデンパーティーから帰ってすぐにアリアは行動を起こした。上流階級の人間は体面によって生きている。何より重んじるのは名誉だ。貴族は、決して他者に侮られてはいけない。

「どうしたのです、アリア。折り入って話したいことがあるとは」

「なんでわたしまであんたに呼ばれなきゃいけないの？」

たとえ水面下でどれほど泥臭いものを積み上げていようと、表向きは優雅できらびやか。それが貴族として生きる者の宿命だ。使用人とは、そんな貴族を支える黒子であり飾り立てるための小道具だった。舞台裏を知る以上、使用人は主人の意思に反してはいけないし、反しているとも思われない。けれど使用人を正しく御しきれないのなら、貴族というはりぼてはたちまち瓦解する。使用人だって、れっきとした人間なのだから。だから、背信行為に走る使用人は密やかながらも後を絶たない。

（お母様。貴方は我が家の使用人達の二心など疑っていないのでしょうね。だってそうしなければ、ご自分の栄華が崩れかねませんもの。裏切られることなど絶対にありえないと、思い込みたいのでしょう？）

雇用形態における主従関係は、わきまえられてしかるべきだ。それでも同じ人間である以上、どうしたって好悪の感情は発生する。それを態度に出すか、出さないかの違いだけだ――そしてこの家には、使用人に使用人としての態度を徹底させないことをよしとしてしまっている存在《ライラ》がいる。

（貴族にとって、使用人とは家具も同然です。ですがそれは、あくまでもそれほど生活に密接な立場にあるという意味。非人間として扱ってもいいということではございません。……だからといって、愛着を超えた贔屓を許してもいけないのです。それを履き違えてはいけません）

アリアは静かに居間を見渡す。怪訝な顔の公爵夫妻に、むすっとしたライラ。ライラの背後には、ふてぶてしいロザと女中頭がいる。うつむくヨランダはアリアの隣だ。全員アリアが呼び出した。

「お父様、お母様。どうかこのメイドに、鞭を打つことをお許しいただけないでしょうか」

嘘の涙で目元を濡らし、アリアは震える声で尋ねる。指し示した先にいるのはヨランダだ。ヨランダは縮こまり、「お願いします」と公爵夫妻に向けて頭を深く下げた。

「アリア!? あんた、自分が何を言ってるかわかってるの!? そこまで腐ってるとは思わなかった！」

「落ち着きなさい、ライラ。アリア、一体何故そんなことを言うんだ。そのメイドは、お前に対して何かしでかしたのか？」

「いいえ。彼女……ヨランダの良心によって、すべては未遂に終わりました。ですがその良心のために、彼女は自ら罰を望んだのです」

食って掛かるライラをなだめ、公爵は困ったように問いかけた。ヨランダの献身に胸を痛めるふりをしながら、アリアは大げさなまでに言葉を続ける。

「保身と忠義を天秤にかけて忠義を取ったヨランダの志を、どうして無下にすることができましょう。彼女の憂いを晴らして罪の意識から解放するためにも、彼女を罰してあげたいのです。ヨランダの告解をお聞きになられたなら、きっとお父様とお母様もそう思ってくださいますわ」

「……わかった。ヨランダと言ったな、話してみなさい」

ヨランダは跪き、手を胸の前で組んだ。彼女の台詞はつっかえがちでも構わない。そのほうが、純朴で善良なメイドを演出できる。

「あた、わ、わたし、わたくしは、アリアお嬢様に背くようなことをしそうになりました。ノーディス様から贈られたアリアお嬢様の宝石を、盗もうとしたのです。……ロザさんに命令されて」

アリアはさりげなくロザと女中頭の様子をうかがう。それまでにやついていた二人の様子がさっと変わった。

「それはいけないことだって思って……でも、逆らえばロザさんに何をされるかわからなくて……！　アリアお嬢様からアクセサリーを盗めばもういじめないし、マルカブ夫人にも口を利いてあげるからって、ロザさんは言って……。マルカブ夫人も手伝ってくれるって言ったから、盗んでもきっと気づかれないって、わたくしの中の悪魔が囁いたんです」

「ま、待ってください！　わたしはそんなこと言ってません！」

「そうです！　奥様、旦那様、この嘘つき娘の話に耳を貸さないでくださいまし！」

ロザと女中頭が必死に訴える。父公爵は重々しく二人を制し、泣きじゃくるヨランダに続きを促した。

「ロザさん達は、アリアお嬢様のことがお嫌いみたいで……食べ物に細工したり、わざと嘘の予定を伝えたりして、お嬢様を困らせてたんです。わたしもその嫌がらせに加われって言われて、逆らったら何されるかわからなくて、怖くて」

「そんなおこがましいこと、使用人がするわけないでしょう？」

「お言葉ですがお母様。わたくしは都度、使用人達の不手際ついて報告してまいりました。これでもまだ信じてくださらないのですか？」

「アリアが大げさなだけでしょ？　ちょっと失敗しただけでネチネチ責めてるだけなんじゃないの？」

「むしろ、わたくしはかなり寛容なほうだったと思いますけれど。……ライラ、貴方のそれは優しさではございません。ただの甘さですわ」

「い、一瞬でもアリアお嬢様を裏切りそうになった自分が、情けなくて、恥ずかしくて……。それなのに、こんなあたしにもアリアお嬢様は優しくしてくれて、それで」

ヨランダの告発は、とうとう言葉にならなくなった。嗚咽を漏らすヨランダの背中を優しくさすり、アリアは朗々と訴える。

「罰とは、更生の機会と許しを与えるためのものですわ。わたくしは、自分の心の弱さを認めて悔い改めようとするヨランダの勇気に応えてさしあげたいのです」

「言いたいことはわかった。そこの二人、今の告発について何か意見はあるか？」

「お父様！　ロザ達がそんなことするわけないじゃん！」

レーヴァティ公爵に詰問されたロザと女中頭は、縋るようにライラを見ている。たとえこの場で罪を糾弾されたって、最後の砦であるライラがいればなんとかなると考えているのだろう。二人は自分の無実を訴えた。ヨランダのでたらめに惑わされてはいけないと、ましな反論もできないくせにがなり立てる。それでもライラはロザ達の肩を持つようだ。

（でしたら、その自信ごと砕いてさしあげますわ）

「口ではどうとでも言えます。あくまでも冤罪だと主張するなら、その二人の部屋を調べてみたらいかがでしょう」

このまま押し切らせはしない。いつものように、ライラに譲って諦めることはしない。

（わたくしはもう、我慢などしなくていいのです。そうでしょう、ノーディス）


「何か、申し開きは？」

レーヴァティ公爵の声は怒りに震えている。ロザと女中頭、そしてライラはすでに舌を切られたかのように静まり返っていた。

（本当にノーディスのおっしゃっていた通りでしたわね）

くだらないその茶番を、アリアは冷ややかな眼差しで俯瞰する。なんだ、こんなに簡単に現状をひっくり返すことができたのか。アリアの言葉だけでは、誰のことも動かせなかったのに。

使用人達の部屋から見つかった、いち使用人が持つには華美すぎる高価なアクセサリー。証拠が見つかれば、もはや弁明の余地はない。最初は「わたしがあげたやつだよ」と擁護していたライラも、レーヴァティ公爵夫人の私物までプレゼントしたつもりはなかったようだ。「どうしてこんなことしたの？」とわななきながら尋ねるさまが、まるで彼女も裏切られた悲劇のヒロインになったつもりでいるかのようで滑稽だった。頼みの綱のライラお嬢様に突き放されたロザと女中頭の顔は中々見ものだったが。

『わざわざ私からの贈り物なんて指定をする以上、そこには必ず意味があるはずだ。価値があるだけのアクセサリーなら、貴方は他にもたくさん持っているだろう？　私が贈った物の中で単純にデザインが気に入ったアクセサリーがあったなら、その詳細を伝えないと意味がない。つまり、貴方を裏切ったそのメイドは……あるいはそのメイドに指示を出した人間は、贈り主自体に付加価値を見出したんだ』

不義に走った使用人達を、公爵夫人がヒステリックに責めている。淑女らしくない耳障りなそれを塗り潰すかのように、ノーディスの言葉が蘇った。

『では、何故そう思うに至ったんだろう。一番簡単な理由は思慕と嫉妬だ。盗品はやすやすと身に着けられないけど、惚れた男のプレゼントを恋敵から奪うことはできる。けれど私は、貴方の元メイドのことはたった一度スピカ座で見かけただけで、言葉すらも交わしていない。もちろん、彼女の一目惚れという可能性もなくはないけど……。そのメイドが今主人と仰いでいる、ライラ嬢に至ってはもっとありえない』

そう言って、ノーディスは小さくため息をついた。ライラの話では、アリアのふりをして会った時は大いに会話が盛り上がったはずだが。それでも、ノーディスがライラに拒絶を示したことが、嬉しくなかったと言えば嘘になる。もちろん、喜々として他人の悪感情について知りたがるのはしたないので、それについて深く追及はできなかったが。

『だから視点を変えてみよう。他人から物を奪う理由は、欲しいからだけじゃないからね。……彼女は、私からの贈り物を欲しがったわけではなく、私からの贈り物を貴方から取り上げたかったんじゃないのかな。……それがなくなって一番困るのは貴方だからね、アリア』

確かにノーディスの言う通りだ。せっかくノーディスがアリアのためにプレゼントを贈ってくれたのに、それをなくすなんて絶対にあってはならない。人への礼儀としても、アリア自身の想いとしても。

『婚約者からの贈り物をなくしてしまえば、貴方は恥をかくことになる。私を軽んじていると思わせて、私に貴方のことを嫌わせたかったのかもしれない。もちろん、私はそこまで心の狭い男じゃないから安心してよ』

『そんな心配、しておりませんわ。だってノーディスはとても優しくて、賢い方ですもの。わたくしを貶めようとする卑劣な者達の策略に、惑わされるわけがありません』

　思わずその言葉が口をついていた。彼のことを信じたい。何があっても裏切らず、いつでもアリアを見つけてくれると思いたい。他人に対してそんな期待を寄せてしまう自分がいることに、アリアは驚きを隠せなかった。まだそういう風に思うことができたなんて。あるいは、相手がノーディスだからなのだろうか。

『当たり前じゃないか。……ただ、アリアを貶めたいならこれだけだと少し弱いな。だから、もう少し踏み込んで考えてみよう。窃盗犯が次に取りそうな行動についてね。貴族が集めるような宝飾品は、高価すぎたり派手すぎたりする。そのせいで、盗んでも足がつきやすくて換金しづらい。自分で身に着けられるようになるのも、ほとぼりが冷めてからだ。だから、少なくとも最近盗んだばかりの品はまだ保管していると思うし……たとえ手元に残していなくても、貴方に仕掛ける罠のために何かしら新しく盗んでいるかもしれない』

『罪に罪を重ねるなんて、そのような恐ろしいことを……』

『そのメイドが言ったんだろう、公爵夫人は盗みやすいって。しっかり者のアリアから宝石を盗むのは危険が大きいから、貴方の可哀想なメイドに無理やりやらせようとしただけだ。他の盗みは自分達の手でやっているんだと思う。これまで発覚しなかったのなら、当然それについての慢心もあるだろう。だから窃盗は日常的になるし、改めて別の何かを盗むことについても躊躇はない』

ノーディスは冷静に状況を分析し、犯人像を推察してくれる。アリアの現状を憂いて、本気で解決に当たろうとしてくれているからだ。アリアを狡猾な罠にかけようとする者がいる一方で、アリアを守るために親身になってくれる婚約者がいる。その事実がアリアを勇気づけた。

『そうやって盗んだアクセサリーを、わざと見つかるようにして売るんだよ。私がアリアに贈った物と、公爵夫人の物を一緒にね。アリアは私のプレゼントをよく身に着けてくれているから、どんなアクセサリーだったか覚えている人は多いはずだ。足はつきやすいだろう。売った人間まで辿られることを想定したうえで、「アリアの指示で売った」と言えばいい。そのメイドの後ろにライラ嬢がいるなら、ライラ嬢に貴方のふりをしてもらって売却の場に同行させればより確実だ。……まあ、そんな偽装はすぐに見破られそうだけど。とにかく、いっときでも「アリアが婚約者からのプレゼントや母親の私物を勝手に売り払った」という噂が社交界で流れれば十分だ。下賤で刺激的な噂は、清い真実よりも強く人の心を掴んでしまうからね』

『それが、窃盗犯の本当の狙いなのですね……』

『ああ。婚約者に対しても、親に対しても、貴方がいかに不誠実か知らしめられれば、貴方の名誉は地に堕ちかねない。それで結果的に私達の婚約が解消されるような危機に陥ったって、窃盗犯達はちっとも困らないだろう。公爵夫人から盗んだ物も綺麗に片付けられる。いいことずくめだ』

悔しい。濡れ衣を着せられることも、悪事に利用されることも。元々ロザを許す気などなかったが、怒りがふつふつと沸き上がる。そんな不条理、受け入れていいわけがない。

『盗品の売り上げは多少金額をごまかしたうえで返すか、あるいは潔く全額戻したうえでそれとは別に報酬を請求すればいい。そういう策を弄した人間にね。火消しに奔走することになるレーヴァティ家としては、貴方の……というより、家のかな？　まあ、とにかく名誉を守るために全力で真相を究明して窃盗犯を捕まえようとするかもしれないけど……それで窃盗犯が捕まったところで、そういうことにして片付けたんだっていう嘲笑に、アリアは耐えられる？』

『……わたくしの名誉のために、無実の使用人を犠牲にした。そう思われてしまって、それこそが葬られた真実として扱われるのは確かに不本意ですわ。ですが……そのほうが面白いですもの、きっとそうなってしまうのでしょうね』

『ああ。だから、そもそも勝手な噂を立てられる前に、不穏の芽を摘んでおく必要がある』

ノーディスは、アリアの相談を真剣に聞いてくれた。一緒になって、どうすればいいか考えてくれた。ここまで親身になってくれるノーディスが婚約者で本当によかった。

『けれどわたくしには、何の権限もございませんわ。レーヴァティ家の家長は父ですし、母も女主人として采配を振るっていますもの。問題の使用人達の解雇を頼んだところで、父も母もわたくしを信じてくださるとは思えません』

『だったら、お二人に納得してもらえるだけの根拠を提示すればいいだけだ。……もしあのお二人が貴方に対してそれほどまでに無関心だというのなら、お二人を巻き込んでしまえばいいんだよ。自分にも不利益が降りかかると知れば、きっとその気になってくれる。私の推測が正しければ、お二人を動かせるだけの証拠は必ず出てくるはずだ』

『ですが……実際にはまだ何の被害も出ていませんのよ？　そうである以上、姉がメイド達を庇い立てて、そのまま流されてしまいます』

『なるほど。レーヴァティ家の事情は、貴方のほうが詳しい。その貴方がそう言うなら、きっとそうなんだろう。それがレーヴァティ家の日常だったんだね。……そのせいで、貴方はこれまで我慢を強いられてきたのか』

虚しく積み上がるだけの報告の数々。どんな訴えも、ただの我儘だとか勘違いだとかで一蹴されてきた。気難しいアリアお嬢様に仕えるのは嫌だと、母に直訴する豪気な使用人もいると聞く。母はそれも相手にはしないが、結局その手の輩は何かの折にアリア付きから外されるのだ。せいせいしたと言わんばかりの、元アリア付きの使用人の表情が大嫌いだった。

『だけどね、アリア。未遂で終わったからこそ、見逃してはいけないこともあるんだよ。何かあってからでは遅すぎるんだ。貴方は確かに、まだご両親の庇護下にある。でも、陰から掌握することはできるはずだ』

みんなアリアから離れていく。ライラに鞍替えした使用人だけではない。友人達もそうだった。少し態度を間違えるだけで嫌味な子だとか偉そうな子だとか陰口を叩かれて、友人の輪はあっという間に消えていく。レーヴァティ公爵家の娘として、上手に派閥をまとめられるようにならなければいけないのに。できて当然のことだと、大人達にそう言い含められていたのに。だから、だから決して誰にも馬鹿にされないように、常に言動と実力が一致するよう努力してきた。そうやって造った姿にこそ人々は集まってくれて、気高く可憐なアリアを取り巻く派閥がやっと形成された。彼女達が望んだからこそ生まれたアリアの幻想を壊さないために、レーヴァティ家の中でライラ派の使用人達に軽んじられる姿なんて他人には絶対に見せてはいけない。そのはずだった。

『少なくとも私は、貴方の食事に異物を混ぜるような使用人なんて、どんな形であれレーヴァティ家にいさせるわけにはいかないと思っている。正直なところ、窃盗未遂や使用人同士のいじめより、そのほうが問題だ。ライラ嬢が望めば、いつでも貴方の命を奪えるというおどしに他ならないからね。ライラ嬢がそのメイドを自領に連れ帰らない保証はないだろう？』

『けれど、まだ家督を継いでいないわたくしに、できることなんて……』

怖かった。ずっと抑圧され、否定されていたものがある。幼いころからのその経験が、アリアから意思を奪っていた。アリア自身も無自覚のうちに選択肢を捨てていた。自信家のアリアが、虐げられ続ける現状を甘んじて受け入れていたのはそのせいだ。いずれ女公爵になる者として他人を守ることはできても、自分を守ることはできなかった。

声を上げても無駄だと知っていた。この扱いに納得はしていないと表明するために声を上げ続けても、本当に改善されるとは信じていなかった。いずれ家督を継いだら全員に思い知らせてやるのだと、それを心の支えにしていた。けれどその「家督を継いだらできる」という慰めは、「家督を継がなければできない」という強迫観念に変わっていた。そんな孤独で無力な少女に、青年は甘い声で囁く。彼女を呪いから解放し、その心を新たに囚える魔法の言葉を。

『いつかの未来を夢想して、これまで耐えていたんだろう？　だけどもう、貴方は二度と諦めなくていい。そんな環境に慣れなくていいんだ。いつかなんて待たなくたって、貴方は十分輝いてるんだから。それはきっと、貴方自身の努力が勝ち取ったものだ。アリアの尊さと美しさを、私は知っている』

世界が華やぐ。ぶわりと新しい風が吹く。認めてくれた。アリアのことを。

『私を信じて、アリア。貴方なら必ずできる。……私は、何があっても貴方の味方でいたい。だから貴方にも、自分自身を信じてあげてほしいんだ』

ざらついた灰色の心に、その言葉はあまりにも魅力的で。愛に飢えたがらんどうの少女にとって、対等な立場から差し出された救いの手は劇薬に等しかった。

高貴な者だから。淑女だから。次期当主だから。未来の女公爵だから。だから厳しく教育される。だから誰も守ってくれない。むしろ自分こそが他人を守る立場にある。それが当たり前だ。そのはずだった。けれど、そうではないと言ってくれる人がいる。虚勢の奥で泣くアリアを見つけてくれた人がいる。強者として弱者を救うべきだという使命に縛られて、常に強者であることを己に課《かんぺき》していた少女は、ようやく弱さをさらけ出せる相手を知った。自分だって人に助けを求めてもいいのだと、アリアはその時初めて気づくことができたのだ。

「このようなことをした使用人を我が家に置いておくわけにはいかない。警官を呼ぶぞ」


騒ぎを聞きつけて控えていた執事とダルクに対し、レーヴァティ公爵が厳かに告げる。そこでアリアはようやく我に返った。公爵夫人もやっと冷静さを取り戻したらしく、乱れた髪を整えながら肩で息をしている。

「お、お待ちください、旦那様！　わたくしは、ライラお嬢様のご命令に従っただけなんです！」

「えっ⁉」

ロザの告白に目を剥いたのはライラだ。「ライラが？」公爵は眉を吊り上げる。メイドごときが娘に罪を着せようとしたことに怒っているのか、それとも娘が罪を犯したことを知って呆れているのか。父の黄色の瞳に宿った感情は、アリアにはもう読み取れなかった。いや、本当に理解できた日など最初からなかったのかもしれない。

「ライラお嬢様がっ、アリアお嬢様とノーディス様を、別れさせたいって……おっしゃっててぇ……」

ロザがしゃくりあげながらそう訴えると、公爵夫妻は小さく息を呑んだ。やっとロザは罪を認める気になったらしい。嘘くさい涙と一緒に窃盗の自供を始めた。ロザのやろうとしていたことは、ノーディスの予想通りのものだった。新鮮味のないその告解に、アリアはショックを受けたふりをする。

「で、でもわたし、お母様やアリアの宝石まで盗めなんて言ってない！」

「……つまり、妹を破局させようと思ったことは認めるのか？」

「それは……だけど、仕方ないことだったし……」

「仕方ない理由などあるものか！　どうしてそんなひどいことができるんだ⁉　アリアはお前の妹だぞ⁉」

（この方は、どうして今さらわたくしの肩を持つのでしょうか）

青ざめた顔で怒鳴る公爵を見て、アリアは首をかしげた。確かにアリアはレーヴァティ家の次女だ。それは間違いない。だが、それはあくまでも生まれがそうというだけだった。それとも、一応アリアも娘だと思われていたのだろうか。いや、そんなはずはない。

（ああ……シャウラ家の不興を買うことを恐れていらっしゃるのね。それならば納得できます。ノーディスが妻にと望んでくれたのは、ライラではなくわたくしです。それなのにレーヴァティ家に責任がある形で婚約が解消されれば、十年前の再来になりかねません。今度はもう、子供がやったことだという言い訳は通用しませんもの）

「ひどいですわ、ライラ。そこまでわたくしのことが嫌いだったなんて……。どうしてわたくしからノーディスを奪おうとするのですか？」

「嫌いなわけないじゃん！　ひどいのはみんなだよ、わたしの気持ちも知ろうともしないでさ！」

しおらしくうつむいて震えるアリアに対し、ライラは顔を真っ赤にしてそう言い放った。続く言葉はない。慰めて、理解と歩み寄りの姿勢を見せてくれるのを待っているのだろうか。気まずい沈黙が降りる。そんなことを言われたって、言ってもらわなければわからないのだから。

アリアと違って、ライラはきちんと聞いてもらえるはずだったのに。それを踏まえたうえでなお話せない事情でもあると言いたいのだろうか。結局ライラの口から何も言葉が出ないので、公爵夫人は自分なりの答えを出した。

「もしかして……ライラもノーディス様のことを好きになってしまったの……？」

「えっ」

「だからアリアとノーディス様の婚約を白紙にして、アリアの不義理の償いとして自分との婚約を願おうとしたんでしょう？」

「待って」

「アリアのことは嫌っていないのに、ノーディス様とは別れさせたいというのは、つまりそういうことだもの。姉妹の情より、恋を選んでしまったのよね？」

「ちがっ……！」

「恋に落ちてしまうのは仕方ないことだわ。でもねライラ、やっていいことと悪いことがあるのよ？」

（まあ。こちらの方にも、その程度の良心はおありでしたのね。ここで「なら婚約者を取り換えてもらいましょう！」などとおっしゃるようであればいくらレーヴァティ公爵夫人でも看過できませんから、安心いたしました。……わたくしがライラの代わりをするのはともかく、ライラにわたくしの代わりは務まりませんから、当然ですけれど。そんな申し出をすれば、シャウラ家にご迷惑をかけることにもなってしまいますし）

優しくライラを諭す公爵夫人を、アリアはしらけ気味に一瞥する。何もかもが他人事《ひとごと》のように聞こえた。

「そういえば……以前ライラは、使用人達を使ってわたくしを遠ざけて、勝手にノーディスにお会いしたことがございましたわね」

ライラがアリアを嫌っているのは自明の理だ。嫌っていないなんて嘘、信じるのは公爵夫人ぐらいのものだろう。そんなお花畑に同意するのは非常に癪だが、夫人の想像を裏付ける証言ならアリアにもできる。ライラの動機がわからない以上、こっちで勝手に推測するしかない。

「わたくし達の婚約が締結されてすぐ、ノーディスが我が家にお越しくださった時ですわ。会話が盛り上がったと自慢しにいらっしゃっていましたけれど……ノーディスは貴方のこと、なんとも思っていらっしゃらないご様子でしたわよ？」

「！」

「なんだと？　ノーディス殿は、アリアに会いに来たんだろう？　婚約の直後にアリアを押しのけて自分がノーディス殿と会おうだなんて、よほど二人の婚約に不満があったのか？」

「アリアは優秀な子だから、婚約者なんてすぐに見つけられるけど……ライラは繊細ですものね。初めて人を好きになって、どうしたらいいかわからなくなってしまったのかしら。でも、それならわたくし達に一言相談してくれればよかったのよ。そうしてくれたら、わたくし達だって……」

公爵夫人はライラに優しく語りかけ、すぐにはっと口をつぐんだ。続かせたかった言葉は、「シャウラ家にライラを売り込んだのに」に違いない。公爵夫人が優先するのは、素直で手のかからないアリアではなく面倒で世話の焼けるライラだ。そんな彼女が今回に限ってライラに忖度しないのは、すでにアリア達の関係が正式なものになったからだろうか。けれど何かが少し違えば、公爵夫人はアリアではなくライラとノーディスの婚約を結ばせていた。それを知り、アリアの心がますます冷え切っていく。ノーディスから素早く求婚してくれて本当によかった。危うくライラに先を越されるところだったなんて。

「違うから！　ノーディスのことなんて全然好きじゃないし！」

「恥ずかしがらなくていいのよ」

呆けていたライラは慌てて声を張り上げる。彼女が視線を巡らせた先にいたのはダルクだ。ダルクは驚いた顔をしていたが、ライラの視線に気づくとすぐに表情を消して一歩下がった。空気に徹する使用人らしい行動だ。それを見たライラは何故か傷ついたような顔をしたが、アリアの知ったことではない。

「ライラがわたくしの飲み物に細工するようロザに指示したのも、ノーディスと婚約したわたくしのことが呪わしかったからですの？　わたくしのことなどいつでも害せるとおっしゃりたかったんでしょう？」

「細工？　ねえロザ、それってなんのこと⁉」

「ち、違います！　わたしはアリアお嬢様の紅茶に蜘蛛なんて入れていません！」

「まあ。説明してくれてありがとう、ロザ。ところであの毒蜘蛛は、どこで捕まえてきたのかしら？」

「毒蜘蛛だなんてとんでもない！　普通の蜘蛛でしょう、どこにでもいるような」

「入れていないなら見ていないはずなのに、何故答えられるのかしら。毒蜘蛛だったことにされて、罪が重くなるのが嫌なの？」

「そ、それは、あくまでも常識的に考えた結果で……」

「アリア、一体何の話なんだ？」

「わたくしは都度使用人の不手際について報告していると、先ほども申し上げたはずですわ、お父様」

「お前は完璧主義だから、他人にもお前の基準を求めているのだとばかり……。ささいな悪戯の話も、私達の気を引こうと大げさに話しているのだろうと思っていたんだ。ライラと違ってお前は一人でなんでもできる子だから、ついお前をおろそかにしたこともあっただろう？　それでお前が拗ねたのかもしれないと……。だが、お前ももう子供ではないのだから、お前にばかり構っていられなかったんだ」

「……そうでしたわね。使用人が裏切ることのほうが、お父様達にとっては信じられないことですもの」

構ってもらった記憶なんて、この十年でまったく思い出せないが。十年前からアリアはずっと一人きりだ。アリアが一人でなんでもできるようになったのは、公爵夫妻の意向のはずだった。不出来なままだと叱られる。責め立てられて、見放される。それが嫌だったから、一生懸命頑張ったのに。完璧な淑女であれと望まれたから、望まれるように在った。そのせいで褒めてもらえず、認めてもらえず、愛してもらえないなんて聞いてない。

（もしかしてわたくしの家族は、十年前にいなくなってしまったのかしら。世の中にはもっと不幸な方も大勢いますし、わたくしは恵まれているほうなのでしょうけど）

いつか褒めてほしかった。いつか認めてほしかった。いつか愛してほしかった。いつかきっと、両親は自分を見てくれると信じていた。けれどもう、そんな『いつか』は信じない。親にしがみつき、振り向いてくれるのを待つのはやめる――だって、本当にアリアを愛してくれる人が現れたのだから。

公爵《ちち》という男と公爵夫人《はは》という女は、公爵令嬢《あね》だという少女をまだ責めている。アリアが可哀想だとか、アリアの気持ちを考えろとか。けれど、今さらアリアの味方面をされたって、アリアの心には響かなかった。

（わたくしが可哀想？　本当にそうだとおっしゃるのなら、それはライラ一人のせいではございませんわ。ここにいる方々の中で、誰か一人でもわたくしのことを本気で考えてくださる方がいらっしゃって？）

アリアは周囲を見渡した。ヨランダと目が合う。ヨランダは涙をぬぐっていびつに微笑み、すぐに目をそらした。

（どれだけ懐かれようと、使用人は使用人。弱さを悟られていい相手ではありません。彼女達は内情を知りすぎるからこそ、彼女達に弱味を握られてはいけないのです。……こうして頑なになるのがわたくしの悪いところだったのかしら）

アリア派の使用人がアリアに従うのは、アリアが女主人の威厳を示したからだ。それでいいと、アリア自身が定義した。だからアリアは、彼女達の前では気丈に振る舞う。「健気なアリアお嬢様に忠実な自分達」に酔う彼女達のために。刷り込まれた価値観は、そうやすやすと塗り替えられなかった。自分より立場が下の者に憐れまれるなど、絶対にあってはならない。威厳を失ったアリアの傍にいても、もう快感は味わえないだろう。だから、口ではどれだけ擁護しようと、いざアリアに頼られればたちまち離れていくのだ。立場の弱い自分ではアリアを支えることなどできないから、と。そんなこと、とても耐えられない。

「だからっ、ウィドレットは悪魔みたいな男で……いつ内乱を起こすかわからなくってぇ……そんな家と親戚だったら、困るのはうちでしょ？　それで……」

「まったく。一体誰がお前にそんな嘘を吹き込んだんだ。お前と懇意にしている商人達か？　これまでお前にはやりたいことを好きなようにやらせてきたが、目こぼしにも限度があるぞ。お前もいい加減、うまい付き合い方を学びなさい。その妙なことを吹聴するような輩こそ逆賊だ。悪い縁は切ったほうがいい。どこの誰だか言ってみなさい」

「そういうのじゃないから！」

混乱した様子のライラはずっと泣きじゃくっている。ここまで両親に問い詰められると思っていなかったのだろう。思えば、ここまで取り乱すライラを見たのは十年前のあの時以来かもしれない。

それでも憐憫の情などは湧かなかった。

「と、とにかく。このままではいけません。ライラ、静かなところに別荘を用意してあげるから、これからはそちらで暮らすといいわ。屋敷は違うとはいえ、同じ敷地内にアリアがいると貴方も過ごしづらいでしょう？　ノーディス様も定期的にいらっしゃるでしょうし」

夫と娘の間に割って入り、公爵夫人がそうとりなす。先ほどまでは彼女も憤りをあらわにしていたが、それより夫の剣幕から娘を守ることのほうが重要だと判断したらしい。

「え……」

「ちょうど領地の西のほうに、しばらく使っていない屋敷があるわ。少し手狭かもしれないけれど、自然がたくさんあっていいところよ」

「ま、待ってよ。領都から追い出す気？　商会の仕事はどうすればいいの？」

「仕方ないわね。飛竜車を自由に使っていいわ。それならほら、好きな時に遊びに行けるでしょう？　でも、アリアにお呼ばれしていないときに本邸に行っては駄目よ？」

「わたしの実家でもあるのに⁉」

とても素晴らしい思いつきだと言いたげな公爵夫人に、ライラは絶望を浮かべた。何をそんなに嫌がることがあるというのだろうか。家を出たがっていたのは彼女のほうなのに。その予行演習とでも思えばいい。むしろのびのび暮らせていいのではないのだろうか。全然罰になっていない。

「どうして拒むのかしら。お互いのためになる、いい提案だと思いますけれど。お母様だって悪気はございませんのよ？」

どうせなら、このままレーヴァティ家との縁を切られればよかったのに。出入り禁止だけで済むなんて甘すぎるくらいだ。もちろん、アリアは来訪の許可なんて出すつもりはない。

（まさか自立したいというのは口だけで、本当は親の庇護下で安穏と暮らしたいだなんて中途半端なことはおっしゃいませんわよね？）

アリアはじっとライラを見つめた。笑顔の仮面を被り直し、優しく声をかける。

「それに、ロザのしたことも、貴方のためにやったのでしょう？　手段はどうあれ、貴方への善意ですもの。素直に受け取ったらいかが？　貴方に対しては悪気がなかったんですもの」

「……ッ」

ライラは悔しそうに歯噛みする。反論でも考えているのだろうか。

「ライラお嬢様……」

寄る辺を失ったロザと女中頭はすっかりおとなしい。それでもロザは、怯えたようにライラを見ていた。ライラが自分を助けてくれるかもしれないという希望をまだ捨てきれていないようだ。

「お父様。この二人の罪状は、窃盗だけではございませんわよね？」

「……そうだな。アリアへの脅迫と殺害未遂についても詳しく調べてもらわなければ」

「他の使用人も何かに関与しているかもしれません。これを機に、徹底的に調べていただきましょう。場合によっては、このタウンハウスの使用人を整理する必要があるかもしれませんわ」

「なっ……」

「あら、ロザ。何を驚いていらっしゃるの？　当然の報いでしょう？　ライラでは庇いきれないものもあると、わたくしは伝えたはずですけれど」

（窃盗だけなら鞭打ちと短い禁固刑程度で済んだでしょうに。嫌がらせが度を越して、わたくしの

ことなどいつでも殺せるという脅迫行為に発展したのはいただけませんわね。貴族の娘に殺害予告を出したのも同然なのに、どうして許されると思ったのかしら。ライラの後ろ盾も万能ではなくってよ）

「そういえば、ライラは面白いことを教えてくださいましたわね。いじめの加害者は、自分が犯した罪の重さを自覚しないせいで無実を主張し続けるのでしたっけ？　けれど被害者は全部覚えているのでしょう？　ねえ、ライラ？」

ライラは何も答えなかった。怒りに燃えた目がアリアを射抜いている。それでもアリアは優雅な笑みを崩さない。二人の冷戦を崩したのは公爵夫人だった。

「ダルク、警官を呼んできなさい。ヨランダは……そうね、今日の夕食は抜きにしましょう。それから、明日は地下室の掃除を一人でやりなさい。それで手打ちとしましょう。以後、この件について口外は禁じます」

公爵夫人が手を叩く。「貴方もそれでいいわよね、アリア」下手に出ているように見せかけて、最初から肯定以外の言葉を許さない問いかけだ。だからアリアは頷いた。

「お母様。ヨランダは、領地に連れていってこのままわたくし付きにしてもよろしいでしょうか？ここまでの忠義を示してくれるなんて、感動してしまいましたもの」

「ええ、貴方の好きなようになさい」

アリアは退室のために一礼した。口元に笑みを浮かべたまま、両親と呼んでいた男女を凍てついた目で見る。

「これからはお父様もお母様も、わたくしの話を真剣に聞いていただきたいですわ。今回はおおごとになる前に解決できましたけれど、次もそうだとは限りませんもの」

今回の件でよくわかった。見栄と利害さえ絡めば、アリアであっても彼らの心を動かすことができる。ライラの声も覆せる。けれど、これではまだ足りない。こんなものでは済ませない。公爵も公爵夫人も、そしてもう一人の公爵令嬢も。もう、自分の人生には必要ない。だから――次は、もっと徹底的に潰す。


（とりあえず、レーヴァティ家のライラ第一主義がどの程度のものかはわかった。ライラもこれからは私達にかかわらず、邪魔してこなければいいんだけど……それも難しいようなら、手を打たないとな）

アリアからの手紙を傍らに置き、ノーディスは小さくため息をついた。レーヴァティ家の使用人問題はひとまず決着したらしい。これまでは領主の館の離れで暮らしていたライラも、遠方の別邸で暮らすことになったとか。おかげで、アリアに会いに行くたびにうっかりライラと遭遇してしまうような事故の可能性は大幅に減ったはずだ。

（ただ、いったん視界から消したからってアリアの傷が癒えるわけじゃない。何より、アリアを苦しめているのはライラだけじゃないみたいだから、そっちもなんとかしないと）

昨日のガーデンパーティーのことを思い出す。悩みを吐露し、相談してくれたアリアのことを。

（だって目の前であんな風に泣かれたら、私が守るしかないじゃないか……！）

頭を抱えた。これは何か、とんでもないことを背負い込んでしまったのかもしれない。だが、不思議と悪い気はしなかった。あの儚くてか弱い、可憐な少女をこれ以上さいなむものがあっていいのだろうか。いや、ない。無邪気に慕ってくれる、年下の美少女。彼女の涙を前にして引き下がれる男がいるだろうか。いや、いない。彼女のことを救えるのは、自分しかいないのだ――！

だから真面目に考えて、真摯に助言をした。その結果、アリアに迫る悪意を退けられたというなら、願ってもないことだ。もちろん、彼女を新たに支配しようとする意図は一切ない。そのつもりはまったくなかった。客観的に見ると詐欺師か何かの口車かもしれないが、ノーディス自身はいたって親身に応じたつもりだ。ただし籠絡はしたいと思っている。

（正しくて幸せな家族像というのは、私にも提示できるかはわからないけど……アリアの新しい家族にならなら、私だってなれる。私があの子の、本当のよりどころになってあげないと）

孤独な少女を想う。彼女にもっと信頼されたい。頼られたい。支えたい。自分にならそれができるはずだ。ノーディスはすっかりアリアの涙に庇護欲をくすぐられていた。

向かう先はウィドレットの部屋だ。軽快にドアを叩いて名乗る。入室の許可はすぐに下りた。

「兄上、アリアのことで少し相談したいことがあるんだけど」

「お前から来るとは珍しいな。なんだ、年下の婚約者が何を好むか知りたいのか？」

ウィドレットはにやりと笑う。異母弟《おとうと》に頼られて喜んでいるのがありありとわかった。彼のそういうところが好きだ。

「それは自分で調べるから大丈夫。兄上の情報源なんて、どうせアンジェ様しかいないだろ。穏便にレーヴァティ家の実権を握りたいんだけど、そのために兄上の助言が欲しいんだ」

「なんだ、そんなことか。具体的な目標は？」

「レーヴァティ公爵夫妻をできるだけ早くアリアから遠ざけたい。もちろん家督をアリアに継がせたうえでね」

「一番楽なのは隠居だな。一番確実なのは謀殺。一番無難なのは失脚だろう」

突然の申し出にも、ウィドレットは顔色一つ変えずに即答する。そういうところも大好きだ。

「ちなみに兄上のおすすめは、やっぱり謀殺？」

「当たり前だ。とはいえ、いかんせん下積《ねまわし》みに時間がかかるからな。この俺でさえ五年かけてもまだ準備中なんだ。今回のお前の目的にはそぐわないだろう。仮にアリア嬢に知られないようお前が手を回すにしても、余計な心労を抱えることになる」

「アリアの負担にならないのは隠居かな？」

「ああ。だが、まず間違いなく口出しされるぞ。よほど強固な地盤がなければ、若い領主夫婦が先代をさしおいて実権を握るのは難しい。女公と入り婿ならなおさらだ」

「アリアをこれ以上親に支配されたくないから遠ざけたいのに、引退後も干渉されると意味がないよ。つまり、選択肢は実質一つか」

「アリア嬢の不名誉にもつながりかねんから、くれぐれも慎重にな。お前には必要のない助言だろうが。表向きは隠居ということにして、どこぞに蟄居でもさせればいい」

ノーディス達の父であるシャウラ公爵が表舞台に出なくなって久しい。最愛の妻さえいればそれでいい彼にとって、社交も公務もその時間を削る害悪でしかないからだ。シャウラ公爵夫妻は情熱的に愛し合っている。互いがいなければ、食事も喉を通らないほどに。その穴を埋めるのが当主代行のウィドレット、そして社交担当のノーディスだった。

シャウラ家の当主は健康面に不安があるという噂は、真実として囁かれている。出どころは当然ウィドレットだ。穏便に家督を相続するべく強固な地盤を築き、誰にも疑われずに今の当主夫妻を亡き者にするために。弱冠二十歳の若者にとっては、親から与えられたはりぼての権力よりも自身の手腕と覚悟のほうがより信頼できる武器になる。ウィドレットの計画にはノーディスも一枚噛んでいた。誰にも気づかれないよう、陰ながら彼の支援をしている。しかしどんな野心と才能があっても、最初はまだまだ貧弱だ。雌伏の時はどうしても必要だった。

「とはいえ、引っ張れる罪状がないならでっちあげるしかない。謀殺ほどではないだろうが、周到な準備が必要だぞ」

「つまり、罪がすでにあればいいってことか。何かいいものがないか探してみる。アリアの瑕疵にならない形でないといけないのが難点だけど……やりようはあるからね」

（社交期が終わるまで、レーヴァティ公爵夫妻は領地に戻らないはずだ。ライラもいないはずだし、それまでアリアは自由に過ごせる。過去にもそういうことはあったのかな？　正式に社交界にデビューできる年齢でなくても、王都の社交期にはこっちに連れてこられるものだろうし……もしかしたら、これが彼女にとっての初めての自由な一人の時間になるのかもしれない）

冬を迎えるころに、王都に集まっていた貴人達は各々の領地に帰る。公爵夫妻がアリアをしっかりした手のかからない娘だと本気でみなしているなら、社交期が終わる前にいちいち飛竜車を飛ばして様子を見には来ないだろう。

（できればその間に、アリアの中でも気持ちに整理がつけられるよう配慮しよう。親を捨てる決断なんて、きっと難しいものだろうし。……でも、このまま公爵夫妻の支配下にいたら、間違いなくアリアは壊れてしまう。だから彼女には、その選択をしてもらわないと）

経験があるからわかる。幼い日のノーディスも、愛を求めて必死に藻掻く子供だったから。

「ありがとう、兄上」

「この程度の助言ならいくらでもしてやろう。行動に移したくなったら、声をかけてくれれば俺も手伝うぞ」

「もちろんそれについても感謝はしてるけど。……昔、兄上が私を助けてくれなかったら、今こうしてアリアを助けようと思わなかったかもしれないな、って思って。兄上だって大変だったのに、よく私にまで気を配れたね」

ウィドレットもノーディスも、経緯は違えどどちらも親に愛された覚えのない子供だった。片や冷遇された前妻の子、片や偏愛される後妻の子。真実を知る者にとってウィドレットは軽んじていい存在で、ノーディスは扱いづらい存在だ。だからウィドレットは自分を守るために心を閉ざして他人を拒絶し、ノーディスは自分を守ってもらうために愛想を振りまいて無害さと愚かさを演じていた。

「初めに俺に笑いかけてきたのはお前のほうだぞ、ノーディス。今だから言えるがな、お前の無邪気さはひどく癪に障った。どれだけ邪険にしても、お前は諦めなかっただろう？　だから根負けしただけだ」

そう言ってウィドレットは笑う。屈託のない笑みだった。

「そうだったっけ？」

「ああ。誰もが俺を鼻つまみ者扱いする中で、お前だけは違った。お前は屋敷の空気が悪くなるのを極端に怖がっていただろう？　だからそうなる前に、いつも明るく振る舞っておどけていたな」

「そう言う兄上こそ、わざと問題児になって不満のはけ口になろうとしてなかった？　兄上はそれで自分の居場所と存在意義を作ってたのかもしれないけど、そんな風にして注目を集めたって自分がつらいだけじゃないのかなってずっと不思議だったんだ」

「否定はしない。かといって、お前のように道化に徹するほどの勇気もなかったんだ。仕方ないだろう」

「私だって、兄上ほど強くなかっただけだよ。人の顔色をうかがって、なんとか気に入られるように振る舞うことしかできなかった。あれ、今もあんまり変わらないかな？」

冗談めかしながら目を細める。ウィドレットが傍にいてくれたから、ノーディスは孤独ではなくなった。無益で無害な愛玩動物のように可愛がられる生き方をしなくてもよくなった。周囲の空気に振り回されて、自我を殺さなくても済むようになった。

「私ももっと真剣に、アリアとのこれからについて考えてみるよ。策略ありきとはいえ婚約してるんだからね」

「それがいい。俺とアンジェほど強く愛し合えとまでは言わないが、円満なほうがお前もアリア嬢も過ごしやすいだろう」

けれどノーディスにとってのウィドレットのような存在は、アリアにはいないだろう。だから今度は自分が、異母兄《あに》にしてもらったように彼女の手を取ってあげたかった。

……と、意気込んだはいいものの。

（先立つものがないと、どうにもならないよなぁ……）

愛竜を撫でながらノーディスはため息をつく。兄と同じ色の目をした白銀のワイバーンはぐるると鳴いた。

イクスヴェード大学寮の敷地内には竜舎がある。学生がそれぞれ有しているワイバーン達のためのものだ。このワイバーン達が飛竜車を引いたり、あるいは命知らずなあるじを直接背に乗せて空を翔けたりする。ノーディスが飼っているワイバーンも、そこを住まいとしていた。王都からルクバト領まで、あっという間の帰還を実行してくれたのは飛竜車のおかげだ。

ノーディスのワイバーンが、竜舎にいる他のワイバーンと違う点は二つ。一つは、多くの学生は親が所有しているワイバーンを借りていたり、あるいは家の金で自分専用として買い与えられたりしている一方で、ノーディスのワイバーンは、彼が自分の力で手に入れたこと。一つは、専門の牧場で生まれ育った、家畜化のために品種改良されたワイバーンを専門の調教師《テイマー》が訓練して初めて家庭用ワイバーンとして飼えるものだが、ノーディスのワイバーンはそのような訓練を受けていないこと。何故ならば、ノーディス自身が手懐けたからだ。責任を持って、一から。

まだ十歳で寄宿学校に通っていたころ、講義で使う特別な魔法薬の素材を探して山登りをしていた時、兄と同じ暗緑の瞳の幼い飛竜を見つけたのがすべての始まりだった。周囲に親竜の姿はないし、世話をされている様子もないほど巣は荒れている。巣には幼竜の他に、小さな卵が一つきり。弟妹なのか、それとも同胞の気配に引き寄せられただけなのかわからないが、巣の中の幼竜にとって卵は特別なものらしい。卵を守るようにして低い声で唸るその幼い竜は、ノーディスの心をたやすく掴んだ。頼れるおとなもいないのに、たったひとりで自分より小さなものをいつくしむこどもの姿に、誰を重ね合わせたかなんて明らかだ——だから、卵ごと幼竜を寮に連れ帰ることにした。

緑の瞳のワイバーンにアンティと名付けたノーディスは、ひそかにこの飛竜の調教を始めた。発覚した時は教師にこっぴどく叱られたものだが、それでもノーディスはめげなかった。周囲を説得してむしろ飼育に協力させ、アンティのために餌を与え、寝床を作り、しつけをした。卵から孵ったワイバーンが赤色の目をしていたので、これは運命！　と確信した。生まれたばかりのそのワイバーンは刷り込みによってノーディスを親と認識したので、アンティより調教はスムーズだった。赤ちゃん竜はターレスと名付けられ、すくすくと育った。たとえワイバーン二頭のブレスを食らおうが、頭やら四肢やらを全力でかじられようが、眼帯によって魔力制御不全を克服している状況なら何も怖くなかった。防御魔法も回復魔法もお手の物だからだ。ちなみに、普通の人間にはワイバーンの攻撃など命にかかわるものだからこそ本職のテイマーがいる。品種改良してもなお未調教のワイバーンは危険なのだ。ただ人間の発展がワイバーンを御する術《すべ》を見つけたというだけで、その原種が恐ろしい怪物に他ならないことに変わりはない。一年かけて、本職のテイマーもびっくりの練度で家畜化に成功した二頭のワイバーンは、どこに出しても恥ずかしくない立派な乗用飛竜になった。わざわざキャリッジを繋がなくても、背中に直接乗せてくれるほどの親しみっぷりだ。そこでアンティを自分の愛竜として手元に留め、ターレスをウィドレットの十三歳の誕生日のお祝いにと彼に贈り、今に至る。ノーディスがどうやって自分のワイバーンを手に入れたかを語るとき、正気を疑われなかったことは一度もない。与太話だと一笑に付されることはよくある。それぐらい家畜のワイバーンと原種のワイバーンの隔たりは大きかった。

シャウラ家ほどの名門であれば、兄弟二人にそれぞれ専有の飛竜車を都合するべきだし、いくら息子に興味がないといえどもそれについて進言されれば見栄っ張りな当主は応じただろう。有象無《うぞうむ》象《ぞう》に笑われて恥をかき、愛妻と過ごす悠々自適な生活を邪魔されるのが嫌だからだ。ろくに仕事もしないからこそ、自分のやることにあれこれと口出しされることをシャウラ公爵は特に嫌っていた。どうやらウィドレットが生まれる前に、愛人ばかりを優先して夫人をないがしろにしていることについて兄王《おじ》と一悶着あったらしく、「最愛との生活のためには果たさなければいけない義務がある」、そこから転じて「最低限の義務さえ果たしていれば何も問題は起きない」と理解しているからのようだ。もっとも、その退廃的な暮らしのツケはいずれ必ず支払うことになるだろうし、そうなるように父公爵から実権を封じてそれとなく堕落の道へと誘導しているのはウィドレットなのだが。もちろん父を、そして母を助ける気などノーディスにはない。応援するなら断然ウィドレットだ。

ウィドレットもノーディスも、大嫌いな親の金になど頼りたくなかった。浪費家の現夫人のせいで家計に危機感を抱いているのだからなおさらだ。品位を保つという名目で贅沢が許されていようとも、好きに使える金がなければ自然と慎ましやかになる。格式高い牧場から乗用ワイバーンを購入するなど夢のまた夢だった。しかしノーディスが自分達兄弟のためのワイバーンを調教したため、二人は有用な移動手段を確保できた。シャウラ家のメンツも守られたので、公爵夫妻だって何も気づいていない。執事か誰かが二頭のワイバーンを手配したものだと思っていると知ったとき、ノーディスは思わず噴き出してしまった。

子供は放っておいても勝手に大きくなるし、使用人や家庭教師がいいようにしてくれると思っているのだろう。特に父親は。美貌と体型の維持に執心している母親は、子供なんて自分の引き立て役ぐらいにしか思っていない。子供が優秀なのは自分の手柄だ。子供を使ってさらなる栄華が手に入るならそれを追い求めるが、そんな夢を見たせいで自分の立場が危ぶまれるならすぐ地に足をつけられる程度の判断の早さは備わっている。最初から子供を愛していないどころか妻を奪う敵だとみなしているきらいすらある父親と、育児の上澄みだけすくって母性を誇る母親。果たしてどちらがマシなのか、ノーディスにはよくわからない。

金銭面で一切実家を頼りたくないので、ノーディスは自活を心がけている。自分の力で手に入れたのはワイバーンだけではなく、生活費もその筆頭だ。最優秀学生として学費の免除と奨学金は当たり前。教授の小間使いをして勉強ついでに小銭を稼ぎ、魔法関係のコンクールに入賞して賞金を得て。一番実入りがいいのは、魔法学会に論文が認められたときの報酬金だ。周囲には社会勉強と説明して身分を隠し、自由契約の文筆家として出版社に出入りしてコラムやら何やらを寄稿したり外国の本を翻訳したりもしている。他の学生、あるいはその弟妹の家庭教師を務めることで得られる収入も馬鹿にならない。おかげで生活には困っていないし、貯蓄もそれなりにある。これまでアリアに贈ったプレゼントだって貯金から捻出した。ただし、蓄えた金は無尽蔵のものではない。裕福な大貴族のご令嬢を満足させられるような品をデートのたびに用意していたら、結婚する前に破産するのは目に見えていた。

（愛情は金額じゃ量れないってことで、これからはなるべく金のかからないような贈り物を……いい景色とか美味しい食べ物とか、経験の提供なら安価で済むだろうし……。アリアの境遇からして、金をかけるだけかけて心は伴っていないってほうが嫌がるだろう。……でも、あまりに金をかけなさすぎるっていうのも不信感を持たせるし、他人の目もあるから……）

とめどない思考がぐるぐると回る。万が一にも、「自分は蔑ろにされているのでは？」とアリアに思わせてはいけない。これまでさんざん家族に蔑ろにされてきた少女なのだからなおさらだ。そこで手を抜いてしまえば、せっかくノーディスに開かれた心が閉ざされかねない。そうなれば婿入り計画がご破算になることも考えられる。それはなんとしてでも避けなければ。

（年明けには卒業できる。就職は問題ないとして、次期レーヴァティ公爵の婿ならある程度の実績は必要だ。結婚できるのは、仕事が軌道に乗ってから。春か、遅くても夏には式を挙げたい。つまり、それまでなんとかやりくりしていかないといけない）

アンティは喉を鳴らしてノーディスに噛みついてくる。甘噛みなので痛くはない。難しい顔で考え込むあるじを和ませようとじゃれているだけだ。可愛い。アンティに構ってやりながら、ノーディスはまたため息をついた。金策と並行して、現レーヴァティ公爵夫妻を失脚させるための材料を集めなければいけない。もちろん、アリアのご機嫌取りもだ。やることが多い。

（まあ、それでもやるけどね。私ならできるんだから）

「あっ、シャ、シャウラ君……！　帰ってきてたのか……！」

「お久しぶりですね、レサト君」

声をかけられ、瞬時に態度を切り替える。相手はユーク・レサト、レサト伯爵家の次男でノーディスの学友だ。専攻は魔素工学で、魔具開発の研究者を目指しているとか。あまり人好きのしない学生だが、最優秀学生同士だからかノーディスとは話す機会も多かった。同じ魔法学部の学生の中だと、彼と一番親しいのは自分かもしれない。

「王都、どうだった？　楽しかったか？」

「ええ。お土産を買ってきたので、後でお渡ししますね。探していたでしょう、『エンセルフィッガー方程式による永久機関の証明について』。ルクバト中の古書店を探しても見つからなかったのに、ふらりと入った古書店にあって驚きました。さすが王都は多くの人がいるだけのことはありますね」

「あの本を見つけたのか⁉　もう諦めていたのに……ありがとう、シャウラ君。今度ぜひお礼をさせてくれ」

ユークは嬉しそうにはにかむ。そんな彼を見て、ふと思いついたことがあった。

「そういえば……実は私、婚約しまして。レーヴァティ公爵家のご息女となんですが」

「そ、そうなのか⁉　レーヴァティ公爵家……確か最近、画期的な魔具をたくさん開発してる令嬢がいるって……」

「ああ、それはきっと姉君ですね。私の婚約者は妹君なんです」

「へぇ……お、おめでとう……」

「そこで、もしレサト君がよければなのですが……今度、レーヴァティ家の魔具の研究所を一緒に見学しに行きませんか？」

ユークは一も二もなく頷いた。最先端の魔具開発の現場には興味があるのだろう。

ノーディスは、釣った魚への餌やりは欠かさない。釣った魚に与える餌がないというなら、餌になるものを自分で捕まえてから餌を作る主義だ。

第二章　秋に心は色づいて

（なんて清々しい朝なのかしら！）

朝食のために食堂に向かうアリアの足取りは軽い。ライラ派の使用人達が青い顔をさっと伏せて横に逸れ、媚びた目つきで様子をうかがってくるからだ。

王都のタウンハウスで起きたライラ更迭の顛末は、すでに領地のカントリーハウスにも知れ渡っていた。姉妹を乗せた飛竜車が到着して早々、憤慨した様子のライラが別邸の荷物をまとめだしたからだ。そのさまは、まるで可哀想なライラが意地悪なアリアに追い出されるかのようだった。カントリーハウスに残っていたライラ付きの使用人は抵抗してアリアに抗議しようとしたが、あらかじめレーヴァティ公爵夫妻がつけていた中立派の使用人がそれを抑えた。そこで事情を聞かされた彼女達は、ライラを慰めるように取り囲むものの、アリアに畏怖の視線を向けるようになった。誰も口にはしなかったが、次のロザになるのは自分かもしれないと思ったのだろう。それまで大きな顔をしていたライラ派は、そこでようやく自分達の増長ぶりに気づいたらしい。いっそう強くアリアへの反発を示す者は、喜び勇んでライラの蟄居に付き従った。結果、カントリーハウスに残ったのは手のひらを返してごまをすろうとする小心者だけだ。今さら態度を改められようと、彼女達が罷免予定者のリストの上位を占めていることに変わりはないが。

公爵夫妻もいない食堂で、アリアは優雅に朝食を口に運ぶ。屋敷に家族が誰もいない。それも少しの間の外出ではなく、長期の旅行が理由だなんて。こんなことは初めてだった。例年通りであれば、公爵夫妻はレーヴァティ領の祭事である秋の半ばの収穫祭に備えて帰ってくる。それまでの束の間の自由は、まるで家督を継ぐ時に備えた予行演習のように思えた。少なくとも今、アリアはこの家の女王だ。無論、たとえ公爵夫妻が帰ってきたとしても、永遠に君臨し続けられる日は必ず来る。

食事を終えたら予定の確認の時間だ。アリアが領地に戻ってきたことはすでに知られていて、領内の地主や資産家達からご機嫌伺いのための訪問を求めるカードが何件も届いていた。とはいえ、よほどの有力者が相手ならともかく、さすがに一件一件時間は取っていられない。

「週末にガーデンパーティーを開きましょう。招待状のいらない、気軽にお客様が来ていただけるような」

「かしこまりました、アリアお嬢様」

パーティーを開けば、彼らと一度に会うことができる。アリア派の使用人も恭しく同意した。どんなパーティーにしようか。新たな女主人としての采配ぶりを見せるいい機会だ。考えるだけで胸が弾む。想定している来客はレーヴァティ領に住む名士達とその家族、そしてもちろんノーディスだ。アリアの友人のために、ノーディスに友人を連れてきてもらってもいいかもしれない。

「余興は何にしましょうか。……そうだわ、ルーベリー狩りはどうかしら？　果樹園に植えてある品種なら、そろそろ収穫できますわよね？」

「大変素晴らしいお考えかと。では、すぐに手配いたします」

カントリーハウスがある広大な敷地内には、領主のための農園がある。その一角でルーベリーを栽培していた。秋に小粒の実を鈴なりにつける、よく熟れた甘酸っぱい果実だ。都会の喧騒を忘れて自然に浸れる農村体験は、貴族の間でも人気のある遊びだった。美味しくて栄養も豊富なルーベリーは、王都の社交期に疲れた貴族達にとってはいい癒やしになるだろう。もしかしたら、王都の滞在者の中には噂を聞いて来てくれる者もいるかもしれない。そうすれば、アリアの様子が王都にも伝わるはずだ。レーヴァティ公爵夫妻がいなくてもアリアがうまくやっていると知れば、夫妻もきっと安心するに違いない。いつでも隠居できると自覚してくれるといいのだが。


ガーデンパーティー当日は澄み渡った晴れの日だった。けれど時折空から聞こえるツバメの切なげな鳴き声が、夏が終わって季節がゆっくりと秋に移り変わっていく少しの物悲しさを感じさせる。

庭園の花々がパーティー当日にもっとも最適な形を迎えられるよう、庭師達にあらかじめ植え替えの指示を出していた。そのかいあって、庭園の花達はすべてアリアの望み通りに咲いている。しおれかけの儚さと、秋が深まるにつれていずれ大きく開く未熟なつぼみの愛らしさ。完璧な美しさではなく、不完全な美が持つ風情を訴えるのが今日のパーティーの狙いだ。それは初秋のわびしさを味わってもらうためのものであると同時に、レーヴァティ家の世代交代を表していた。とはいえ、視覚的に地味なことに変わりはない。意図しての静かな演出とはいえ、客人達には物足りなさを感じさせてしまうだろう。そこで余興のルーベリー狩りと、レーヴァティ領で栽培している野菜や果実をふんだんに使った料理とお菓子の数々が活きてくる。アリアの手腕は実益だってきちんともたらせると、理解してもらえるはずだ。

「ご機嫌よう、アリアお嬢様。お会いできて光栄です」

「ご機嫌よう、キュレオン様」

事前に方々に告知していたおかげで、アリア主催のガーデンパーティーは盛況だった。レーヴァティ領の名士達はこぞってアリアへの目通りを願ったし、竜舎も他地方から飛んできた飛竜車で大いに賑わっている。ちょうど今しがたアリアのもとにやってきた禿頭の老紳士は、レーヴァティ領でも古くから続く豪農の大地主だ。名をキュレオン・エブラ。幼少のころこそアリア達姉妹を孫のように可愛がってくれてはいたものの、長男夫婦に後を任せてからは半分隠居のような形でめっきり表舞台には出てこなくなった。ライラが台頭するまで、レーヴァティ領で最も有名な特産品は農作物だった。アルバレカ王国の食料庫とまで言わしめる広大な農地を抱えられるのは、王家の忠臣として代々その名を轟かせてきたレーヴァティ家だからこそだ。エブラ家はそんなレーヴァティ家に長く仕え、農民達のまとめ役として振る舞っていた。レーヴァティ家にとっては、信頼の置ける懐刀といったところだ。

「いやはや、しばらく見ない間にすっかり大きくなられましたな」

「ふふ。キュレオン様達が築き上げたレーヴァティの大地をきちんと受け継げるような、立派なレディにならないといけませんもの」

「爺にはまぶしいほどの成長ぶりですよ。ライラお嬢様とご一緒に泥だらけになるまで走り回ってらっしゃったことはつい昨日のことのように思い出せるのに、まるで遠い昔のことのようです」

（落ち着きなさい、アリア。これはただの老人の思い出話。とっくに終わった過去の話をしているだけです、気にすることなどありません）

浮かべる笑みに寸分のひずみも見せないまま、アリアは老爺の話に相槌を打つ。一線を退いたとはいえ、エブラ家の影響力は無視できない。下手に動揺して心証を悪くするより、完璧な淑女として愛想よく対応したほうがよっぽど自分のためになる。エブラ家は、多くの農民達の代表者という立場にある。もしもそのエブラ家をないがしろにしようものならば、農民と領主の対立を招きかねなかった。レーヴァティ家を領主たらしめているのはこの地に住まう者達だ。彼らを守り導くことこそ高貴な家に生まれた人間の使命。無数の声なき声を領主に代わって拾い集める橋渡し役に敬意を示さなくていい理由はない。老エブラの昔話に人々が引き寄せられてくる。そのすべてににこやかに対応しながら、検討しがいのある言葉を拾っていった。領地のこれから、人々の生活、そして——ライラの魔具について。

（農業主軸で営まれてきた今の生活が変わってしまうことを、皆様恐れていらっしゃいますのね。……これまでの常識とかけ離れたものがすっかり身近になって、自分だけ取り残されていくのは誰だって恐ろしいと感じるでしょう）

庭園には他領からの客人も多い。だが、やはり目立つのはレーヴァティ領の有力者だ。領民が抱いているであろう不安が、彼らを通じて流れ込んでくる。それらすべてを受け止めるように、アリアは慈愛に満ちた微笑を浮かべた。

「皆様、どうかご安心なさってくださいな。このわたくしが、未来の夫と一緒にレーヴァティ領を守ります。これまでと変わらない平和と安寧を皆様にお約束いたしましょう」

その一言で、アリアの周りに集まっていた人々があからさまに安堵の表情を浮かべる。レーヴァティ家の次代を担うのはライラではなくアリアであると、よくその胸に刻みつければいい。多くの領民から賛同を得て外堀を埋めてしまえば、たとえ現領主夫妻にだって覆させやしないのだから。

客人達に庭園を案内するにも、自分一人では味気ない。もう一人、傍に誰かが欲しいところだ。

そう考えていると、ちょうど目当ての人物がやってきた。

「遅くなってしまったかな。ごめんね、アリア。空から見下ろすレーヴァティ領が美しすぎて、つい空の旅に夢中になってしまった」

「ご安心なさって。パーティーは始まったばかりです。来てくださってありがとう、ノーディス」

ノーディスは膝をついてアリアの手の甲に口づけを捧げる。そんな彼の傍らには見慣れない青年がいた。赤い顔でアリア達を見ている。

「紹介するよ。彼はレサト伯爵家の、ユーク・レサト君。私の親友なんだ。彼にもぜひアリアとレーヴァティ領のよさを知ってもらいたくて来てもらったんだよ」

「しんゆう」

「親友でしょう？」

呆けたように復唱するユークに、ノーディスはさも当然のように繰り返す。「どうかしましたか、レサト君」尋ねられたユークはぶんぶん首を横に振り、「親友」と嬉しそうにもう一度呟いた。

「レサト君、こちらが私の婚約者のアリア嬢です」

「お会いできて光栄です、ユーク様。アリア・レーヴァティと申します」

「こっ、こちらこそ光栄ですっ、親友の婚約者様にお会いできて！」

ユークが慌てて頭を下げると、無理に撫でつけていたらしい髪が寝癖のようにぴょこんと跳ねた。地面に伸びる影でそれに気づいたのか、そばかすの散った頬がますます赤くなる。

「シャ、シャウラ君、一体君はどこまでの善行を積んでこんな可憐な人を手に入れたんだ？」

「私がアリアを手に入れたのではなく、アリアに私を選んでいただけたんですよ。ねえ、アリア」

にっこり微笑むノーディスに、アリアは照れたように目を伏せて応じる。ノーディスの言葉は当たり前のものであり、彼が分をわきまえていることの証明だったが、アリア側から表立って公言すると不興を買う可能性がある。ノーディス側から冗談めかして言ってもらうぐらいがちょうどいい。

（ユーク様は内気な方のようですけれど、ノーディスのお友達なら立場は保障されたも同然です。それに、これぐらい隙のある方のほうが、周りに緊張感や警戒心を与えないでしょう。洗練された殿方ばかりでは、皆様疲れてしまうかもしれませんし）

ノーディスから話を聞いてやってきたというイクスヴェード大学の学生は、すでに何人もやってきている。アリアの狙い通り、理知的な貴公子達の登場にアリアの友人達は沸き立っていた。とはいえ、ノーディスと一緒にやってきたのはこのユーク・レサトただ一人だ。親友という言葉に偽りはないのだろう。その意味では、ノーディスの友人の中でアリアにとってもっとも価値のある人間はユークだと言えた。

「実はレサト君は、魔具開発の研究者を目指しているんだ。そこで、もしアリアさえよければなんだけど……今度領地の視察をするときに、彼も一緒にライラ嬢の研究所を見学させてほしい。どうかな？」

「それは……」

アリアは少し迷った。そこを見学するためにはライラの許可が必要なのでは、と。

（……いいえ。レーヴァティ家の次期当主、ひいてはレーヴァティ領の次期領主はわたくしです。ライラ個人ではなく、組織そのものに申請すればいいだけのこと。次期領主からの視察を拒んでいい理由など彼らにはありません）

アリアのことを真剣に考えてくれたノーディスが、今さらライラの名声にすり寄ろうとするはずがない。だから最初からその心配はしなかった。同様に、ノーディスが無意味にライラの名前を出すわけがない。つまり、彼の狙いは別にあるのだ。

(不干渉を貫く筋合いなどないということをわたくしに気づかせて、ライラが残していった痕跡に片をつけさせようというのでしょう？　言われるまでもなく、わたくしだって当然しようと思っていたことですわ。ですが……ありがとう、ノーディス。貴方はまたわたくしを奮い立たせようとしてくださるのね)

「もちろん構いませんことよ。領内をあますところなく案内してさしあげますわ。姉の商会と工房が、ユーク様に何かいい刺激を与えられるとよいのですが」

「あっ、ありがとうございます、アリア様！」

ユークは大きく頭を下げる。ノーディスも安心したように目を細めた。だが、彼は視線をアリアの後ろに向けると、小さな苦笑を浮かべる。

「本当は、このままアリアと一緒にレーヴァティ領の方々への挨拶回りをしたかったんだけど……少し席を外したほうがよさそうだな」

「どうかなさったの？」

ノーディスの視線を追い、アリアも振り返ってみる。小柄な人影が見えた。金髪の少女だ。彼女はまっすぐにアリア達のほうに向かっていた。

「どうやらアンジェ様がお忍びでここまで来たいと言ったらしい。目的はもちろん貴方だよ、アリア」

「今日は、二人きりをご所望の日でしょうか。そうなると、ノーディスは追い立てられてしまいますわね」

「仕方ない。心配しなくても、彼女に気づかれないよう王家の護衛が何人かいるはずだ。あっちの木陰に兄上がいるのも見えた。もちろんレーヴァティ家の敷地なんだから安全性に疑いの余地はないけど、なにせ身分が身分だからね。そこまでして貴方に会いたかったアンジェ様の気持ちを汲んだ結果だろう。……そういうわけで、おてんばな王女様の相手をお願いしてもいいかな？」

「もちろん。わたくしにお任せくださいな」

後でまた会いに来ると告げて、ノーディスはユークを連れて素早く立ち去る。ほどなくして背後から声をかけられ、アリアは大げさに驚いたふりをした。

「アンジェ様！　いらしてくださったのですか？」

「当然でしょう？　せっかくお友達がパーティーを開いてくださるんだもの」

アリアは目を丸くして、すぐに口元を喜びにほころばせた。この嬉しさは本物だ。だって、最大の広告塔が自分からやってきてくれたのだから！

「ガーデンパーティーって素敵ね」

秘密の外出に目を輝かせるアンジェルカは、まるで宝物を見つけた人魚姫のようだ。目に映るすべてが珍しいのか、楽しそうに周囲を見回している。

「アンジェ様にお楽しみいただけたのなら光栄です」

「アリアのパーティーは居心地がいいわ。これまで招待されたどんなパーティーよりずっと楽しい！」

「お客様に楽しんでいただけるのなら、ホストとしてこれ以上の喜びはございませんわ」

アンジェルカを空いている席に誘う。アリアは微笑みながらアンジェルカのために手ずから紅茶を注ぎ、使用人に素早く指示を出してアンジェルカの口に合いそうなお菓子を取り分けさせる。アンジェルカは礼を言い、自分のティーカップを満たす透き通った赤色をじっと見つめた。

「アリアは、わたくしのことをきちんと見てくださっているのね」

「アンジェ様？」

「一度、シャウラ家の晩餐会の席で同席しただけなのに。わたくしの好みを完璧に把握してくださってるんですもの」

アンジェルカは花が咲いたように笑った。彼女の纏う空気がぱっと華やぎ、きらきらしたものが見えるような気さえしてくる。

（この方、天性のものをお持ちなのね。ただそこにいらっしゃるだけで、雰囲気をどうとでも転がせるだなんて）

きっと彼女の言葉一つ、表情一つで何もかもが左右される。今回はアリアにとっても利があるほうに傾いたが、それもいつまで続けられるだろうか。アリアも負けていられない。けれど下手に競い合うより、お互い協力して高め合っていったほうがいいこともある。敵に回してはいけない相手なのだからなおさらだ。

「アンジェ様にぜひ召し上がっていただきたいと思った物を用意しただけですわ。お眼鏡に適ったのであれば、わたくし達はきっと両想いですわね」

茶目っ気たっぷりに、アリアは頭を少し傾ける。アンジェルカは嬉しそうにケーキを口に運んだ。

「アリア以外のご令嬢は、皆さんお兄様かウィドにしか興味がないの。お兄様はそのままわたくしから話し相手を奪ってしまうのよ。けれどウィドはご令嬢の相手をするのを嫌がるから、わたくしがいつもウィドと一緒にいるの。わたくしがいるせいで、結局皆さん諦めてしまうのよ」

「そうでしょうか。皆様も本当は王太子殿下でもウィドレット様でもなく、アンジェ様とお話ししてみたいのかもしれませんわよ。畏れ多くてできないだけで」

「そうだったらいいのだけど」

それでもアンジェルカは不安そうだ。アンジェルカとコネを作りたくない令嬢などいるのだろうか。美しい王女の友人になれる栄誉は何物にも代えがたい喜びなのに。疑問に思っていると、アンジェルカは恥ずかしそうに口を開いた。

「でもね、遠巻きにされるのも悪くないと思うわたくしがいるの。わたくしがあまり他の人に近づきすぎると、その人にわたくしを取られてしまわないか、きっとウィドは心配するんだもの。わたくしが手の届かない場所に行くのが寂しいのよ。……そうやって不安がるあの人が見たいなんて、おかしいでしょう？　わたくしはどこにも行かないと教えているうちに、わたくしのほうがウィドなしでは生きられなくなってしまったのかしら？」

アンジェルカは恋する乙女のように陶然とした面持ちで、倒錯的な喜びを口にする。深い海を思わせる眼差しは、アリアのことなど波間にたゆたう小舟よりたやすく飲み込んでしまいそうだった。

「それなのにアンジェ様は、わたくしのことはお傍に置いてくださるのですか？」

「だって、ウィドと二人きりの世界にいるのはよくないことだって、本当はわかってるもの。信頼できるお友達が他にいないとね。……ノーディス君と婚約してるアリアなら、絶対にウィド目当てではないし、ウィドも安心してくれるから、わたくしも気兼ねなく仲良くできるのよ」

微笑と共にアンジェルカは紅茶を口に運ぶ。完璧を自負するアリアですら目を奪われそうな優雅な所作だったが、頭の中の警鐘が鳴りやまない。

「それに……わたくしの肩書しか見ていないような方々とは、表面上のお付き合いだけならともかく深い交友関係を築くのは難しいと思っているの。もちろんわたくしの身分については今さら論じることもないほど当然のものだし、そういう風に扱われることが悪いだとか嫌だとかは言わないけれど。それはそれとして、たまにはごくごく普通の女の子みたいになりたいときもある、というだけのことよ」

アリアだってアンジェルカの肩書を重視している。婚約者の未来の義姉で、一国の王女。その身分を利用したい人間の一人だ。そう見えないなら、それはアリアの猫かぶりがうまいからに他ならないだろう。アンジェルカとは違って、アリアには友人が多い。彼女達は、利害関係で選んだアリアの取り巻きだ。アリアに取り入りたい、アリアより家格が低い家の少女達。アリアを支える幻想を強化するために、アリアは彼女達を受け入れた。上ばかり見て足元をおろそかにするのはただの馬鹿だ。下の者達を率いていなければ、滑稽な自称女王は誰からも相手にされない。

「貴方もそうでしょう、アリア。背負っているものをいったん置いておいて、普通の女の子になりたいときの相手に、わたくしはとてもぴったりだと思うのだけど」

――けれどアンジェルカは、きっとアリアの虚飾を見越したうえで言っている。

（アンジェ様の目……まるですべてを溶かして一つにしてしまうかのようですわね。その瞳に魅入られてしまったら、あとは深い海の底まで沈んでいってしまうような……）

アリアは諦めたように笑う。警鐘はまだ聞こえていたが、アンジェルカの眼差しに彼女なりの慈愛を感じてしまったからだ。アンジェルカの根底にあるのは、何もかもを受け止めて、相手の苦痛に寄り添おうとする優しさに違いない。一歩間違えればそれは、どこまでも一緒に堕ちていってくれるような破滅の愛に通じるだろう。

「わたくし達、案外似ているのかもしれませんわね」

「そうでしょう？　……さて、いつまでもアリアを独占するのも悪いし、わたくしもそろそろ行かないと。いただいたお紅茶もお菓子もとても美味しかったわ。ごちそうさま。ルーベリー狩りも楽しみにしているわね」

アンジェルカは猫のように軽やかに席を立った。もっと早く、あの底の知れない王女の本性を見抜きたかったのに。悔しくて仕方がないが、悪い気はしなかった。

アンジェルカとの二人きりのお茶会が終わったのをどこかで見ていたのか、ノーディスはすぐにやってきた。アリア達に配慮したのか、ユークの姿はない。一人にしていいのか少し心配になったが、ノーディス曰く「一人でいるほうが性に合う男だから大丈夫」らしい。親友の彼が言うならそうなのだろう。

今度はノーディスも交えて、レーヴァティ領の有力者達に挨拶をする。爽やかで礼儀正しいノーディスは、たちまち年長者達の懐に入れたようだ。これなら婿入り後も安泰に違いない。

一通りめぼしい客人には庭園の案内も終わり、客人同士の歓談も一息ついただろうか。そろそろ余興の頃合いかと、客人の一団をルーベリー畑に案内する。早くも秋を告げるように染まった紫黒の果実を前に、わっと歓声が上がった。めいめいが自由にルーベリーを摘み始める。樹木の背丈が低いおかげで摘みやすく、皮ごと食べられるのがルーベリーのいいところだ。ルーベリーの甘酸っぱい匂いは秋の寂しさを打ち消し、これから訪れる豊かな実りへの期待に変えてくれる。自然がもたらす素朴な恵みを前にして、誰もが童心に帰っていた。

「アリア、口を開けて」

ノーディスに言われるままに、可愛らしく口を開ける。悪戯っぽく笑ったノーディスが、摘んだばかりのルーベリーを優しくアリアに食べさせた。芳醇な味が口の中で弾ける。

「どう？　美味しい？　……貴方の家で育てたルーベリーなんだから、答えはわかりきってるか」

「答え合わせは必要でしてよ？」

アリアも手近の枝からルーベリーを摘んで、ノーディスの口元に運ぶ。「すごく美味しい」ノーディスは口の端をぺろりと舐めた。婚約者といちゃつきながらも周囲への気配りは忘れない。上手にルーベリーが見つけられない者がいれば多く実っている場所にさりげなく案内し、食べつくしかねない勢いで夢中になっている者がいればお喋りをもちかけて意識をそらす。アリアの意図を汲んだノーディスがその都度的確なアシストをしてくれるので、客人達の誘導はかなりはかどった。

「あら？　あそこにいらっしゃるのはウィドレット様かしら」

紳士達の集団の中心に、ノーディスより黒みの強い髪の青年がいるのが見えた。かなり盛り上がっている様子で、アリアが気を利かせる必要はなさそうだ。

「そうみたいだ。人の陰に隠れているからわかりづらいけど、アンジェ様もいるし。……アンジェ様の付き添いって名目があったとしても、兄上がパーティーに出てくるのは珍しいんだよ。兄上は、ああ見えていつも仕事に追われてるから。それだけアリアを認めてるってことだろうね」

「それはシャウラ家の姻戚という意味でかしら？　それとも、貴方の妻として？」

「きっと両方さ。兄上は一見気難しいけど、本当はすごく優しい人なんだ。一度懐に入れた人のことはとても大切にしてくれる。だから、アリアも兄上のことを好きになってくれると私としてはすごく嬉しい」

茶目っ気をにじませながら尋ねると、ノーディスは照れくさそうにはにかむ。兄弟愛を示されて、アリアは思わず目をそらした。

「ノーディスは、ウィドレット様ととても仲がよろしいのね。子供の時からずっとそうですの？」

「ああ。私は九歳の時に寄宿学校に入学したけど、兄上とは定期的に手紙のやり取りをしていたし、休暇のたびにまっさきに兄上に会いに行っていたよ。きっと仲はすごくいい部類に入るんじゃないかな」

「喧嘩はどうなのでしょう？　まさか一度もしたことがないとはおっしゃいませんわよね？」

「ささいなことならよくあったけど……大体どちらかが折れるからなぁ。口に出すのも恥ずかしいような幼稚なことから、自分の中じゃかなり深刻な悩みだったことまで、喧嘩になる発端は色々あったけど……わりとすぐに仲直りするし、本気の喧嘩っていうのはやったことはないかもね。少なくとも私は覚えてないな」

「……ノーディスとウィドレット様は、お互いを思いやっていらっしゃるのですね」

彼ら兄弟のありようと、アリア達姉妹のありようはあまりに違う。育った家庭のせいか、それとも当人同士の気質のせいか。実姉を追い落とそうとするアリアの願いは、ノーディスから見れば浅ましくて卑劣な非人間のそれに見えてしまうのかもしれない。

（もしもライラを切り捨てるようなことをすれば、ノーディスに嫌われてしまうのかしら……。それだけは絶対に嫌です……）

兄を慕うノーディスのように、アリアもライラを慕うべきなのだろうか。あの、何一つとして理解できない異次元の片割れを？　けれど、双子の姉であるという事実に変わりはないのだ。血の繋がった家族なのだから、見捨てるのは本当はよくないことなのかもしれない。

「あのね、アリア。それは、私の兄がウィドレット・シャウラだったからだよ。これが他の誰かだったら、私はそんな風に思っていなかったかもしれない。私達兄弟がどれだけ仲が良かろうと、それは他人には何も関係のないことだ。当然、貴方が引け目を感じる理由にもならない」

アリアが何を考えたのかすぐにわかったのだろう、ノーディスがアリアの手を握る。つないだ手は温かい。

「他人の目から見た『普通』なんてどうだっていい。この繊細な問題において重要なのは、アリア・レーヴァティ、貴方という一個人がどうしたいと思ったかだ。誰にどう思われたいかじゃなくてね。少なくとも私は、私達兄弟にとっての日常を貴方達姉妹に当てはめる気は毛頭ないよ。色々な家族の形があるんだからさ。愛し合う綺麗な関係だけが家族じゃない。……ちなみに我がシャウラ家は、親子仲のほうは最悪だよ？」

「ノーディス……」

「他人《ひと》の家族は、この世で一番美しく見える幻想の一つだ。一方で自分の家族は、この世で一番辛辣に突きつけられる現実と言っていい。生まれ持ったそれは変えられないけど、新しく作ることはできる。だからせめて、自分で選び取った新しい現実のほうは優しいものにしたいよね。……貴方にとってどんな家庭が居心地がいいのか、これから一緒に探していこう。私達は家族になるんだから」

アリアは黙ったまま小さく頷いた。不用意に口を開くと、涙までこぼれてしまいそうだった。

「こんなところにいたのか」

「兄上！」

いつの間に近づいてきたのか、ウィドレットとアンジェルカが立っていた。アリアは慌てて笑顔の仮面を被り直す。いくらノーディスの身内でも、パーティーのホストとして客人に泣き顔を見せるわけにはいかない。

「俺達はそろそろ帰るから、挨拶をしておこうと思ってな。アンジェが来たいと言うからわざわざ来てみたが、まあ悪くはなかったぞ。アリア嬢の趣向もよく伝わった。レーヴァティ領が意外と面白い人脈を抱えていることもわかったしな。おかげで得をした気分だ」

「もう。ウィドったら、もっと素直に褒めてさしあげればいいのに。お食事はもちろんルーベリーもすごく美味しかったし、たくさんの人と意見交換ができて勉強になったって。庭園のお花も嫌味すぎず遠回しすぎもしない、季節感に合わせたいい演出だって言ってたじゃない」

「お褒めいただき光栄ですわ、アンジェ様、ウィドレット様」

アリアが淑女の礼でもって応えると、ウィドレットはつまらなそうに肩をすくめた。

「兄上？」

「怒るな怒るな。いい息抜きをさせてもらった礼だ、外堀を埋める手伝いはしておいたぞ。次期シャウラ家当主として、次期レーヴァティ家当主を支持することは表明しておかないとな？」

ウィドレットはアリアの手を取り、その甲に軽く口づけする。そのまま彼はアンジェルカを伴って立ち去っていった。無邪気に手を振るアンジェルカに手を振り返しながら、アリアは自分の選択が間違っていなかったことを噛みしめていた。

「なんでこんなことになっちゃったのー⁉」

今日もライラの悲痛な叫びが山にこだまする。返ってくるのはやまびこだけだ。信じていたメイド達に裏切られて、ライラは生まれ育った家を追い出された。別荘なんて名ばかりの、僻地に立つこぢんまりとした二階建ての屋敷がライラの新しい家だ。まずこの忘れ去られたボロ家を人が住めるぐらいまでリノベーションするのが急務で、ここ数日、ライラ達はずっとＤＩＹにかかりきりだった。使用人達がついてきてくれていなければどうなっていたことか。もっとも、彼ら全員を住まわせるにはこの屋敷では手狭すぎる。作業が終われば帰ってもらうか、あるいは近くの村で住居を探してもらうしかないだろう。

「この世界、どうして魔法でなんでもかんでもできないのかな。不便すぎ。根本から魔法ってものを改善する必要があるよぉ……」

不満を垂れるライラだが、それは彼女の求める基準が高すぎるだけだ。何の変哲もない枝と枝をただ並べただけで座り心地抜群の椅子を作れる魔法など、この世界のどこにもない。そのことはライラもこの十六年の生活でよく理解していたが、それでも愚痴をこぼさずにはいられなかった。そんなことを口にすれば、魔法を使えない人間から反感を買うのは必至なのだが……幸か不幸か、ライラの周りにはライラを全肯定してくれる人間しか残っていない。

転生チートなのかなんなのか、ライラの魔力は膨大だ。魔法を使う才能もある。その自分ですら、お手軽クリエイトが実現できない。だからライラには手足となる商会や工房が必要だった。前世で目にしてきた様々な電化製品を元にした魔具のアイデアは浮かんでも、それを実際に作る技術がなかったからだ。しかしこんなド田舎では、魔具開発のための設備も専門家も何もない。予定より早まったのんびりスローライフを快適なものにするために、オリジナルで創造魔法を編み出す時が来たのだろう。仕事のほうは領都の部下に任せて、その研究に専念するしかない。

(リモートワークのための設備が整ってるとは言い難いから、田舎暮らしはまだ時期尚早なんだよね。本当はもっと万全な準備をしてからセカンドライフを送りたかったんだけど。あーあ、やっと電話の試作が終わったところだったのに!)

家を追い出されてしまったのは痛手だ。傍にいなければ、守れるものも守れない。悪の王弟一家の策謀に、家族が巻き込まれていないといいのだが。

(たとえ裏切られて捨てられても、大事な家族だもん。お父様もお母様も、それにアリアだって、いつかわたしが正しかったたって気づいてくれる)

その希望だけがライラの支えだ。今はまだ理解されなかったとしても、いつか必ず感謝してくれる。健気な献身ぶりに、我がことながら涙が出た。

「そうだよね、わたあめちゃん」

過酷な辺境生活での最大の癒やしは、ライラに撫でられて気持ちよさそうに喉を鳴らす白い犬だ。

屋敷の近くで偶然見つけ、ペットとして飼うことにした。名前の由来はふわふわの腹毛だ。顔をうずめると最高に気持ちがいい。わたあめちゃんは普通の犬より何十倍も大きいが、人を襲うことはない賢い犬だ。「こいつはフェンリルじゃないのか？　人間が飼うなんて……」とダルクをはじめとした使用人達は戸惑っていたが、ちゃんとライラが世話はするし、これぐらいのわがままは許されるだろう。極上の手触りを誇るこの毛並みを一度知ってしまったら、お別れなんて想像できない。わたあめちゃんのふわふわの体躯に身体を預ける。至高のアニマルセラピーだ。悩みが薄れていく気がした。


辺境での強制スローライフを送るようになって、もうすぐ二ヵ月が経とうとしていた。今頃領都はどうなっているだろう。最近商会から便りが来ないが、順調だろうか。

（そういえば、そろそろ収穫祭の時期かぁ。様子を見るついでに、遊びに行っちゃおうかな……。でも、わたあめちゃんを置いていくわけにはいかないから……そうだ、小さくなれるような魔法を使って……）

庭でわたあめちゃんと一緒にお昼寝をしていたライラは、まどろみながら考えた。ふと、わたあめちゃんが低い唸り声を上げる。地の底から響くようなその音で、ライラの意識もはっきりと覚醒した。

「どうしたの、わたあめちゃん」

目を開けて周りを見渡す。ちょうどダルクが門扉を開けて帰ってきたところだった。わたあめちゃんを撫でると、唸り声は収まったもののまだ歯を剥き出しにしてダルクを睨みつけている。

「ライラお嬢様、ただいま。これ、村の人達に分けてもらったぞ。これでしばらく献立に困らないな」

「えー……また野菜?」

鼻歌交じりのダルクが抱えた平籠には山盛りの野菜がある。ライラは小さく眉をひそめた。野菜は嫌いだ。ダルクはダルクでわたあめちゃんに剣呑な視線を向けて籠を片手に持ち直し、腰に佩いた剣の柄《つか》に手を伸ばしていた。何故かわたあめちゃんとダルクは相性が悪いらしい。ライラとしては、仲良くしてほしいのだが。

「わたあめちゃんも家族でしょ。おどかすのはやめてあげてよ、可哀想でしょ」

「家族……」

「怖がらせないでね。わたあめちゃんはすごくおとなしくて頭のいい子なんだから。乱暴な気配には敏感なんだよ。ねえ、わたあめちゃん」

ライラが呼びかけると、わたあめちゃんは甘えるようにすり寄ってくる。可愛い。ダルクは何とも言えない顔をしていたが、「確かに頭はいいと思う」と賛成してくれた。理解してくれたようで何よりだ。ほとんどの使用人は、わたあめちゃんを怖がって近づきもしなかったことを思えば、ダルクはまだ話がわかるほうだろう。

結局、連れて来た使用人はほぼ全員田舎暮らしに音を上げて領都に帰ってしまっていた。虫はいるし娯楽は何もない。買い物もろくにできず、馬や飛竜車がなければどこにもいけない。領都の暮らしが恋しくなって当然だ。けれど荷物を置きっぱなしどころか、挨拶すらもしてくれないなんてひどすぎる。

残った使用人はダルク、そしてメイドのナナとケリーの三人だった。一気に寂しくなったが、手狭な屋敷暮らしを思えば妥当な人数と言える。ナナは昔からライラに仕えてくれているが、ケリーはここに移住するにあたって母がつけた使用人だ。ライラ自身は何も悪いことなどしていないのに、監視されているようで気に喰わない。どうせ見張りがいるのなら、ノーディスに横恋慕しただなんて気色悪い勘違いも早く訂正してくれればいいのに。案の定ケリーは両親と通じているらしく、わたあめちゃんを飼うのをやめろと手紙が届いたことが何度かあった。とはいえ、わたあめちゃんの面倒を見ているのはライラなのだから、口うるさい両親の小言に従う気など毛頭ない。ナナは持ち前のおおらかさで田舎暮らしに素早く順応し、ダルクもあっという間に溶け込んだ。ダルクに至っては、屋敷にいる時間よりも近くの村にいる時間のほうが長いくらいだ。屋敷にいても、庭で家庭菜園を作ったり冬に備えて薪の用意をしたり、もしくは竜舎でワイバーンの世話をしているので、ライラと顔を合わせることも少なくなってしまった。

どうやらダルクは、貴重な若い男手としてあちこちの手伝いに駆り出されているらしい。ダルクはライラの従者なのに。従者としての仕事をおざなりにするはめになってダルクも心苦しいだろう。農作業や力仕事の手伝いの見返りにと農作物を持たされて帰ってくるが、ライラはちっとも嬉しくない。嫌なことは嫌だとはっきり断ればいいのに。

「ねえダルク、ここに来てからずっと働きづめでしょ？　少し休んだら？」

「でも、身体を動かしてるほうが性に合ってるんだ。それに、色々な人に感謝してもらえて嬉しいし」

「人のことばかり優先して自分が倒れちゃったら元も子もないよ。村の人達はみんなダルクに甘えすぎ。言いづらいならわたしから言ってあげるからさ」

「そんなことないぞ、ライラお嬢様。手伝いたいって言ってるのは俺のほうだ」

「従者としての仕事はどうするの？」

「ライラお嬢様のお世話は、ナナとケリーがいるから大丈夫だろ？　屋敷でだって、男手が必要な仕事はしてる。ここはのんびりしたところだし、フェンリルの縄張りってことで他の獣もモンスターも近寄らないから、四六時中護衛してなくても平気だろ。食べ物をもらえたり、ためになることを教えてもらえたりするから、俺が村の手伝いに行くのはお嬢様にとっても悪いことじゃないと思うが」

「でも……」

「それに、ライラお嬢様のフェンリルは俺のことが嫌いらしいからな。俺だって、お嬢様の大事なペットと殺し合うような真似はしたくないんだ。お嬢様には懐いてるみたいだけど、フェンリルっていうのは平気で人を食うぐらい凶暴なモンスターなんだぞ」

「わたあめちゃんはそんなことしないし」

「お嬢様がそう言うならそうなのかもしれないが……。そいつはお嬢様の言うことしか聞かないんだから、ナナとケリーのためにもしっかりしつけはしてやってくれ。差し出がましいことを言うが、それが飼い主の責任だからな」

ダルクはそれだけ言って、さっさと屋敷の中に入ってしまった。取り付く島もない。今後も一緒に悠々自適なセカンドライフを送ることを考えれば、彼のスローライフ適性が高いのはいいことだ。いいことではあるのだが……。

「どうしちゃったの、ダルク。前はもっとちゃんとわたしの話を聞いてくれたのに。ちょっとわたあめちゃんが大きいからって、適当なことばっかり言ってごまかすなんて……」

ライラは声を震わせて、ダルクが消えていったドアに切なさのにじむ眼差しを向ける。追放されても、ダルクと一緒なら大丈夫だと思っていたのに。そのダルクがこうもよそよそしいと、寂しさだけが募ってしまう。まるで心に大きな穴が開いたようだ。そんなライラを慰めるように、わたあめちゃんが大きな舌で頬を舐めてくれた。


(まさかライラお嬢様に好きな男がいたなんてな。これからはきちんと立場をわきまえて、主従としての線引きはきっちりしておかないと。とはいえ相手はアリアお嬢様の婚約者なんだから、堂々と応援することはできないし……本気になりすぎて人の道を踏み外してしまうぐらいなら、いっそ止めてやるのが従者のつとめだ。せめてもう二度とライラお嬢様に馬鹿な真似をさせないようにしないと)

一方、ダルクはダルクでずっと勘違いをしていた。可憐で親切な、自分だけのお嬢様。けれどそう思っていたのはダルクだけだった。だから彼女への初恋をそっとしまい込み、冷静になって頭を切り替えるだけの時間として距離を置く必要があっただけだ。

(初めて会った時は、あんなに芯が強くて優しそうに見えたのに……。最近のライラお嬢様はアリアお嬢様を別れさせようとしたり、フェンリルを飼い出したりして、正直俺にはもうついていけない。夢みたいな魔具をたくさん作れる天才のお嬢様の考えなんて、最初から俺なんかに理解できるわけがなかったんだ。……それでも、貴方がきちんと現実に目を向けて幸せになれるように、手助

けはさせてもらうからな）
こっちの二人は、残念なぐらい噛み合っていなかった。

ノーディス、そしてユークを連れた領地の視察は、次の週末に行うことになった。商業ギルドの視察の一環として、ライラが代表を務めるプレイアデス商会とその傘下の工房を直接見学に行く。アリアも一応同席こそするが、向こうでの話し合いは専門的な知識のあるノーディスとユークが中心になるだろう。

プレイアデス商会の本部は、大きくて立派な店構えの建物だった。隣に併設されている白い建物が、魔具を製造する工房らしい。

「お待ちしておりました、ライラおじょ……アリアお嬢様」

（まあ。わざとかしら？）

慇懃にアリア達を出迎えた男は、商会長代理のカフと名乗った。この程度で崩れるアリアの微笑ではないから、アリアも淑女の礼で応じて社交辞令交じりの挨拶を済ませる。どうやらカフ氏は元々ライラに代わって実務を担当していたらしく、ライラが領都を離れてからも商会長代理として采配を振るっているようだ。

「それでは、我がプレイアデス商会が誇る新製品の数々をご説明しましょう。こちらへどうぞ！」

そう言って、カフ氏は自信たっぷりにアリア達を案内しはじめ——

「なあシャウラ君、ここって……なんなんだ……？」

「貴方にわからないなら私にもわかりませんよ……！　一体どういうことなんですかこれは……」

「ノーディスもユーク様もどうかなさいましたの？　お顔の色が優れないようですけれど、少し休憩いたしませんこと？」

「はっはっはっ。ここを案内すると、魔導学者や魔具開発者は皆さんそういった反応をされるんですよ。どうやら常識を覆す画期的な発明がなんでもないことのように行われているせいで、自信を失ってしまわれるようで。ライラお嬢様の発想力についていけない人間など足手まといでしかありませんから、いなくても困らないのですが」

一言余計なことを言わなければ口を閉じられないのだろうか、この男は。カフ氏の自慢話を聞き流し、アリアは青年達を休ませられるような手ごろなスペースを探す。幸い、近くに職人達の休憩所があったので、そこを使わせてもらう。部下に呼ばれたカフ氏が席を外した瞬間、ユークとノーディスはばっと顔を見合わせて口を開いた。

「ウェングホールの三原則を完全無視するなんて、こんな危険な開発現場見たことないぞ⁉　どうなってるんだここの安全管理！」

「クロックアーク実験もしない、ジリーベーゼス証明のための設備もない、何より資格を保有した責任者がいない！　それでどうして高品質の魔具ができあがるんです⁉　まさか事故報告が来るたびもみ消しているんですか⁉」

「製造工程そのものだってめちゃくちゃすぎるのに、ちゃんと『魔具』として意味のある何かが完成するの怖すぎる……。どういうことなんだよぉ……。そもそもあれは魔具って呼んでいいのか……？」

「お、お二人とも、落ちついてくださいまし。お水はいかが？」

慌てて声をかけると、ノーディス達は力のない声で礼を言った。置かれていた冷蔵庫から水差しを取り、二人分のグラスに水を注ぐ。よく冷えた、美味しそうな水だ。

「あー……その戸棚も、プレイアデス商会の一番人気の商品でしたよね」

「……前に買って分解したことがある。それでも仕組みがわからなくて、情報流出を防ぐために秘匿の魔法がかけられてると思ったが……そういうことじゃなかったんだな……」

二人は何とも言えない表情で冷蔵庫を見つめた。確かにこの白い小さな戸棚も、ライラが開発した魔具だ。値段が張るので広く流通しているとは言い難いが、富裕層にはよく売れているらしい。グラスの水を一息に飲みほし、ノーディスはじっとアリアを見つめた。ややあって、彼は言いづらそうに口を開く。

「ここは研究所でもなんでもない。魔具の開発研究なんてやってないよ。あえて言うならここは、『魔法』っていう概念をしまっておく入れ物作りのための工房だ。いや、器だって魔具を構成する重要な要素の一つだから、そのこと自体は問題ないんだけど……正直、このままここを放置していると、よくない事態が起きる。何より、魔導学者のはしくれとして見なかったことにはできない」

「なんですって？」

「魔具っていうのは、専門的な技術と計算の上で初めて成り立つものだ。魔法を使える人がもっと便利に魔法を使えるように……魔力を無駄なく扱えるように存在してる。だけどプレイアデス製の魔具は、魔法を使えない人のためのものだ。日常をよりよくするためのものとでも思ってくれればいい。その冷蔵庫も、飲食物をもっと手軽に冷蔵できたらいいという思いから誕生したんだろう」

ノーディスの言葉に頷きつつ、ユークは苦み走った顔で口を開いた。

「だが、魔法というのはまだ解明されていない力でもある。だから魔導学や魔素工学といった、魔法のことを深く研究してより安全かつ効率的に人々の生活に還元するための学問があるんだ。ただし、この工房にはその基礎がない。基礎がないのにできているからおかしいんだ」

「見たところ、研究者すら一人も見当たりませんでしたよね。ここでやってることが理解できずに逃げ出したのか、それともまさか最初から研究者を必要としていないのか。カフ氏の口ぶりでは後者の可能性も高いのがなんとも。本当に、ライラ嬢お一人の力で成り立っている場所のようです」

「プレイアデス製の魔具は、現代の技術的に不可能な部分が多すぎるんだよな。その不明瞭な部分を、全部ライラ嬢の魔力で補ってたってことか。……一人の人間にそんなことが可能なのか？　ど、どこかに魔力集積所みたいなの、ないよな？　秘密を知りすぎた俺達もそこに監禁されて、魔力を搾り取られたり？」

「怪奇小説の読みすぎですよ、レサト君。……まあ、他人の魔力を吸い取る魔具は存在しますから、不審な行方不明者がいないか念のため調べておいたほうがいいかもしれませんが……」

ノーディスは大きなため息をつく。アリアに向ける視線は気まずげだ。とはいえ、魔法の素養のないアリアには、彼らの話は今一つぴんと来なかったが。

「誤解を恐れない言い方をすれば……この商会は、貴方の姉君の才能にだけ目をつけた強欲な商人達が、金儲けのためだけに門外漢にもかかわらず繊細な花畑を荒らして回ろうとして作ったものだ。彼らは花畑でどう振る舞えばいいかわかっていない。根こそぎ掘り起こすだけじゃ飽き足らず、繁殖力の強い外来種の種さえばらまいたんだ。すっかり環境が破壊されてしまったせいで、これまで花畑の手入れをしていた研究者が手も足も出なくなったのを、頭が固いせいだと嗤っているんだよ」

「そ、そんな非道がまかり通ると思って？」

「通るんだよ、レーヴァティ家の才女がいるんだから。……魔法は、それを使える人間にとってもまだ未知の部分が多い技術だ。専門的な勉強をしないまま……あるいは学んだとしても理解できないまま、なんとなくの感覚で使っている人も多い。普通はきちんと訓練しないと相応の形で使いこなせないから、それでも大きな問題にはならないんだけどね。……そんな難しい学問の話を、まったく詳しくない一般の人達にした時に、彼らの共感と信頼を一番得られるのが誰だかわかる？」

「……もっとも権威がある方かしら？」

「その通り。『領主の一族のご息女が言ったから』。始まりは家名の力だ。彼女の言った通りの物を作ったら、彼女が言った通り成功した。それが続いて、最初の開発者は才女とまで言われるようになった。だから次はこうなる。『レーヴァティ家の才女が言ったから』。だから間違いはない、だから問題はない。商人側も消費者側も、ライラ嬢の名前を免罪符にしてしまうんだ」

ノーディスの言葉に背筋が凍る。果たしてライラはそこまで考えているのだろうか。

「良識ある研究者がプレイアデス商会の異常さを訴えようと思っても、その前にはレーヴァティ家の名前が立ちはだかる。領主一族の事業に泥を塗れば、レーヴァティ領での未来どころか今の生活すらおびやかされてしまうかもしれない。実際にレーヴァティ家にそんなつもりはなかったとしても、研究者側が報復を恐れるのは当然だ。ただ、沈黙はいつまでも保てるものじゃないからね。水面下で告発のために動いている人がいても不思議じゃない」

「もしそうなってしまうと、『自分達でもよくわからないものを売っていた』ということで、レーヴァティ領の評判自体が下がってしまうでしょう。責任が取れないというのは、それだけ大きな罪ですもの」

人に信頼されるのは、何かについて責任を取れるからだ。その名において保証できることがあるからだ。その関係が崩壊した時、人はたやすく手のひらを返す。

「これまでライラ嬢が作ろうと思い立った魔具のための入れ物を作るのに、金物職人や木工職人、それから各種の素材の卸問屋と生産者達もか。とにかくここでは挙げきれないぐらい、たくさんの業種に声がかかっただろう。お金の動きもずいぶん活性化したはずだ。それがここ最近のレーヴァティ領で盛んになった経済活動の基盤だと思う。プレイアデス製の魔具がもたらした特需だね。でも、これは一過性のものだ。いつかは必ず弾けてしまう。そうなる前に、もっと安定した方向に舵を切ったほうがいい」

「そうですわね。ライラ一人の力に頼りすぎていたようです。余裕がある今のうちに、経済をもっと健全にしていきませんと。プレイアデス商会の内情が知られても我が家の評判が守られるように、まず民の生活に還元して……」

手っ取り早いのは公共事業だろうか。過疎地の開発という名目で、僻地の農村を支援させよう。

領主本人は不在だが、領主の補佐を務める執行官に命じればすぐにふさわしい働きをしてくれるはずだ。だって、次期領主はアリアなのだから。アリアの名前でやらせたことなら、アリアはきちんと責任を取る。

（草むらをかきわけたらバジリスクが出てきて焦ったけど、とりあえずなんとかなりそうかな。アリアが話のわかる子で助かった）

ノーディスはほっと胸をなでおろした。最初は、ユークをうまく焚きつけてプレイアデス商会の内情を探ってから商会を取り込み、資金源にするつもりだったのに。だが、そうも言っていられなくなってしまった。企業秘密でも抜ければその製法を使ってどうとでも金を稼げたのだが、ふたを開ければもはや技術を盗むどころではない。途中経過が何もわからないのに何故か問題なく動く魔法なんて恐ろしすぎる。

「この失態が公になってしまう前に、プレイアデス製の魔具は回収してしまうべきですわね。けれど、プレイアデス製の魔具は上流階級の間で広く流通しています。そのすべてを回収するというのは難しいでしょう。不満の声を上げさせず、かといってこの不祥事を知られないようにするためには……何か代わりになるものを作って、自発的に買い換えさせようかしら？」

「それはいい考えだね、アリア。じゃあ、まず廉価版の魔具を作って市井《しせい》に広めて、プレイアデス商会の占有率を奪っていこう。ほどほどのところでプレイアデス商会を買収して、これまでライラ嬢が発明した魔具を製造停止に追い込んでいけばいい。そうすれば、今流通しているものが壊れた時点でそれでおしまいになる。どのみち、ライラ嬢の魔具は今の技術力じゃ本来実現できないようなものばかりだ。文明の進歩と発展は素晴らしいことだけど、そこに至るまでの過程が伴わなければ何の意味もない」

プレイアデス製の魔具の構造を確認してみたが、あれを本当の意味で普及させるためには人工的に魔力を生成できるようにならなければ話にならない。あれが長期の稼働に耐えられているのは、ひとえに込められたライラの魔力が膨大すぎるからだ。ノーディスとユークが全力で再現したところで、プレイアデス製の魔具にはあらゆる面で劣るような使い捨ての粗悪品しかできないだろう。内蔵された魔力が尽きたらそれで終わりだ。そうでもなければ、それこそノーディスが今付けている眼帯のようなものを使って、哀れな犠牲者達から遠隔で魔力を搾り取るという倫理的に絶対採用できない手段を取るしかない。元々、魔具というのは使用者が魔力を有していることを前提として、魔法を使うための補助器具として生み出されている。魔力の素質のない人間でも魔法を使えるようにしたいというのなら、ライラの挑戦は非常に意義のあることではあるのだが……その根底にあるのがライラ自身の魔力では、技術革新も何もあったものではなかった。

「本当に新しい魔具が作れますの？」

「私とレサト君のような優秀な研究者達と、ちゃんとした研究設備と予算があればね」

冗談めかして笑う。アリアは少し考えるそぶりを見せたが、すぐに頷いた。

「今度こそ仕組みをきちんと説明できて、誰に対しても堂々と公開できる物が作れるというのであれば、領地の新事業として認可いたしましょう。プレイアデス製の魔具を、速やかに市場から駆逐してくださいまし」

（それだけ貴方は自分の領地を守りたいんだね。わかったよアリア、その願いに私も応えよう）

決して詐欺師が口車に乗せたわけではない。結果的にそうなっただけで、動機はいたってシンプルだ。何から何まで不明瞭な製品が流通していたら、いざ大事故が起きたときに誰もその説明ができない。だが、それではとても済まされない。それに、『エネルギーとして一人の人間がすごくたくさんの魔力を込めたのでこの装置は動いています』より『この装置は実は大勢の人間から魔力を奪ってそれを遠隔で注ぎ込むことによってエネルギーにしています』と言ったほうがまだ信ぴょう性がある。たとえ根も葉もない噂だろうと、信用に大きく傷がつきかねない話だ。ノーディスの眼帯とウィドレットの手袋のように、相応の手を加えれば魔力は距離を問わず受け渡すことができるのだから。そういった魔力のやり取り自体は違法でもなんでもないし、これを利用した通信技術もある。ただし、誰かの魔力を同意なく奪って別の何かのためにつぎ込むような行為は、人道に反した行いだ。

レーヴァティ領のためを思うなら、プレイアデス製の魔具なんてないほうがいい。アリアのその意見には、ノーディスも賛成だった。劣化した部分は、コストカットの成果として言い繕える。魔力のある所有者ならともかく、余剰な魔力を持たない所有者は内蔵の魔力切れによる頻繁な買い替えを余儀なくされるが、だったらその買い替えごと一種のイベントにしてしまえばいい。値段を安めに設定しておいて、できる範囲でそれぞれ別の付加価値をつけて。気分転換感覚で、気軽に買えるようにしてもいい。買い替えることで別のメリットが得られるのなら、不満は限りなく抑えられるはずだ。上流階級はステータスにこだわって高品質なプレイアデス製を使い続けるだろうが、その時こそ風評被害をちらつかせればいい。あの家は非人道的な装置を導入しているぞ、と。ノーディス達の商会が台頭したことでレーヴァティ家のはしごが外れてしまえば、プレイアデス商会は孤立無援だ。どんな悪評が立とうと知ったことではない。淪落したところを商会ごと安く買い叩いて、完全に接収してしまおう。

やがてカフ氏が帰ってきた。驕った態度はそのままに、実のない工房見学が再開される。きっと彼も魔具のことなど何一つわかっていないのだろう。そうでなければ、魔法の研究者であるノーディス達を相手にこんな薄っぺらい解説を自信たっぷりに話せるはずがない。

（他に調べておくべきは癒着の有無かな。娘の事業に対してレーヴァティ公爵夫妻が便宜を図るのは当然だけど、その支援が度を越していたら大問題だ。正式な書類と適切な予算の範囲内でのものだったかどうか、探っておかないと。公爵夫妻を失脚させる手札は多いほうがいい）

空っぽの工房などどうでもいい。どうせ製法を盗もうにも、ライラでなければ再現できないのだから。ご自慢の発想力《アイデア》はすでに見せびらかされているので、後はどうにかそれを再現するだけだ。その辺りは魔具開発の専門家であるユークが熱意を見せてくれるだろう。

「なあ、シャウラ君。プレイアデス製の魔具は、やっぱりどこかおかしいぞ。まるでモデルが別に存在していて、それに無理やり合わせようとしてるみたいだ」

「ライラ嬢の豊かな想像力が元になっているんですから、そうなるのも当然なのでは？」

「それはそうなんだけど……うーん……なんというか、他にもっと完璧な完成形があって、それは空想とかいうあやふやなものじゃなくて、でもその仕組みがわからないから、わからない部分を全部魔法で解決してるみたいな感じがするんだ。だから、これの一歩先にあるその『完成形』がわかれば、もっと正確に再現できるかも……」

ユークもカフ氏の話そっちのけでぶつぶつ呟いている。その目は好奇心でらんらんと輝いていた。思った通り、彼に任せていれば大丈夫そうだ。

「これがプレイアデス商会のすべてです。素晴らしいでしょう？　ですが我々は魔具だけでなく、いずれは製造の権利そのものを売り出す予定です。これはライラお嬢様がお考えになったもので、我が商会の認可を受けた商会に対してわざわざ商品を売らずとも使用料を回収できるんですよ。実に画期的な、」

『絶対に誰にも売らないでください』

カフ氏の言葉に三人の声が綺麗に重なる。権利だけ売ったところでよそでは何一つとして作れないし、何より中身がなさすぎる。詐欺師として大々的に訴えられる前にこの商会を潰そうと、三人の心が一つになった。


ノーディスが魔具開発のために多忙になり、アリアも領主代行として決裁を求められる書類仕事や有力者達との会合の機会が増えたため、次の領地視察《デート》は翌月に持ち越された。

万全の状態でノーディスを迎えるため、アリアはすべての予定を調整し、完璧にこなしてみせた。アリアに実務はわからない。それは自分の仕事ではない。だからわかる人間にやらせればいい。役人達はそのためにいる。アリアの仕事は、彼らが精査した書類にサインをすることと、一介の役人では話すこともままならないような権力者達の機嫌を取ること、そして役人達の仕事の責任を取ることだ。

(殿方と同じ舞台に立ち、殿方の振る舞いを真似て、殿方そのものの戦い方をする。ええ、それも一つの手段でしょう。ですがわたくしがするべき行いは、そういったことではございません。わたくしには、別の武器がありますもの)

アリアの一番の武器はしなやかさだ。こまやかな気配りと柔らかい対応で人の心にするりと溶け込み、心すらも掌握する。自発的に人々を傅かせて望み通りのものを持ってこさせる手腕こそ、上に立つ者としての真価が発揮される時だ。政治は恋愛に似ていた。どんな屈強な男でも、アリアの思い通りに踊ってくれる。無論、どちらの舞台であっても勝者はアリアだ。

（どんな殿方であろうとわたくしの手のひらの上。もちろん貴方もですわ、ノーディス）

一人しかいない執務室にアリアの高笑いが響いた。ようやく彼に会える。楽しみで仕方ない。前回の商会視察は散々だったが、今回は問題ないはずだ。何故なら今回の目的地は孤児院や救貧院など、慈善活動のために昔からよく足を運んでいる施設を中心に見学してもらう予定だからだ。間違いなど起こりようがなかった。

そして迎えたデートもとい視察当日、ノーディスは時間通り九時に来てくれた。利発そうな目をした彼のワイバーンを竜舎に預け、レーヴァティ家の馬車で目的の施設まで移動する。彼も研究で疲れているだろうに、そんな疲労を感じさせずアリアを気遣ってくれるところが素敵だ。

『アリアおじょうさま、こんにちはっ！』

「ご機嫌よう。皆様元気いっぱいで、素晴らしいこと」

最初に訪れた孤児院では、子供達の大きな声で出迎えられた。定期的に慰問を行っているので、どの子供もアリアによく懐いている。読み聞かせやら何やらをねだる子供達に、アリアは丁寧に応じた。慈善活動は淑女として当然のたしなみだ。

「子供は元気があっていいね。貴方もすごく好かれているみたいだ」

「この孤児院にはよく来ていますもの。さあ皆様、そこに座ってくださる？」

園庭の木陰に座り、渡された絵本を開いて朗読を始める。場は一気に静まり、子供達は真剣な顔で聞き入ってくれた。その素直さが愛らしい。ノーディスにも動きやすい服装で来るよう伝えていたが、大正解のようだ。新しい遊び相手と認識されたのか、彼もすぐに子供達に取り囲まれてあちこちに引きずりまわされている。遊びたい盛りの子供の容赦ない洗礼は、大人には少々堪えるだろう。絵本を読み聞かせながら、アリアは内心で微苦笑を浮かべた。

「そして、二人はいつまでも幸せに暮らしました――おしまい」

わぁっと歓声が上がり、拍手が響く。けれどその余韻は短い。「アリアおじょうさま、つぎこれよんで！」「おままごとしよ！」どうやら人のことを笑ってばかりいられないようだ。

「順番は守らないといけませんわよ？　慌てなくても、わたくしはここにいますから」

無邪気な子供は好ましい。貴族の娘として、次期領主として、自分が何を背負っているか強く実感させてくれるのだから。弱さの象徴である子供こそ、無条件に守られてしかるべき存在だ。彼らが健やかに育てる未来をつないでいかなければ。

さんざん遊べばお腹が減る。子供達も例外ではない。昼食の用意ができたという職員の声に従って、子供達は我先にと孤児院に入っていった。

「大丈夫ですか、ノーディス。わたくし達もお昼にいたしましょう。先生方の許可は取ってありますから、わたくし達の分の昼食も用意されているはずですわ」

存分におもちゃにされたらしく、力なく地べたに横たわるノーディスに声をかける。ノーディスはよろよろと立ち上がって弱々しく笑った。

「子供とかかわることなんてめったにないから新鮮だったよ。明日はひどい筋肉痛になりそうだ」

「たくさん遊んでくださってありがとう。あの子達もとても楽しそうでしたわ」

「貴方みたいに上手な読み聞かせや手遊びができないから、とりあえず身体を動かすしかなくてさ。

……でも、おままごとぐらいならなんとかできるかな？」

「意外とおままごとも奥が深くてよ？　ふふふ、赤ん坊やペットの役が貴方にできるかしら？」

「ど、努力するよ」

子供達の見本になるよう、しっかり手を洗って席に着く。野菜がメインの健康的な料理が並んでいた。

（寄付金と施設の様子に大きな相違はございません。衛生状態も十分。視察に合わせた付け焼き刃というわけではないのは、人の振る舞いを見ていればわかります。皆さん自然に振る舞っていらっしゃるから、何も問題はございませんわね。わかりきっていたことですけれど）

美味しい。子供達も行儀よく食べている。職員も子供達のことをきちんと見ているようだ。アリアの名前で寄付を続けている施設が適切に運営されているところを見るとやはり安心できる。

「それじゃあみんな、お昼ご飯のお片付けが済んだらお祭りの練習をしましょうか」

「はーい」

職員がそう言うと、食事を終わらせた子供達は皿を持ってぞろぞろと洗い場に消えていく。どの子も残すことなく綺麗に昼食を平らげていた。

「お祭り？」

「月末に収穫祭がありますの。この孤児院では収穫祭で毎年手作りのお菓子を販売しますから、きっとその練習でしょうね。その時に作ったお菓子が子供達のおやつになるのも恒例行事ですのよ」

「なるほど。楽しそうだね」

「あっ！　よろしければアリア様とノーディス様もご参加されますか？　今年もアリア様からいただいた材料がたくさんございますので、どうぞご自由にお使いください」

「まあ、よろしいの？　それなら、お言葉に甘えようかしら」

「大丈夫かな。私はお菓子作りなんてやったことはないんだけど……」

「わたくしが教えてさしあげますから、安心なさってくださいな。お菓子作りは得意ですのよ」

バザーの出品物として、手作りのお菓子は昔からよく作っていた。毎回売れ行きは悪くないから、味もそれなりのものは保証されているに違いない。ノーディスは少しためらっていたが、アリアが一緒なら大丈夫だと思ったのだろう。そういうことなら、と立ち上がった。

この孤児院では施設の裏に畑があり、そこで季節ごとの作物を育てている。収穫祭で販売するお菓子には、その作物が使われていた。園庭にも果物の生る木が植えられていて、おやつとしても食材としても愛されている。

「何を作りましょうか」

調理台に置かれている、練習用の材料として用意されていたものを見る。すでに子供達が選び取った後なので少し心もとないが、元々おまけで加わっているのだ。文句などはない。子供達は職員を中心に、楽しそうにお菓子作りを始めていた。初心者のノーディスでも作れるような、簡単なものがいい。かといって工程が簡単すぎても退屈させてしまいそうなので、ほどよく達成感を味わえるようなものにしよう。

「そうだわ、クッキーはいかが？」

「いいね。ご指導よろしくお願いするよ、先生」

干したイチジクが目についた。これを切り分けて生地に練り込めばきっと美味しいだろう。

「それでは、早速作っていきましょうか。まず、このイチジクを細かく刻んでくださる？」

アリアのお菓子作り教室は何事もなく始まり、問題なく終わる――はずだった。

「こうして生地を丁寧に混ぜ合わせますのよ」

「こうかな。結構力仕事だね、これ」

アリアの手元と見比べながら、ノーディスも自分のボウルに向き合う。思えば家を離れている時の食事は学生寮の食堂に頼りきりだったので、調理というのはしたことがなかった。料理の名前ならいざ知らず、調理工程や食材そのものには詳しくない。馴染みがなかったせいで名前はもう忘れたが、何かの粉と……砂糖？　と、それから、そうだ、確かバターもあった。そいつらが全部ノーディスの手によってぐちゃぐちゃになっていく。なんだかべちゃべちゃしていて気持ちが悪い。

（腕が疲れてきたけど……アリアはなんてことないみたいにやってるから、案外そういうものなのかな？）

涼しい顔のアリアを前に弱音を吐くのはあまりに情けない。ノーディスは必死で手を動かした。

それからもアリアの指示通り、こねたり切り分けたりしてみる。ちょっとその意味がノーディスにはよくわからない動作も多かったのだが、アリアがやれと言うなら正しいのだろう、きっと。

「このまま生地を寝かせましょう。その間に少し片付けをしましょうか」

（食べ物が寝るわけないのに。そんな夢見がちなことを言うなんて可愛いところしかないな、アリアは）

次期領主として気丈に振る舞っているように見せても、無垢で儚い少女の純真な心はそのままなのだ。自分が守ってあげないと。

「わかった。生地を起こさないように、静かにやるよ」

少女の夢を壊さないように、ノーディスは真面目に頷いた。アリアは一瞬きょとんとしたものの、真っ赤になった顔を見られないようさりげなく後ろを向く。

（も……もしかしてこの方、まさか本当に生地が眠ると思ってらっしゃるのかしら？　なっ、なんて可愛らしいの⁉）

ノーディスがあまりに真剣に返事をしたものだから、その勘違いを訂正することなどアリアにはできなかった。そんなことをすれば彼のプライドを傷つけてしまいかねない。とはいえ世界は広いのだ。ことによってはアリアが知らないだけで、クッキー生地のモンスターがいるのかもしれない。美味しそうだ。

お互いがお互いの天然ぶりに身悶えしながら、二人はクッキー生地を起こしてしまわないよう静かに調理器具の洗浄や調理台の整理を行う。子供達はいつの間にか調理練習を終わらせて、お昼寝の時間を迎えて部屋に戻っていた。

「あとはこれを焼くだけですわ。焼き上がりが楽しみですわね」

存分に生地を寝かせた後、アリアはあらかじめ温めていたオーブンにクッキーを入れて。所定の時間を迎えてオーブンを開けた途端、凍りついた。

（おっ……同じ材料を使って同じ工程で作っていたはずなのに、どうしてまったく違うものができあがるんですの……⁉）

たくさんの子供達に食べさせる料理を作るため、この厨房のオーブンは二段に分かれている。上段がアリア、下段がノーディス。お互いに自分のクッキーがどちらの段に入れたか、ちゃんと覚えていた。アリアのクッキーは美しい丸型で、黄金色《こがね》に輝いていた。点々と散らばるイチジクの赤が愛らしい彩りを添えている。一方、ノーディスのクッキーは寒々しい灰色だった。じわりとにじむような赤色がただ毒々しい。焼いている途中に複数のクッキーが合体してしまったのか、不気味なほどいびつな塊に成り果てていた。まるで邪教のシンボルのようだ。食べ物というか、凶器のほうが近いかもしれない。表面も異様にぼこぼこしている。……脈動しているように見えるのは、さすがに気のせいだと思いたい。

「え……？　オーブンの中で何が起きたの？」

造物主たるノーディスですら原因はわからないらしい。アリアのクッキーと全然違うということだけはわかっているようだ。なんとか褒め言葉をひねり出そうとしたアリアだったが、結局声にはならなかった。さすがに当人に自覚がある以上、何を言ってもお世辞にしか聞こえないだろう。

「……プレイアデス商会の工房でノーディス達がおののいていらっしゃった理由がようやくわかった気がします……。一体何がどうしてこうなってしまったのか、過程が不明すぎますもの……」

とりあえず粗熱を取りましょう。あえて明るく告げたアリアの声がむなしく響いた。

「さあノーディス、召し上がってくださいな」

「……」

アリアは微笑むが、ノーディスは苦い顔だ。ノーディスが人生で初めて作った、圧倒的存在感を放つ異様な物体。それが載った皿が、こともあろうにアリアの前にあるからだ。皿ですら苦情を言いかねないその劇物を、アリアが食べるというのだろうか。ノーディスの前にあるのはアリアの

作った美味しそうなクッキーだ。これを自分も作りたかったのに、どこで何を間違えてしまったのだろう。音楽の他にもう一つ、できないことが増えてしまった瞬間だった。

「アリア、貴方は本当にそれが食べ物だと思っているの？」

アリアの細い指が禍々しい何かをつまむ。すかさずノーディスは口を挟んだ。

(やっぱり今動いた⁉　生きてるよなあれ⁉　それともアリアが動かしたから、目の錯覚でそう見えてるだけなのか⁉)

我ながらなんて恐ろしいものを生み出してしまったのだろうか。こんなはずではなかったのに。

「そんなもの、食べられるわけがないだろう」

というか、食べないでほしい。とても食べさせられない。

「そ、そうでしょうか。いただいてみたら、案外美味しいかもしれませんのに」

「悪いが、私はそうは思わないよ」

アリアは気まずそうに笑っている。胸が痛い。しかしノーディスの制止は届かず、アリアは一思いに冷え固まった汚泥にかじりついた。

「あああっ！」

「とっ……とても、美味しっ……」

「やめてくれアリア！　こんな時まで完璧ないい子でいる必要はない！」

琥珀色の瞳が涙で潤んでいく。喜びを謡うハープの音色のように透き通った甘い声は、可哀想に今はすっかり濁ってかすれてしまっていた。まずいとはっきり言っていい。真実を口にしたところで、誰もアリアを責めはしないのだから。ノーディスは慌ててアリアからクッキーの死体を取り上げた。口直しの紅茶を差し出し、ゆっくりとアリアの唇を湿らせる。死なないでくれアリア、願いはただそれだけだった。

「ですけれど……残してしまったら、もったいないですもの……」

「うっ……。な、なら、これは私が食べるから。貴方はこっちの、美味しいほうを食べるんだ」

「ノーディスには、わたくしの手作りのお菓子を食べていただきたかったの……」

「じゃあ、貴方のクッキーを半分ずつ分け合おう！　それならいいだろう？」

アリアの健気さに胸を打たれながら、ノーディスはこのおぞましい呪いをアリアから遠ざける。代わりにアリアのクッキーが載った皿を二人の間に置いた。

「ん。これ、すごく美味しいよ。アリアは多才だね、お菓子作りも上手だなんて。こんなに美味しいと、食べるのがもったいないな。すぐになくなってしまう」

「本当？　簡単なお菓子でよければ、いつでも焼いてさしあげますわよ」

アリアのクッキーは甘くてとても美味しい。店で売っていたら買い占めていたところだ。手が止まらないが……この味わいに慣れすぎると、この世の憎悪の集合体《クッキーになれなかったもの》を処理できなくなってしまう。いい加減向き合わなければ。覚悟を決めて、自分で生み出してしまった悲しき生命を口に運ぶ。脳が咀嚼を拒んでいるが、それを無視して噛みしめる。じゃりじゃり、ごりっ。これがこの虚無を生み出してしまった愚かな自分が取るべき責任なのだ。仕方ない。

（ま、まずい……！　本当に食べ物なのか、これ……⁉）

口の中がトゲトゲする。中々飲み込めないせいで、ティーカップの中身はあっという間に減っていった。紅茶とアリアのクッキーがなければ耐え切れなかったかもしれない。……何がどうしてこうなってしまったのか、結局最後までわからなかった。なお、この日以降ノーディスが厨房に立つことは二度となかった。

孤児院の見学を終え、礼を言って立ち去る。次に向かったのは救貧院だ。ここでは貧困者を集めて衣食住の保証と引き換えに人足として各地に派遣させるほか、職業訓練として手作業を学ばせていた。現在の入居者達の人数と労働状況を確認し、運営に問題がないか職員と話し合う。施設の収入は、彼らが作った手芸作品や工芸品の売り上げが多数を占めていた。入居者達にレース編みや刺繍の技術を学ばせるため、アリア自身も講師としてよく通っていたものだ。

人に物を教える行為は自分のためのいい復習になる。それに、宣伝のために彼らの作った小物をアリアが身に着ける必要があったため、半端な商品を世に送り出させるわけにはいかない。素人が作った不格好な物を身に着けるなど、アリアの美意識が許さないのだ。指導のかいあり、レーヴァティ領の救貧院は他領と比べても高品質な手作りの品を扱っていると評判がいい。今月も、目標数を超えた商品の注文が入っていた。おかげで貯金もできる額の給金を支給できている。こつこつと金を貯めた入居者達は出所して、身につけた技術と貯金を元手に改めて人生をやり直すのだ。

最後の目的地は廃兵院。この病院はモンスターとの戦闘で大きな怪我を負った兵士達や、老いや病気を理由に前線を退いた兵士達のための施設だ。ここは、レーヴァティ領の中では最先端の設備を揃えたもっとも大きな廃兵院だった。領中の傷病兵を受け入れていて、保養地にある大病院と人気を二分している。回復魔法といえども万能ではなく、一度負った深手の治癒には時間がかかる。肉体の欠損や病気も、魔法では治すことはできない。回復魔法の効果が一番高く発揮されるのは怪我をしたその瞬間だ。負傷から時間が経てば経つほど効き目は薄れていってしまうので、療養施設は欠かせなかった。『怪我をしたそばから永続的に、傷口が広がっていくのを上回る早さで回復魔法をかけ続ける』ということができればどんな過酷な戦場にいようが実質無傷で済むが、そこまで高度な回復魔法を使える人間はそれほど多くない。ごく少数の兵士に対して優秀な回復魔法の使い手がつきっきりになるか、兵士自身が卓越した回復魔法の使い手でなければならないため、あくまで机上の空論だった。

「モンスターの対処に悩むのは、どの領地もそう変わらないね」

ノーディスの視線の先では、モンスターとの戦闘で身体が不自由になった兵士達がリハビリに励んでいる。アリアは憂いを込めて目を伏せた。

「農作物を狙うモンスターが多いのです。農耕地の開拓や食べ物の採集のために、民がモンスターの縄張りに入ってしまう事故も毎年起きています。幸い、兵士の皆さんが適切に対処してくださるので民間人には大きな犠牲は出ていませんが、それでもやはりすべてが無傷というわけには……」

人を襲うモンスターの存在はどの国でも共通の悩みだ。種によっては共生したり家畜化したりもできるが、オークやゴブリンといった人の生活圏で略奪を行うようなモンスターも存在する。モンスター被害は、特に都市部を離れた僻地でよく見られた。民間人を守るために命を落とした兵士も多い。十分な装備を支給して後方支援の体制を整え、適切な訓練をかかさず行っていたとしても、相手は凶暴なけだものだ。想定外の事態は常に起こりうる。

「彼らもわたくしの大切な、レーヴァティ領の民です。仕方のないこととはいえ、傷つくところは見たくありません……」

「防御魔法と回復魔法は私の得意分野なんだ。前線で戦う兵士達の負傷率を減らせるように、何かできないか考えてみるよ。……ちょうど試したい論文もあるし」

「ありがとう、ノーディス。貴方がわたくしの隣にいてくださるのなら、レーヴァティ領は安泰ですわね」

真摯に告げたノーディスに、アリアは安堵の微笑みを浮かべた。愛するアリアのために、彼にはぜひとも尽くしてもらいたいものだ。

その献身はアリアの慈悲深さを広めると同時に、ノーディス自身の名声を高めることにつながるだろう。ノーディスは自分が婿に選んだ男だ。領主の夫としてふさわしい人物だと、万人に認めてもらわなければ困る。そのお膳立てのためなら、いくらでもノーディスを手のひらの上で転がして彼のやる気を引き出すつもりだ。

(他人に命じられてやるよりも、自発的に始めるほうが意欲が湧くでしょう？　わたくしを愛してくださるというのなら、どうか結果で応えてくださいな)

民衆思いの心優しい令嬢を演じながら、愛情を餌にして男を思い通り操るアリア。内心で浮かべる笑みは紛れもなく悪女のそれではあるのだが、ノーディスなら自分にふさわしい働きぶりを見せてくれるだろうと信頼していることの証明でもあった。どれだけ優れた騎手だろうと、水棲生物であり魚類のような下半身を持つケートスに乗っていては草原の騎獣レースで勝つことはできないのだから。

動きやすいよう看護師の服装に着替えたアリアは、ノーディスを連れて病院の中を案内する。この病院にもよく足を運んでいるので、職員は全員顔見知りだ。医療行為まではさすがに口を挟めないが、介護の手伝いなら難なくできる。廃兵院を視察するときはいつも、看護師達に交じって仕事に従事していた。

中庭に立ち寄って井戸から水を汲み上げる。ノーディスがバケツを持ってくれるというのでその言葉に甘え、病室に向かった。袖をまくったアリアは、ベッドの上で横たわる患者達一人一人に声をかけて上体を起こし、清拭を行っていく。柔らかい布で丁寧に身体を拭きながら励ましの言葉をかけると、患者は気持ちよさそうに礼を言った。

アリアは患者の状態の違いで対応を変えることはない。どれほど悲惨な怪我を直視することになろうと、鍛えた淑女の仮面が外れることはないからだ。むしろ、慈愛の表情を浮かべるためのいい訓練になる。たとえ皮膚がグズグズと膿んでいようが、モンスターの猛毒のせいで変色し爛れていようが、アリアがやることは変わらなかった。自分の庇護下にある民の前ならば、なおさら微笑が絶えることはない。優しい眼差しで温かい言葉をかけ、傷病兵としての待遇について改善点がないか尋ねる。その作られた慈悲深さこそアリアをいっそう完璧な淑女たらしめることを、アリアはよく理解していた。

患者達の世話が一通り終わり、職員から経営状態と雇用待遇について聞き取りが終わったころにはすっかり日が暮れていた。

「ノーディス、今日はお付き合いいただきありがとうございました。秋の日暮れは早いですし、今晩は泊まっていかれませんこと？　客室の用意をさせますわ」

「せっかくだから、お言葉に甘えようかな」

ノーディスは微笑み、アリアをエスコートして馬車に乗った。

「今日ご覧になっていただいたのは、レーヴァティ領の弱者達です。レーヴァティ家の人間として、わたくしが救わねばならない者達ですわ。彼らの暮らしが向上すれば、領地全体の生活水準も引き上げられるでしょう。ですから、彼らにも幸せになっていただきたいのです」

「素晴らしい考えだね。貴方は本当に思慮深い。アリアが次期領主なら、レーヴァティ領の未来は明るいな。貴方のために、私も微力ながら尽くそう」

ノーディスはアリアの手を取り、甲に敬愛の印を捧げる。彼に認めてもらえるのが嬉しかった。

「今日はすごく勉強になったよ。貴方の未来の夫として、私がやるべきことも見えてきた。私達の代でレーヴァティ領を今以上に栄えさせよう。必ず理想を叶えると約束するよ、私の聖女様」

そう言ってノーディスは陶然と微笑む。宝石のようにきらめく美しい赤い瞳は、まっすぐにアリアだけを映してくれていた。


収穫祭の日が近づくにつれ、領内の空気もそれ一色になっていく。ブドウを模した飾りが街を彩り、収穫祭で身に着けるための仮面や杖が飛ぶように売れていた。毎年恒例の行事だが、だからこその光景が見られるようになると秋が深まっていることを実感できる。

「今年の収穫祭も盛大に祝えそうね。いいことですわ」

領中の名家から届いたご機嫌伺いの手紙に目を通しながら、アリアは満足げに呟く。紅茶を淹れていたヨランダは、何かを期待するような目をそっとアリアに向けた。

収穫祭に向けて、領中の集落から代表者達が会いに来る。彼らの歓待も領主代行《アリア》の仕事だ。失礼のないようもてなさなければ。収穫祭は、レーヴァティ領でもっとも盛大な祭りだ。少なくともアリアはこの地域に密着した伝統行事を重視していた。発言力のある長老達の後ろ盾を大切にしたいからだ。古くから続く神聖な祭りをないがしろにすれば、彼らの反感を買いかねない。各地の長老達に背を向けられれば、その下にいる村人達も追従するだろう。

領民の支持を得る一番簡単な方法は、彼らに寄り添う姿勢を見せることだ。だからアリアは毎年、レーヴァティ家の中で誰よりも真剣に収穫祭に取り組んでみせた。有力者を招いた晩餐会も、街の住人達のために開かれたダンスパーティーも、神事にかこつけた余興のゲーム一つにしたってアリアが人々の心を掴む絶好の機会だ。といっても、ライラのようにはしゃぎ回って遊んでいたわけではない。あくまでも主催側の人間として、収穫祭に参加した全員が楽しめるよう気を配っていただけだ。晩餐会でも、ダンスパーティーでも、ゲームでも。相手はそれぞれ異なるが、アリアの一番の仕事は美しく微笑むことだった。女主人として采配を振るう母を手伝い、来客をもてなして会話に花を咲かせ、ダンスに花を添えて場を盛り上げ、優勝者の健闘を称える。息をするように、自然に。ただそこにいるだけであらゆる価値を生み出せるように。微笑んでいること以外は、他に何もいい、いい、いい、特別なことはしていいいない。真の淑女たる者、そう思わせる優雅さがなければならない。だからその座に至るまで、アリアがどれほど思考を巡らせて言葉を選び、相手の一挙一動に注目してきたかなど、悟られてはいけなかった。

収穫祭は由緒ある祭りなので、レーヴァティ公爵夫妻も帰還するだろうと思ったが、その兆しは見えない。もし収穫祭に合わせて帰ってくるのであれば、そろそろその報せが届いてもいいころだ。音沙汰がないということは、今年の収穫祭はアリアに一任するということだろう。アリアにとっては願ってもないことだ。

（ついにわたくしに家督を譲ってくださる気になったのかしら。とてもよい判断ですこと）

元々、レーヴァティ公爵夫妻はこの祭りについて、アリアほど熱心ではなかった。いちいち民衆の機嫌を取らなくても、領主の座は揺るがないと思っていたからだ。代々受け継いできたレーヴァティという名前は、それほどの安心感を彼らにもたらしていたのだろう。だから公爵夫妻が帰らないことについて、アリアは特に疑問には思わなかった。

公爵夫妻の自信の源である地盤はアリアもそっくりそのまま引き継げる。しかしアリアには、ライラという強力な敵がいた。落伍者のくせに人の心を次々と掴む目障りな片割れのせいで、アリアは従者の伴わない姫君のむなしさを身をもって思い知らされていたのだ。それは、自分がならなければいけない『完璧な淑女』の在り方ではない。どんな虚像を作り上げようと、見破られることがなければ真実に取って代われる。しかしその半面、見てくれる人間がいなければ何の価値もない。アリアが一人でどれだけ己の完全無欠さを誇ろうと、ただの自己満足に過ぎない。第三者からその評価を下してもらわなければ、遠巻きにされて嗤われているかもしれないという恐怖を振り払えない。だから、アリアは家名にあぐらをかかなかった。レーヴァティ家の財力と権力に守られているように見えて、誰よりそれを的確に利用した。大貴族の娘に生まれたからこそできることがあるからだ。贅沢を楽しみながら上から目線の施しをする高慢な令嬢か、己の恵まれた境遇を理解しているからこそ下々の者に寄り添ってくれる心根の清らかな令嬢か。見方が変われば言葉が変わり、印象も変わる。いいように受け取ってくれる人間を増やす機会を見逃すのはもったいない。幼少期からのその努力は、今になって実を結ぼうとしていた。

実はレーヴァティ公爵夫妻の不在について、その裏にはノーディスの暗躍があった。領地の行事に熱心ではない公爵夫妻の不真面目さを演出する一方で、アリアが次期領主としての手腕を見せる機会を作る。そうすることで外堀を埋めてアリアの支持率を高めるために、ノーディスが王都のウィドレットに手を回してもらって公爵夫妻の一時帰還を阻んでいたのだ。それをアリアが知ることはなかったが。

シャウラ家の一声で開かれた催しが、レーヴァティ公爵夫妻の予定を埋める。紳士クラブを通して付き合いのある家の当主に、ウィドレットはちょっとした討論会や狩猟の開催を持ちかけ、その家の名でレーヴァティ家に招待状を送らせた。毎日のように届く誘いはどれも別の家からのものなので、レーヴァティ公爵は誰かが意図して自分達の予定を操っているとは気づかない。夫が他家の男達と交流しているなら、妻もその家の夫人達と交流するものだ。連日出かける夫に付き合って、レーヴァティ公爵夫人も外に出る。「男の人は本当に政治の話が好きですこと」「毎日毎日、飽きないのかしら」「たまにはパーティーにエスコートしていただきたいものですわ」……サロンやお茶会で互いに相手を牽制し、家の様子を測り、結束を深める。夫婦の円満さと財力を誇示するために、舞踏会にもきちんと出席しなければ。疲労は日に日に蓄積する。夫妻のどちらもが社交界で足を掬われないように神経をとがらせているので、うまくいっている領地のことは後回しになっていく。向こうのことはアリアに任せていれば大丈夫そうだと、無意識のうちに刷り込まれていく。

レーヴァティ家の娘達がすでに領地に戻っていることは、王都の社交界でも知れ渡っている。領地のことを娘に任せている夫妻を見て、王都の社交界の人々はこう考えた。ああ、この二人はいずれ家を継がせる娘のために、顔を売っておきたいのか、と。例年以上に熱心に社交に打ち込むのは、「娘をよろしくお願いします」と言外に告げているからに違いない。ここまで念入りに行うなんて、少し早いが世代交代を考えているのだろうか。領地に娘を残して自分達は挨拶回りにいそしむなど、彼女を信頼しているからこそできることだ。よほど傑出した後継者なのだろう。そう思う王都の貴族達の耳に、誰が領地で采配を振るっているのかが届く——どうやら領主不在のレーヴァティ領を預かっているのは、レーヴァティ家の聖女らしい。

アリアの手腕を、王女アンジェルカは無邪気に褒めていた。まだ正式な社交界デビューを済ませていないうえ、過保護な婚約者に守られているせいでめったに人前にお出ましにならないまぼろしの姫君すら参加したがるパーティーを開いたなんて。人々は感心し、そのガーデンパーティーに行った者達から話を聞きたがった。

娘が褒められるなら、レーヴァティ公爵夫妻も悪い気はしない。彼女を育てた自分達の手柄になるからだ。二人は自慢げにアリアを褒めちぎった。そのため、貴族達の間ではアリアが近いうちにレーヴァティ家を継ぐのだという認識がますます深まっていった。

アリアはシャウラ家の優秀な次男と婚約したばかりだ。彼が選ばれたのは、きっと女公になるアリアを支えさせるために違いない。それにしても、何故才女と名高い長女が跡取りではないのか。ライラのほうにはまだ婚約者がいない。一方、ノーディスはアリアの夫としてレーヴァティ家に婿入りすると聞いている。妹夫婦が家督を継ぐなら、姉の立場がない。一体ライラはどうなるのだろう。その憶測は自然の成り行きといえる。当然の疑問だ。だが、渦中の人であるレーヴァティ公爵夫妻に直接尋ねるのははしたない。だから、人は面白おかしく各々の答えを囁き合った。レーヴァティ公爵夫妻に真実を明かしてもらうのではなく、娯楽として消費することを選んだのだ。

いわく、ライラは王族のもとに嫁ぐことが内定しているため、レーヴァティ家に残れない。だから次女のアリアが家を継ぐことになった。いわく、病弱なライラでは女公としてのつとめが果たせない。だから誰とも結婚することはなく、アリアが婿を取ることになった。いわく、ライラは公爵家を継ぐには瑕疵がありすぎた。だから淑女の鑑である『姫花の聖女』が後継者に選ばれたのは当然なのだ。下賤で刺激的な風説《ゴシップ》は、清いだけで面白みのない真実よりも早く伝播する。下世話な推論は過激さを増し、瞬く間に社交界に浸透した。

レーヴァティ家の才女。打ち立てられたその名声が、上からメッキを塗られてくすんでいく。代わりに脚光を浴びるのは、才色兼備の姉の影に隠れながらも凛として咲き誇っていたレーヴァティ家の聖女のほうだ。さすがにここまでくると、レーヴァティ公爵夫妻も長女の汚名返上のために働きかけようとしたが、アリアに家督を継がせるというのは彼らの中でもほとんど決定事項だ。何故ライラではないのか、正しい理由を説明しようとすればレーヴァティ家の名に泥を塗ることになる。そこで公爵夫妻は、ゴシップに対して毅然とした態度を貫いて威厳を保つことを選ばざるを得なかった。

しかし、それも永遠に続けられることではない。手のかかる愛娘を悪評の矛先からそらすにはどうすればいいのか、公爵夫妻の頭痛の種が増えた。一番ライラへの被害がないのは、高貴な家の人間に妻として見初められたことにすることだ。しかしレーヴァティ公爵家の長女を嫁に出すほどの相手と言えば、最低でも公爵位を有していなければいけなかった。欲を言えば自国か他国の王族がいい。それも、ライラがどういう子なのか知ったうえでそれを受け入れてくれるような。ライラのために、そんな良縁を用意しなければ。

言動こそやや奇矯なものの、ライラが自分達の可愛い娘であることに変わりはない。理解のあるいい家に嫁ぐことができれば、おてんばなライラも少しはおとなしくなるだろう。自慢の才女を売り込むべく夫妻はいっそう社交に励まざるを得なくなり、休む間もなくあちこちに顔を出すようになった。恒例行事である収穫祭のことも、恒例行事であるからこそ優先順位が低くなる。いかに伝統的な祭事とはいえ、例年と同じように進めていれば何も問題ない。領地にいる者達が、いいようにやってくれるだろう。

次女に公務を押しつけた現領主夫妻は、今ごろ華やかな社交界で毎日派手に遊興にふけっている。たとえ公爵夫妻の心中はどうあれ、レーヴァティ領で暮らす領民からはそう見える。社交は貴族にとって大切な仕事の一つだし、それに伴う気苦労も多い。だが、社交という言葉に対して存在する上流階級の人間とそれ以外の人間の間にあるイメージの乖離を、公爵夫妻は軽く捉えすぎていた。平民の苦労が貴族にわからないように、貴族ならではの苦労も平民には伝わらないということを、生粋の貴族であるレーヴァティ公爵夫妻は理解していなかったのだ。

ノーディスは、ウィドレットに少し頼みごとをしていかにアリアが頑張っているか伝えるだけでよかった。誰に動いてもらえば一番効率がいいのか、ノーディスはよく知っていたからだ。ウィドレットはすでに、可愛い異母弟《おとうと》の婚約者であり最愛の恋人の友人であるアリアへの支援を決めている。アリア自身がこれまで積み立ててきた功績のおかげで、扇動はとても簡単に成功した。すべてノーディスの狙い通りだ。公爵夫妻から家督を奪おうというのだから、アリアだけの人脈が必要だ。公爵夫妻がこれまであてにしていた地盤は確かにアリアの力になるが、それ以外の後ろ盾が欲しい。引退した前領主夫妻に口を出されないようにするために。

レーヴァティ領の民はもちろん上流階級の人間達も、アリアとノーディスがそれぞれ仕掛けていた術中に気づかないうちにはまっていた。アリアが築いたものをノーディスが飛躍させ、着々と当主交代のための準備が進んでいく。もちろんアリアもノーディスも、互いが何かをしていることには気づいていない。しかし二人の策略は相乗効果を生み、的確に作用している。「あらかじめ相談したうえで示し合わせてやっているのかと思っていたぞ」とウィドレットがぼやくのは、まだ先の話だ。

「アリアお嬢様、レーヴァティ領の収穫祭ってどのようなお祭りなんでしょうか」

アリアに紅茶を差し出し、ヨランダはおずおずと尋ねた。

「豊穣の神に今年の感謝を捧げて、来年の豊作を祈願するだけですわ。露店やパレードもありますし、ダンスパーティーも誰でも参加できますから、見所は多いですけれど。期間中は必ずお休みをあげますから、自由に見て回ったらいかが？」

これはヨランダだけの特別待遇ではない。収穫祭の時期は毎年そうだ。経済活動の活性化のために臨時の使用人を多く雇うので、使用人達の勤務日程に余裕が出る。今年が初めての収穫祭になるヨランダは、街の楽しげな空気にあてられて期待を膨らませていたのだろう。休みをもらえると聞いて嬉しそうだ。

(今年は領主代行としての責務がありますから、例年以上に気を引き締めなければいけませんわね)

セレモニーでの挨拶に客人の接待。去年までは『領主の娘』だったが、今年のアリアの立場は領主代行だ。今までとはまた違った振る舞いが求められる。それに、収穫祭の時期が近づくと、どうしても人々の雰囲気は浮かれたものになる。盛り上がるのは大いに結構だが、注意力が散漫になって事故や事件につながるようなことは避けなければならない。特に、収穫祭は一年のうちでもっとも領主の館の訪問者が増える時期だ。万全を期さなければ。

アルバレカ王国において、領主の館という言葉には二つの意味がある。一つはその名の通り、領主が住む屋敷。もう一つは、その領地の行政の中心地となる執政院だ。この二つは同じ建物を指していることもあるが、同じ敷地内にそれぞれ別の建物を建て、敷地全体を『領主の館』と呼ぶこともあった。その場合、領主が住む屋敷には家族も住まわせていることがほとんどだ。レーヴァティ領は後者だ。レーヴァティ家は領内にいくつものカントリーハウスを有しているが、その中でも『領主の館』と呼ばれるのはアリアが生まれ育ったこのピスケス・コートだった。

広大な敷地の中にはアリアが暮らす本邸の他に、役人達が勤める執政院、数代前の当主が思索のために建てさせたという離れの屋敷、そして使用人達のための別邸が建てられている。パーク内には二つの庭園があるが、そのうちの一つ、執政院側にある東庭園は公園として常に一般開放されていた。収穫祭のメインイベントであるダンスパーティーが開かれるのは、この東庭園だ。広場で火を焚くための薪はすでに用意を終えている。収穫祭は三日間通して祝われるが、その最終日には一晩中火を焚くならわしだ。そして、精霊を象《かたど》った仮面をつけた者達がその周囲で踊るのだ。アリアは夜遅くまで残ったことはないが、聞くところによると夜通し踊り続ける猛者もいるらしい。赤々と燃えて揺らめく炎が高揚をもたらすのだろう。このダンスパーティーもとい囲い火の舞踏は豊穣の神に捧げる儀式の一つだが、その踊り方は問われなかった。男女でペアになって踊る者もいるし、親しい仲間達と輪になって踊る者もいる。元々の由来が、農民達でも思うがままに羽目を外せるように神が提案したと伝わるものなので、むしろ各自好きなように踊ることが推奨されているのだ。

東庭園の役目はそれだけではない。二日目には農作物品評会と、街の有志達による演劇大会が開かれる。題材は豊穣の神にまつわる神話だ。どちらも審査員を務めるのは領主の仕事で、今年は領主代行たるアリアが代わりにその役を担う。演劇大会は信心深かった時の領主が始めた催しで、人間がいかに神の威を忘れずに語り継いでいるかを証明するためのものらしい。東庭園の屋外劇場は、元々収穫祭の演劇大会のために建てられたものだ。それ以外の時期では、無料の芸術鑑賞会といった催しや、あるいは集会や演説のために使われている。

「アリアお嬢様も、ノーディス様と一緒にお祭りを見て回るんですか？」

何気なくヨランダに言われて、アリアは目を丸くした。「ヨランダ、無駄口を叩くのはよしなさい」すかさず他のメイドにたしなめられて、ヨランダは慌てて謝罪する。ヨランダの言い方からして、街の様子を視察するか尋ねたわけではないだろう。祭りの日を楽しく遊んで過ごすのか、そういうことを訊いたはずだ。収穫祭の三日間はやるべきことが多い。有力者達との晩餐会は初日に行うが、その前に狩猟大会がある。豊穣の神のために贄の獣を捧げるという趣旨のゲームだ。狩りの腕に覚えのある者達がこぞって参加するので、今年も多くの参加者が見込まれた。アリアは狩りなどできないものの、夫達が腕を競っている間にその夫人達をもてなす必要がある。一番大きい獲物を獲った狩人に、豊穣の神が身に着けているとされる蔦で編んだ冠を授けるのもアリアの役目だ。

それから、三日目の山羊《やぎ》レースも見学もしないと。これも余興として催されるゲームの一つだ。山羊は豊穣の神の使者と言われていて、それにあやかったイベントだった。あくまでも山羊の自由意思に任せて走らせる障害物競走なので、一番展開の予測ができない。後の予定が詰まらないといいのだが。

アリアは、収穫祭は公務を行う日として認識している。数々のイベントが開かれていようが、それを本気で楽しむ気はなかった。主催側の人間として楽しむふりはするが、それだけだ。街の見回りや露天商の監督は警官や役人の仕事であって、それを理由にして息抜きのために祭りに出かけるようなことはできなかったし、そもそも思いつかなかった。領主一族による直々の現場視察や慈善活動の一環としてならともかく、アリアでなくてもできるようなただの雑務を自分の手でこなすという発想に至らなかったからだ。

（確かに、これまでは東庭園での催しに参加することはあっても、実際に街に出てパレードや露店を見ることはありませんでした。遠方からのお客様にレーヴァティ領のよさをより効果的に広めるためにも、わたくし自身が民の愛するお祭りの空気に直接触れて理解することも大切なのかしら）

自分の目で見て初めて判断できることもある。これも視察の一環とみなして、ノーディスに同行を願おうか。そうすると、護衛の配置を考えなければならない。今から予定を調整しても間に合うだろうか。アリアは執政院から提出された収穫祭の日程表を取り出し、街の視察をねじ込める余白を探した。

収穫祭の初日は爽やかな秋晴れの日だった。悠々と広がる青い空はまるで豊穣の神からの祝福だ。絶好の狩猟日和《びより》なので、狩猟大会は大いに盛り上がるだろう。あらかじめ用意しておいた獲物の兎や鹿はすでに森に放ってある。今回の狩猟大会の舞台は、ピスケス・コートの端にある森だ。ここはレーヴァティ公爵が有する遊猟地の一つだった。狩猟期以外では森番が薪を集めたりキノコやら薬草やらを採集していたりするだけだが、ひとたび領主から狩猟の号令がかかると客人達のための狩場として解放される。今日も人で賑わうはずだ。

アリアの予想通り、ピスケス・コートは朝から客人で大賑わいだった。レーヴァティ領中の郷紳達はもちろん腕自慢の猟師達が早くも集まり、今日の戦果について期待に胸を膨らませている。アリアは彼らを温かく出迎え、付き添いでやってきた夫人達をいたわった。

そんな中、キャリッジの取り付けられていないワイバーンが降りてきて、庭園は一瞬騒然となる。しかしよく見れば騎獣用の鞍や手綱がついているし、その背中に隻眼の貴公子が乗っていたので、どよめきは徐々に収まった。ノーディスだ。

「おはよう、アリア。すごい人数の参加者だね。彼らが全員私のライバルになるのか」

「来てくださってありがとうございます、ノーディス。ふふ、無理はしないでくださいな」

跪いてアリアの手の甲にキスし、ノーディスは口角を柔らかく持ち上げた。

「だけど、優勝者は聖女様から直接祝ってもらえるんだろう？　その栄誉を手に入れるためなら、戦う以外の選択肢はないよ」

「まあ。お上手ですこと。言っておきますけれど、ワイバーンに騎乗しての狩りは禁止でしてよ？獲物が怯えてしまって、狩りどころではなくなってしまいますもの」

「わかってるさ。飛竜車で来るより、そのまま飛ばしたほうが早かったから騎乗しただけだよ。それに、貴方の婚約者はこの私だっていうことを印象づけないとね。私の影があまりに薄いと、アリアに言い寄ろうとする男がいるかもしれない。こうすればよく目立つだろう？」

「命知らずなライダーさんだと思われていないことを祈るばかりですわ」

軽口に軽口で返し、ノーディスを立ち上がらせて抱擁する。登場の仕方からして注目はされていたので、ここまですれば二人の仲の良さは十分すぎるほど伝わるだろう。ほどなくして狩猟大会の時間になった。アリアは開会の挨拶を述べ、狩人達とその付添人達を森へと送り出す。残った女性達が退屈しないように、お茶と軽食、そして音楽や大道芸を披露する芸人達の用意は完璧だ。

階級の上下に関係なく参加できる大会なので、肩身の狭い思いをしている平民の女性や不快な思いをしている上流階級の女性がいないか、歓談しつつも目を光らせる。幸い、目立った問題は起きていないらしい。事前に申請のあった参加者名簿に従って、やんわりと席を分けているからだろう。お互いが過ごしやすくするための区別は必要だ。

「四番のテーブルの、三時の席のご婦人にコーディアルを勧めてきてちょうだい。それから、十八番のケーキと四十五番のジャムがもうすぐなくなりそうですわ。すぐに補充なさい。三十六番で誰かがティーカップを倒してしまったようですから、新しいテーブルクロスも用意してくださるかしら」

「かしこまりました、アリアお嬢様」

アリアは客人達の席順を完璧に把握していた。主催として各テーブルを回りながら、気づいたことを近くの使用人に耳打ちする。使用人はすぐ指示に従った。

森から猟銃の音が絶え間なく響く中、陽はゆっくりと高くなっていく。そろそろ昼休憩の時間だ。男性陣のためのテーブルセットを追加させ、彼らの帰りを待つ。ほどなくして休憩を告げる鐘の音が響き、森からぞろぞろと狩人達が帰ってきた。

「お帰りなさいまし。戦果はいかがです？」

「うーん……あまり芳《かんば》しいとは言えないなぁ。狩猟は難しいね。こんなことなら兄上に習っておけばよかった」

　まっさきにアリアのところに帰ってきたノーディスは、気恥ずかしげに頬を掻いた。記録係が中間の戦果を集計しているところだが、彼が上位に食い込むのは難しそうだ。

「今日はウィドレット様はいらっしゃっていませんわね。残念ですこと」

「私が止めたんだよ。兄上に参加されたら、一切の勝ち目がなくなってしまうから。明日アンジェ様と一緒に来ると言っていたから、私の代わりによろしく伝えておいてくれるかな」

　ノーディスは大学の都合上、明日は一日来られないらしい。今日は泊まらずに狩猟大会が終わり次第ルクバト領に帰って、三日目の夕方にまた来る手はずになっていた。研究で忙しい中、アリアのために時間を作ってくれているのだ。嬉しくないわけがなかった。

　昼食は仔牛のパイ包みとかぼちゃのポタージュだ。戦果はレーヴァティ家がすべて買い取り、収穫祭の間のご馳走として無料で振る舞われるが、さすがに今から摑いていては空腹を満たせないのであらかじめ用意してあった材料で作っている。ジビエは後のお楽しみだ。晩餐会のメインの料理や、東庭園で配られる串焼きに期待を寄せている客人達は多いだろう。

　食事に舌鼓を打っていると、不意に黄色い声が上がった。「何かしら？」どうやら女性達が盛り上がっているらしい。何か面白いものでもあるのだろうか。アリアとノーディスは顔を見合わせた。

「どうやら犬が迷い込んできたみたいだね。肉の匂いにつられたのかな」

「まあ、可愛らしいこと」

　白くて毛の長い、ふわふわした小さな仔犬が芝生の上をころころと駆け回っている。見たところ首輪はしていないようだが、野良犬には見えない。仔犬は周囲の様子をきょろきょろうかがい、やがてアリアとノーディスのいるテーブルに向かって駆け寄ってきた。きゃんきゃんと甘えるように吠えるその犬は、ノーディスには目もくれない。アリアを見上げて尻尾を振っている。犬を追って他のテーブルからも見物客がやってきた。

（なんなのかしら、この犬）

設定として、アリアは動物好きということにしてある。本当はちっとも興味などないが、犬の愛らしさに表情を緩めたふりをしていた。とはいえ、人懐っこいなら好都合だ。

「おいでなさい」

闖入者を穏便につまみ出せるよう、アリアは仔犬に手を伸ばして――大気が震える。世界が崩れている音かと錯覚するような吠声が響いた。

「アリア⁉」

それは仔犬から聞こえた。いや、それはもはや仔犬とは呼べない。筋肉が膨張していき、人間の倍以上もある巨体へと変化する。仔犬は一転して歯を剥き出しにし、敵意に満ちた目でアリアを睨んでいる。ぼたり、ぼたぼた。何かがアリアの頭を濡らした。それはこの怪物の牙の間からしたたり落ちた涎だった。

フェンリルだ、と叫ぶ声がする。重なり合う悲鳴が遠く聞こえた。けれどアリアは声も出せずに凍りついたまま、怪物を見上げていた。けれど見開いた目は現実を映さない。頭の中をぶわりと走馬燈が駆け巡っていたせいだ。目の前におぞましい人食いのモンスターがいると認識はできても、理解がまったく追いつかない。この寸刻の迷いが人を死に至らしめるのだと、本能だけは警告を発しているというのに。

「ッ、希《こいねが》うは守護の盾！　すべての邪悪を撥ね退ける奇跡を！」

すかさずノーディスがアリアの前に立ち、何かの呪文を詠唱する。眼帯で封じられた左目が仄かに光を帯びた。フェンリルは気にせず大口を開けて二人ごと噛み砕こうとしたが、見えない何かに阻まれたようだ。鼻先を強くぶつけたフェンリルは激情に駆られたように吠えたてる。

「まさかこんな形で短縮詠唱版障壁の検証をする羽目になるとは……。大丈夫だよアリア、貴方のことは私が守るからね」

「ノーディス……」

死の風に鷲掴みにされていた心臓が、ようやく鼓動を取り戻す。ばくばくと痛いほど激しく動く胸をなだめるように、アリアはわけもわからずノーディスの背中にしがみついた。

（一体何が起こっているというのです？　どうしてここにフェンリルが？　怪我をした方はいらっしゃいませんわよね……？）

こわい。これがモンスターか。脅威は知っていたが、実際に目にするのは初めてだ。それもよりによってフェンリルなんて。フェンリルは人里には現れないはずの、上位のモンスターだ。こういう化け物はもっと、人間の立ち入らないような秘境に棲息しているものだと思っていたのに。まさか仔犬に化けて都市部にやってくるとは。

（い、いけませんわ……。わたくしが怯えていては、民に示しがつかないでしょう……？）

必死で自分に言い聞かせるが、震えはちっとも止まらない。ノーディスの背に庇われているからなんとか立てているだけで、今にも気を失ってしまいそうだった。

（わたくしが弱気になってどうするのです⁉　考えなさい、わたくしに何ができるのか……！）

そう思うものの、アリアに魔法は使えないし、武術もからきしだ。モンスターと戦う力など持ち合わせていない。話術も笑顔も、この猛り荒ぶるけだもの相手に通用するとは思えなかった。どうすればいいのかわからなくなったアリアは、涙のにじむ目をぎゅっとつむった。

（ノーディスは、フェンリルを前にしてもわたくしを守ろうとしてくださいました。わたくしが不用意に動けば、むしろノーディスの邪魔をしてしまうのではなくって？　恐慌に身を任せてノーディスの意に沿わない動きをしてしまえば、彼の命を危うくしてしまいますもの。もしまだ逃げ遅れたお客様がいらっしゃっても、フェンリルはわたくし達に夢中でそちらには目もくれていません。わたくし達がフェンリルの気を引いているうちに逃げていただければ、きっと民に犠牲は出ませんわ。ですから、大丈夫……大丈夫……）

アリアは頭の中で何度も「大丈夫」と繰り返す。それが気休めでしかないことは、自分が一番よくわかっていた。

（この様子だと、とても一から手懐けてる余裕はなさそうだな。完全にこっちに敵意を持ってる。なんなんだ一体……）

アリアを背に庇いながら、ノーディスは周囲に視線を巡らせた。恐怖のあまり足がもつれ、逃げ遅れた客人が散見される。幸か不幸かこのモンスターはノーディス達を……あるいはアリアを狙っているようだが、いつフェンリルの興味が哀れな客人に向くかわからない。大惨事につながる前に、なんとかしなければ。

フェンリルほどの凶悪なモンスターは、人間一人の手に余る。さすがのノーディスもそこまで驕り高ぶってはいない。討伐のためには専門の訓練と実戦経験を積んだ熟練の兵士が最低でも三十人は必要だろうが、それでも犠牲は必ず出るだろう。なにより、モンスター被害の少ない都市部でそこまでの立ち回りができる兵士を即刻集合させることは難しい。

だからノーディスは、自分にできる最善の手段を選ぶ――人間の戦力があてにならないなら、他のものに頼ればいい。

「アンティ！」

大きな声で相棒の名を呼ぶ。レーヴァティ家の竜丁には悪いが緊急事態だ。竜舎を壊してしまうようなことがあれば後で弁償するほかないが、すべては生きてこの窮地を脱したら考えよう。

――後日、この狩猟大会に参加していたとある老紳士はこう語った。真昼に流星を見たのはあの日が初めてのことだった、と。

空から咆哮が降り注ぐ。白銀のワイバーンは鋭い鉤爪のついた脚でフェンリルを掴み、その首筋に噛みついた。フェンリルは激しくもがいてワイバーンを振りほどくが、追撃は飛翔するワイバーンに届かない。恐れを知らない飛竜は獰猛に巨狼を付け狙っていた。アンティは原種のワイバーンだ。家畜化のために品種改良されて弱体化したワイバーンとは違い、強い闘争心と野性的な牙と爪、そして強力なブレスを放つ器官がある。アンティはしつけが行き届いているため普段はおとなしいが、主人の許可があればフェンリルのような格上のモンスター相手にも果敢に立ち向かえた。

「精霊達に希うは迅《はや》く鋭い雷《いかずち》の槍。敵のことごとくを屠り去り、悪しき獣を疾《と》く滅ぼそう。彼方《かなた》に死を、我が手には勝利を！」

フェンリルがアンティのブレスをかわそうと躍起になっている間に、ノーディスは攻撃魔法を詠唱する。左目の魔力孔から放出された魔力は、まるで揺らめく炎のようだった。詠唱中は魔力孔が活性化するため、魔力孔を通る瞬間の魔力だけが可視化される。眼帯越しにも見える、その燃えるような左目の輝きは、ノーディスの覚悟を示しているようでもあった。

フェンリルの意識がそれているので、効果の安定した呪文を安心して唱えることができた。魔法を使うときは、詠唱呪文が長ければ長いほど大きな効果を得られるようになる。とはいえ、ただ適当に単語をずらずらと並べればいいというわけではない。きちんと言葉に魔力を乗せなければならず、言葉と魔力が適合しなければ呪文は何の意味も持たないただの朗読になってしまう。たとえ短い詠唱であっても、的確な単語にふさわしい魔力が込められていれば長文詠唱と同等の効果を得られるとされているが、正しい短縮詠唱法を見つけるのは難しい。単語と魔力の組み合わせ次第で新しい効果の魔法が生まれることもあるが、その最適解を探してより効率のいい魔法を編み出すのも魔導学者の仕事の一つだった。

ノーディスの手から放たれた雷撃はフェンリルの体躯を貫く。それでもまだ足りない。怒りに満ちた目がノーディスを睨み、一瞬のうちに肉薄される。空にいるワイバーンより仕留めやすいと判断したのだろう。ぐわりと大きく開かれた口から漂う生臭さが障壁越しでも伝わってきた。

(私の後ろにはアリアがいる。ここで退《ひ》くわけにはいかない)

領地の視察で魅せられた、アリアの覚悟を思い出す。うら若い少女の身でありながら、真剣に領地の未来と民の幸福を思ってそれに尽くそうとするアリア。アリアはただ愛らしいだけではなく、大領地に君臨する者としての気高さも兼ね備えている。そのありようを、その高潔な魂を、ノーディスは美しいと感じた。アリアという可憐な花を前にして、つい欲が出てしまったのだ。ずっと彼女を眺めていたい。自分が見つけたこの可能性のきらめきを、自らの手で世話をしてもっと大勢の人間に認めさせてみたい、と。雨風も虫も、過酷な日差しにも負けず、いつまでも綺麗に咲いていてほしい。心ない者に手折られて散らされることのないように守りたい。いたいけなアリアを女公の座へと導いて、彼女が築く栄光を見届けてみたい。せっかく特等席にいるのだから、その特権を最大限活用したっていいだろう。

（血は争えないと言うべきだね。どうやら私も、自分で思っていたより執着心が強いみたいだ。一度手を差し伸べてしまったせいかな）

フェンリルを見据えながら、ノーディスは自嘲気味に笑った。あどけなさと芯の強さの上に成り立った美しさに惹かれて、それに固執するなんて。穢れない美を愛でようとする想いが、いつか鑑賞者のエゴに変わってしまわないよう気をつけなければ。

（まさかフェンリルに食い殺されることより、アリアに失望されることのほうが嫌だなんて。我ながら相当な見栄っ張りだな。また兄上にからかわれそうだ。まあ、同じ立場だったら兄上も絶対逃げ出さないだろうけど）

他の客人のように、この場から逃げることを選べたのならどれだけ楽か。けれどそうした瞬間に、アリアのエスコートをする権利は永遠に失われるだろう。経緯はどうあれ一度背負うと決めた少女だ、最期まで面倒は見る。せっかく彼女の心を奪って餌もやり続けたのに、ここで手放すのはあまりに惜しい。アリアにはノーディスの手で幸福を教え込み、より生き生きと輝いてもらわなければならないのだから。

そうだ、こんなところでアリアの未来を翳らせるわけにはいかない――普通より図体が大きいだけの犬っころに、アリアの笑顔は奪わせない。

主人に手出しはさせないとばかりに、アンティがフェンリルに背後から飛びかかった。その隙を突き、もう一度雷撃の槍を放つ。フェンリルが肉薄してくれていたおかげで眼球がよく狙えた。眼窩を穿つとたちまち悲鳴が轟く。無防備になったフェンリルに、アンティの鉤爪が襲いかかる。フェンリルは必死で抵抗しようとしたが、ノーディスの魔法がそれを許さない。やがてフェンリルは地にどうと倒れ伏し、その動きを止めた。

「アリア、もう大丈夫だよ。大丈夫だからね」

「ノーディスっ、ノーディス……！　怖かった、怖かったの……！」

肩で息をしながらアリアに声をかけ、恐怖で震える華奢な体を抱きしめる。真っ青な顔をしたアリアはノーディスに縋りつき、ぽろぽろと涙をこぼした。

ぱち、ぱち。遠慮がちな拍手が聞こえてくる。逃げ遅れていた客人達だ。フェンリルが討伐される瞬間を間近で目にしていた彼らは、腰を抜かして放心しながらもゆっくりと生の喜びを噛み締めている。勝利の余韻はじわじわと広がっていき、やがて誰からともなく喝采が上がった。


フェンリルの乱入により、予定より少し早いが狩猟大会はお開きにすることにした。もう、誰もがそれどころではないと思ったからだ。フェンリルが現れたなんて知られれば、街はパニックに陥るだろう。とはいえ、収穫祭はレーヴァティ領で一番大切な行事だ。収穫祭自体を中止にすればアリアの名前にも傷がつく。そうである以上、東庭園の封鎖もできない。

「今のところ、ピスケス・コート内や街中でのモンスターの目撃情報は出ていないようです。街の外でのモンスターの異常発生も確認できていません。いかがいたしますか、アリアお嬢様」

「わたくしがすべての責任を取ります。狩猟大会はこれで終了とさせますが、収穫祭そのものは中止にはいたしません。貴方達は引き続き、よきにはからってくださいまし」

街の見回りをしている警官達の報告をまとめた役人に、アリアはきっぱりと告げる。役人は敬礼して執政院に戻っていった。フェンリルのような危険なモンスターがひそんでいないか、街中を探してくれるだろう。警備体制も密やかに強化されるはずだ。

「本当にいいのかい、アリア。もしかしたら、もっとひどいことが起こるかもしれないよ。貴方だけじゃなくて、領民も危険な目に遭うかもしれない。それについて貴方を非難する人も出てくるだろう」

「わたくしには、レーヴァティ領の領主代行としてやるべきことがございますもの。不測の事態にこそ民を守らなければいけません。何かが起きたときにこそ、何事もなかったように場を収める……それが、わたくしの役割ですわ」

役人達とのやり取りを傍で聞いていたノーディスが、気づかわしげに声をかける。アリアは気丈に微笑んだ。

「わかった。それが貴方の選択なら尊重しよう。ただし、私も貴方と同じものを背負えることは忘れないでくれ」

ノーディスはアリアの頭を撫でる。それだけで勇気が湧いてくるのが不思議だった。

「皆様、あのような恐ろしい思いをさせてしまい誠に申し訳ございません」

身だしなみを整えてから壇上に上がる。開会を宣言した時とは打って変わって、不安そうに揺れる眼差しがアリアのもとに集《つど》っていた。

「思いもよらぬ事故に見舞われましたが、怪我人が一人も出なかった奇跡に感謝を捧げたく存じます。この奇跡を賜れたのは、神のご加護はもちろんのこと、適切に避難誘導してくださった方、そしてフェンリルに立ち向かってくださった方のおかげでしょう」

深く頭を下げた後、アリアは微笑みながら客人達を見渡す。アリアがおどおどしていれば、会場を包む恐怖はよりいっそう深まるだろう。客人達を安心させるためには、勝利の余韻を思い出させるのが一番だ。

人々は視線を巡らしてノーディスの姿を探した。注目を集めたノーディスは恭しく一礼して愛竜を撫でた。白銀のワイバーンは行儀よく頭《こうべ》を垂れ、ノーディスの隣に侍っている。フェンリル相手に見せたあの好戦的な振る舞いはどこへやら、ノーディスが少し声をかけただけでアンティはすっかりおとなしくなっていた。

「あの狼は、優秀な狩人揃いの狩猟大会を盛り上げようとなさった豊穣の神が御自らご用意なさった贄なのでしょう。皆様もご存知の通り、荒くれ狼は神の御許へと捧げられました。皆様をおびやかすことは二度とございません」

あえて冗談めかして告げる。笑い声が聞こえた。老エブラだ。「なるほど、神の思し召しであれば仕方ありませんな」彼の相槌に、ゆっくりと笑い声が広まっていく。それと同時に、会場が安堵に染まっていった。これも、ノーディスと彼の愛竜の奮闘のおかげだ。もしも犠牲が出ていたら、こうも丸く収めることはできなかっただろう。

「神の名において放たれた獲物が討ち取られたため、狩猟大会はこれにて終了とさせていただきます。結果発表はこの後すぐに執り行いましょう。それでは、これからもどうぞ収穫祭をお楽しみくださいまし」

アリアは淑女の礼を取る。万雷の拍手は、客人達の了承を得られた証だった。

狩猟大会の参加者達には緘口令が敷かれた。フェンリルの死体はひとまず他の獲物と一緒に解体小屋に運び込んで隠すことにした。モンスターの肉は食べられないので、あの死体をどうするかはこれから考えるしかない。

あまりにも目撃者が多いため全員の口を塞ぐことはできないだろうが、安全性を証明できれば乗り切れるはずだ。収穫祭の途中で民衆が恐慌状態に陥り、二次被害が起きなければそれでいい。

「災難でしたな、アリアお嬢様」

「キュレオン様。気を使っていただいてありがとう存じます」

舞台から下りて早々、郷紳達に声をかけられる。その中心にいるのは老エブラだ。

「めっそうもない。収穫祭を大切にしたいというアリアお嬢様の心意気には、我々も感服しておりましたゆえ。収穫祭は、領民にとってとても大切な行事です。モンスターごときに台無しにされるわけにはまいりません」

老エブラの言葉に、他の郷紳達も深く頷く。彼らは多くの農民を束ねる地主であり、貴族とは呼べずとも上流階級に属する人間だ。しかし、だからこそ農民達の気持ちにより強く寄り添えるのだろう。気持ちの上では、自分達も大地と共に生きる者だという意識が強いのかもしれない。

「我々はみな、アリアお嬢様をご支援させていただく所存です。我々にできることがございましたら、なんなりとお申し付けくださいまし」

「光栄です。皆様のご期待に恥じない、立派な領主になってみせますわ」

そう言った老エブラに、アリアは最上の笑顔をもって応じる。その言葉を引き出せただけで、収穫祭続行の決定を下したかいがあった。

狩猟大会の優勝者は、中間報告の結果で選ぶことになった。森の中で一番大きな獲物を獲った狩人には既定の賞金を授与して健闘を称えたが、豊穣の神を表す誉れ高き蔦の聖冠については笑顔で辞退されてしまった。自分よりもっとふさわしい狩人がいる、と。選ばれたのは、満場一致でノーディスだった。

「神にふさわしい供物を捧げた狩人に、聖樹の冠を授けましょう」

表彰台の上で跪くノーディスに、アリアは厳かに告げる。緑の蔦で編まれた冠を彼の頭に載せると、わっと歓声が上がる。

「一番の功労者はアンティだよ。あとでたくさん褒めてあげないと」

ノーディスは悪戯っぽく笑った。フェンリルの死体を運搬したアンティは、駆けつけてきた竜丁によってすでに竜舎に連れ戻されている。

「貴方達がいらっしゃらなかったら、一体どうなっていたことか……。本当に、感謝してもしきれませんわ」

表彰台の上で交わされた小声の会話は歓声に掻き消される。アリアは表彰台から観客席を見回した。もしノーディスが狩猟大会に参加していなかったら、この場にいる全員がフェンリルの胃の中にいたかもしれない。想像するだけで身の毛がよだった。

「予定より早く狩猟大会が終わったんだし、晩餐会の時間まで休んでいるといい。無理をするのはよくないからさ」

「……ええ、そうさせていただきます。執政院の者達は優秀ですもの、いいように対処してくださるはずですわ」

表彰式が終わったので、ノーディスの手を借りて舞台から降りる。化粧を直してごまかしているものの、きっとひどく憔悴した顔をしていることだろう。このまま無理を通して晩餐会で倒れるようなことがあればそれこそ目が当てられない。後のことは部下達に任せて、ひとまず本邸に帰る。使用人達は気づかわしげにアリアを出迎え、手早く午睡の用意を整えた。

「それじゃあ、私は竜舎の様子を見に行ってくるよ。アンティを勝手に呼び寄せてしまったことについて竜丁に謝らないといけないからね」

「……お待ちになってくださいまし。ノーディス、傍にいていただけませんか？　わたくしが眠るまでで構いませんから……」

屋敷の外に出ようとするノーディスの袖を掴み、アリアはか細い声で願い出た。いくら婚約者とはいえ、寝室に異性を招くなんて恥知らずだと思われてしまうだろうか。だが、どうしても一人でいたくなかった。フェンリルの咆哮がまだ耳にこびりついている。とても眠れるとは思えない。それでも、あの怪物から守ってくれたノーディスが近くにいてくれれば、安心できるような気がした。

「わかった。それで貴方が悪夢にうなされなくなるならお安い御用さ」

ノーディスは近くにいたヨランダに寝室での立ち合いを頼む。足元のおぼつかないアリアを横抱きに抱え、ノーディスはアリアを寝室へと連れていった。

「ゆっくりおやすみ、私の聖女様」

アリアをベッドに寝かせて額にキスをし、掛け布団をかける。アリアは頬を染めながら口を尖らせた。

「もう。そんな風に呼ばれては恥ずかしいですわ」

「そう？　私は事実を言っているだけだけど」

「では、貴方のことはわたくしの騎士様とお呼びすればよろしいの？」

「その称号にふさわしい男になれば、貴方との釣り合いも取れるかな。それならもちろん受け入れるとも」

ベッドの傍に椅子を用意したノーディスは柔らかく微笑み、アリアの手を握ってくれた。思った通り、彼のぬくもりを感じると心が安らぐ。

「私も予定を変えて、収穫祭の間はずっと滞在させてもらうよ。あんなことが起きた以上、貴方から目を離したくないしさ」

アリアは目を伏せる。あのフェンリルは何かを探しているようだった。そしてアリアに気づくとアリアのもとに一直線に駆け寄ってきて、突然豹変したのだ。これではまるで、アリアを狙っているようではないか。

フェンリルは通常、市街地には出没しない。だが、現にああしてアリア達の前に現れた。つまり、誰かの手引きがあったのだ。何者かが東庭園にフェンリルを放ったに違いない。収穫祭の時期は街も人の出入りが多いから、犯人の特定は難しいだろう。とはいえ、フェンリルのような高位のモンスターを操れる人間などいるのだろうか。少なくともアリアは聞いたことがなかった。よほどその個体と相性がよく、腕のいいテイマーがいるのかもしれないが……たまたま迷い込んだフェンリルがアリアを襲ったという、嫌な偶然の一致だという可能性のほうが高いように思えた。もっとも、その場合だとフェンリルの侵入経路はどこだったのかという新しい問題が浮上してしまうのだが。

「お気持ちは嬉しいですが……よろしいの？　大事なお勉強があるのでしょう？」

「何を言ってるんだ。アリアより大事なものなんてあるわけないだろう？　教授には連絡しておくよ。……フェンリル相手に魔法の検証ができたなんて、研究室に籠っているより有意義な経験だし」

甘く囁くノーディスに頭を撫でられ、思わず顔が熱くなる。また鼓動が早くなった。

「それともアリアは、私に帰ってほしい？」

「……意地悪な方」

「私の聖女様は素直で可愛いね」

アリアは頬を膨らませてノーディスを見上げる。ノーディスは空いている手でアリアの長い髪を掬いあげてキスをした。ノーディスの手を握り返したことが、答えとして十分すぎたからだろう。

「あの時は、とても恐ろしかったのです。本当に死んでしまうかと思いました。けれど貴方がいてくださったから、もう平気です。これからもずっとわたくしの傍にいてくださいまし、ノーディス」

瞳を潤ませたアリアは、つないでいたノーディスの手をもう片方の手で包み込んだ。

きちんと休息を取ったのが功を奏したのだろう、晩餐会はつつがなく済んだ。アリアもすっかり元通りだ。

新鮮なジビエと上等なワインも、客人達の心をみごとに解きほぐしてくれたらしい。酒の飲めな

いアリアのグラスに注がれたのはブドウジュースだが、おかげで冴え渡った頭のまま歓談に興じることができた。招待客達のおもな関心は、レーヴァティ領の今後についてだ。雑談に混じって、税率や自然災害の備えについての話が持ち上がる。それについてアリアは聞き役に徹し、各地の郷紳達がそれぞれどんな意見を持っているかをしっかりと頭の中に刻みつけた。

「今宵はとても勉強になりました。これからもぜひ、皆様のお知恵をお借りしたく存じます」

「お安い御用ですとも。わからないことはなんでも私どもにお尋ねください、アリアお嬢様」

「さすがレーヴァティ領の土地を守り抜いてきた方は、頼りがいのある方ばかりですわね。皆様のような含蓄のある方々に恵まれているなんて、わたくしはなんて幸せなのかしら」

無邪気に褒め称えると、客人達はでれでれと相好を崩した。きっと彼らの頭の中では、世間知らずの箱入り娘を上手に育てて立派な女領主にする未来の自分の姿が思い描かれていることだろう。それとも、何もわかっていないお飾りの領主を思い通りに操って暗躍する自分の姿だろうか。

(わたくしを通して理想の夢に溺れるといいでしょう。それが結果的に、わたくしの駒として働くことになるのですから)

アリアはそうやって領地を統べる。実務など、それに精通している人間にやらせればいい。ちょっとおだてるだけではりきって、結果を持ち帰ってきてくれるならこれほど効率のいいこともないだろう。

(糸が伸びているのは傀儡だけではございません。傀儡師だって、傀儡と糸でつながっているのです。貴方がたがわたくしを操っていると思い込めば思い込むほど、わたくしは貴方がたを操りやすくなります。さあ、わたくしの思うがままに踊りなさい)

相手を立てることでその心をくすぐり、自分の望む結果をもたらすように誘導する。それがアリアなりの戦い方だ。女公として立つために、アリアが磨いた戦術だ。秘めやかな毒のような魔性の囁きは、どんな屈強な勇士すらも虜にするだろう。


「アリアお嬢様、ライラお嬢様から訪問を希望するカードが届いておりますが……」

「ライラから？　申し訳ありませんが、そのような暇はございませんの。お断りしておいてくださる？」

朝食を終えて早々、女中頭がそう告げてきた。アリアはつとめて残念そうな顔で応じる。食後の紅茶を楽しんでいたノーディスは、ちらりとアリアを一瞥した。

「領都が懐かしくなったのかな。収穫祭に合わせて遊びにきたのかもね」

「そうかもしれませんわね。会うことができずに残念ですわ」

ライラが領都に来るのは予想できたことだ。アリアの名前で出資して、ノーディスとユークの研究を後押しするために作った商会は、徐々に軌道に乗り始めている。ライラが商売敵の報告を受けていないとは限らない。そうなれば、まず間違いなく文句を言いに来るだろう。相手にする気は毛頭なかったが。

（蟄居と言いつつ外出を許すのですから、やはり公爵夫妻はライラに甘いのでしょう。いっそ領都から追放されていれば、堂々と追い返せましたのに。本当に残念ですこと。とはいえ、やり過ごす方法はいくらでもありますわ）

収穫祭の時期に来てくれたのは幸運だった。収穫祭の多忙さを理由にして訪問を拒否できるからだ。ピスケス・コートの一部は一般公開されている。とはいえ、ライラだけは例外だ。レーヴァティ公爵夫人の裁定によって、アリアの許可がなければライラは入ることを許されていない。招待客に紛れて勝手に侵入するようなことがあれば、その時は不審者扱いでもなんでもしてつまみ出すつもりだ。ライラが余計なことをしでかさないよう、彼女の動向だけ報告するように伝えて、アリアはノーディスと共に執政院に向かった。もうすぐ緊急の会議が始まる。議題はもちろん、収穫祭の安全性についてだ。収穫祭の運営を担当する役人からはじまり、警察署長や軍隊長、そしてモンスター学者が揃っている。みな緊迫した面持ちのまま、昨日の調査結果の共有が行われた。最初の報告者は学者達だ。フェンリルを解剖した結果、直近で人を襲った形跡はなかったらしい。ただしずいぶん長生きしていた個体のようで、過去百年の間に領内で発生したフェンリルの目撃談はこの個体である可能性が高いという。

「領内における最後のフェンリルの食害事件は三十年ほど前です。記録によると、元々このフェンリルは雷鳴森の深奥で暮らしていたようですが、付近の村を襲って村人と兵士の計三十二名が犠牲になったとか。当時の討伐隊はフェンリルに深手を負わせたようですが、絶命までは確認できないまま見失ってしまったようですね」

（雷鳴森……？　確か、ライラが謹慎を命じられたのも、その辺りだったような……）

「森の名の由来はフェンリルの遠吠えが雷鳴のように聞こえたためと言われていますが、三十年前の事件以降は吠声が聞こえるだけで人里には現れていなかったようです。それでも、雷鳴森に立ち入った者の行方不明事件は年に数回起きているようですが」

（ライラが今暮らしている別荘が使われていなかったのは、フェンリルの事件のせいなのかしら。

ちょうど今ライラは領都に来ていますけれど、西の辺境にいるはずのフェンリルまでが領都に出没するだなんて……偶然と呼ぶには、あまりにもできすぎていますわね……）

無意識にアリアは傍らのノーディスを見た。ノーディスは難しい顔をして何か考え込んでいるが、アリアの視線に気づくと悲しげに表情を曇らせた。アリアと同じことを、彼も思い至ったのだろうか――何らかの方法でフェンリルを操ったライラが、アリアを暗殺しようとしたのだと。

（いいえ。それが事実であるかはもはや重要ではないのです。……たとえ無関係の事柄であろうと、結びつけられるということ自体が問題なのですわ）

たとえただの偶然であっても、焚きつける材料があるならいくらでも燃え上がらせることはできる。陰謀論を好む層はどこにだっているものだ。たとえただの考えすぎだとしても、一抹の疑念がぬぐえないなら火種はいつまでもくすぶり続けるだろう。

（燃やすか、それとも揉み消すか。わたくしにとってはどちらが得なのかしら）

ライラを完全に排除するのなら、答えはもはや決まっている。だが、人の足を引っ張ろうとすれば自分も足を取られるものだ。答えを出すのは安全圏を確保してからにしたい。共倒れはもちろんのこと、返り咲くライラの華麗な逆転劇の踏み台になるのはまっぴらだった。せめて世論は味方につけてからでなければ。どうせ放っておいても、口さがない人々が勝手に深読みして囁き合ってくれるだろう。それをアリアにとって都合のいい方向に誘導していけばいい。

（何よりも……わたくしが糸を引いていることを、万が一にもノーディスに悟られてはいけません。どれほどの策略を張り巡らせようとも、淑女たるもの黒幕であることに一切気づかれてはなりませんもの）

ひとたび糸の動きを辿られてアリアに支配されている愚者を目にしたのなら、自分もアリアの手のひらの上で踊っているかもしれないと疑われかねない。それは困る。相手は自分が操られているなど思いもしていないからこそ、好きなように操れるのに。

（わたくしのことを可愛らしいお人形だとノーディスに思わせ続けるためにも、慎重にいたしませんと。……ノーディスが愛してくださっているのも、きっとそういうわたくしでしょうから）

か弱くて儚くて、他人の手を借りなければ生きられない存在。それもアリアの側面だ。その無力な姫君もまた自分の姿の一つであると、他ならないアリアが認めている。だって、自分一人ではできないからこそ他人を利用してうまく転がすのだから。そうである以上、ノーディスがそんなアリアに惹かれていることについて思うところはまったくない。自分の非力さを武器に変え、魅力とまでしているのだから、むしろ誇らしいぐらいだ。けれど、だからこそ善良かつ誠実なノーディスにだけは、可愛くて完璧な淑女の仮面の下にある計算高い悪女の顔を見せられない。

（ノーディス。優しい貴方に守られて傅かれるためであれば、どんな理想も叶えましょう。貴方はわたくしに光を与えてくださったんですもの、他の方より優遇するのは当然でしょう？　ですから……絶対に、見捨てられないようにしないと……）

深刻そうな顔で黙りこくるアリアを見て、ノーディスは胸を痛めていた。聡いアリアのことだ、きっとノーディスと同じ可能性に辿り着いたに違いない。

（モンスターは力による上下関係に敏感だ。根気強く向き合う以外にも、ふさわしい力を示せば服従はさせられる。フェンリルほどの上位モンスターを飼いならすなんて前例が少なすぎるから断言はできないけど……ライラの魔法の才能は、プレイアデス製の魔具を見ればわかる。あの膨大な魔

力の持ち主なら、フェンリルを使役することもできるかもしれない）

レーヴァティ家の様子からして、ライラが日常的にモンスターを調教《テイム》しているということはなさそうだ。そもそも普通の貴族令嬢ならば、モンスターに遭遇すること自体が稀だろう。いくらライラが型破りでも、危険なモンスターを従えられる機会はそうそうないはずだ。だが、彼女は運悪くフェンリルに出会ってしまった。ライラが意図して支配したのか、あるいはフェンリルが本能的に強者の気配を嗅ぎ分けて服従したのか。どちらであっても構わない。ノーディスにとって重要なのは、『レーヴァティ家の才女』であればフェンリルのような獰猛なモンスターを従えられるかもしれない、と人々を納得させられることだ。

（メイドを使った警告に飽き足らず、モンスターまでけしかけるとはね。よほどアリアが目障りらしい。私とレサト君の活動が癪に障ったのかな。大事な収入源が奪われる前に手を打とうとしたのかもしれない。……だけどこの状況を利用すれば、ライラを排除してもアリアに罪悪感を抱かせなくて済みそうだ）

痛ましげにアリアを見やる赤い一つ目は憂いに染まっているが、それはそれとして腹の中は真っ黒だ。こんな状況、利用してやらなければもったいない。冒した危険に釣り合うだけの見返りはもらわなければ。

（それから……一種の賭けにはなるけど、レーヴァティ公爵夫妻のことも試してみるか。公爵夫妻の対応によっては、アリアに傷や未練を与えてしまうかもしれない。だけど、これまでアリアはレーヴァティ家という狭い世界に慣れすぎた。夫妻の支配から目を覚まさせるには、多少の荒療治も必要だ）

会議の内容に耳をそばだてつつも思考を巡らせる。アリアは収穫祭をことのほか大切にしているようだ。民衆に愛されている伝統行事だからだろう。年に一度の大きな祭りを理由も告げずに中止にすれば民の反感を買いかねないし、かといって本当の理由を伝えたなら民の不安と恐怖をいたずらに煽ることになる。そうならないように、あえて続行の判断を下したアリアの決意を台無しにはできない。だから、動いていいのは収穫祭が終わった後だ。舞台はもちろん社交界。一切の混乱をもたらさないまま平和に収穫祭を終わらせたアリアの手腕を褒め称え、レーヴァティ領の結束力を知らしめる。フェンリルの襲来という、予想だにしない事故についてを織り交ぜて。

(私が噂の出どころになればいい。どうせ噂が広まってしまえば、『最初の一人』なんて誰にもわからなくなる。私の本性をアリアに知られて幻滅されることもないだろう)

一緒に過ごしているとよくわかる。アリアはとても清らかで純粋だ。彼女を聖女と呼ぶことについて、別にからかいの意味はなかった。きっと社交界での『姫花の聖女』という通り名だって、アリアがこれまで熱心に取り組んできた慈善事業と、誰にでも分け隔てなく接するところからきたのだろう。妖精のような可憐な美貌に加えて心根も美しいならば、そんなあだ名がつくのも当然と言える。しかし悲しいかな、世界に満ちているのは綺麗なものばかりではない。ありとあらゆる醜いものが、アリアの行く手を阻もうとするだろう。時には残酷な選択を強いられ、姦計に頼らなければ勝てない局面に立たされることだってある。人の上に立つとはそういうことだ。

大貴族の当主という過酷な運命を背負ってもなお、聖女たるその魂の高潔さを失わせないためには、アリアの代わりにその現実《やみ》を担う者が必要だった。その役にふさわしいのはきっと自分だ。

(アリア。優しい貴方のことだから、自分でも闇と向き合おうとするかもしれないね。だけど、貴方はこれまで十分つらい現実の中にいた。このうえさらに権謀術数の渦に叩き込むのはあまりに酷だ。せめて貴方が負った傷が癒えるまでは、そういうことは私に任せてくれればいい）

恋愛面で旗色が悪いのはアリアなのだが、手のひらの上の舞踏会ではノーディスの分もだいぶ悪かった。

学者の他にも警察署長からの報告や執政院側の見解の表明が続いたが、やはりフェンリルに並ぶ脅威は見つけられなかったそうだ。アリアはほっと胸を撫でおろす。

あのはぐれフェンリルが討伐されたことで、ひとまず事態は終息したとみていいだろう。フェンリルは血肉や内臓を魔法薬の素材として売却することにし、体は剥製にして執政院に飾られることになった。剥製化を進言したのはアリアだ。本当はもうフェンリルなど見たくもないが、フェンリルが確かに存在していたという証拠を残しておいて損はないと思ってのことだった。虚言だと疑われてはたまらない。後になってフェンリル襲来の事実を広めた時に、ノーディスに箔をつけるいい戦利品にもなる。

昨日に続き、警官と兵士による警備体制の強化を水面下で行うことで収穫祭は問題なく続行できると正式な判断が下された。おかげでノーディスと一緒に市街地の視察をするための余白は失われてしまったが、それは仕方のないことだ。民間に被害が出ないよう、ただでさえぴりついている現場の警官達の仕事を増やすのはよくない。公爵家から護衛がつくといっても、警官達との連携は必須になるだろう。そうである以上、本来従事してもらうべき領民の安全確保がおろそかになりかねない。例年通り、ピスケス・コート内でだけ過ごす収穫祭になりそうだ。

（何も今年に固執する必要はございません。どうせ来年も、ノーディスと参加できますもの）

それに、デートという形にしなくても、今日と明日の公務ではノーディスを連れ回せる。フェンリルを撃退したノーディスにアリアの隣にいてもらうことは、事の顚末を知る有力者達に安心感を与えられるからだ。ノーディスを婿に迎える前に、売れる顔はぜひ売っておきたい。

会議が終われば次は農作物品評会の打ち合わせだ。形や色つや、そして味。品評会では、領内で育てている様々な農作物をあらゆる観点から審査し、総合的な評価を下す。そんな中で、特別審査員たるアリアの役目は、出品されたすべての物に領主一族お墨付きを与えて品質を保証し、他領に売り込むことだった。

品評会のテーブルに載ることを許されるのは、厳しい基準に合格した作物だけだ。アリアはそのすべてに舌鼓を打って褒め称えればいい。小難しい評論は、他の知識人がやるだろう。打ち合わせが終わったので、そのまま会場である東庭園の屋外劇場に向かう。東庭園では品評会に出品された農作物にゆかりのある料理の屋台があちこちに出店していた。漂ういい匂いにつられたように、たくさんの来場客が集まっている。おかげで客席も満員だ。観客を迎えての、ショーとしての品評会は和やかに始まった。

「お召し上がりください、アリアお嬢様」

ずらりとテーブルの上に並べられた野菜料理や果物がふんだんに使われたデザートを前にして、アリアは目を輝かせる。

「どれもとても美味しそうですこと。何からいただこうか、迷ってしまいますわね」

素材の味を最大限引き出せるようにと、農民と料理人が試行錯誤した品々だろう。生野菜はすでに別の審査員が試食済みのはずだ。食べきれるようにとどの皿も量は少ないが、時間的にも昼食にちょうどいい。アリアに食べ物の好き嫌いはなかった。どこの誰にもてなされても失礼のないように、なんだって完食できるまで厳しくしつけられたからだ。これまでアリアが食べきることができなかったのは、ノーディスの作ったクッキーぐらいのものだろう。単純にまずいだけならまだ取り繕って平然と食べ続けられるが、あれはさすがに、その、生命の危機を感じた。

とりあえず、一番手近にあったかぼちゃのグラタンに手を伸ばす。同席しているノーディスは、ほうれん草のキッシュが気になったようだ。

「なんて濃厚な甘みなのかしら！　ねえノーディス、一口いかがです？」

「ありがとう、アリア。このキッシュもとても美味しいよ。食べてみるといい」

お互いに料理を食べさせ合う。二人だけの甘い世界にいる恋人達に、誰もが微笑ましげな目を向けていた。観客席の反応をうかがい、アリアは内心でほくそ笑む。ノーディスと仲のいいところを見せつけ、政略結婚という固い言葉に対して平民が抱くであろう負の印象を払拭したかったのだ。傍系王族たるシャウラ家出身の婚約者との円満さを演出することで、かの家とのつながりの強さを名士達に向けてアピールしたいという意図ももちろんある。

健気な少女と誠実な青年の純愛に祝福と称賛を捧げ、見守っているつもりになればいい。赤の他人からの親目線など過ぎれば煩わしいものでしかないが、ほどほどのバランスを見極められれば利用はできる。直接の主従関係にない不特定多数が相手なら、相手に傅いている自覚を持たせないほうが転がしやすかった。

（このわたくしが手ずから食べさせてさしあげるのです。嬉しいでしょう？）

それに、これはノーディスへのご褒美でもある。恋い慕う少女が甘えてくるなら、当然彼も喜ぶはずだ。これはあくまでも彼を籠絡する手段の一つなのであって、アリアがやってみたかったからとかではない、決して。

ノーディスを見つめると、彼は幸せそうにはにかんだ。あまりにも無防備なその笑みに、図らずも頬がかぁっと熱くなる。アリアを守るためだけにフェンリルに立ち向かった勇ましい背中を思い出したからだ。あの凛々しい勇者は、アリアの前でだけ従順に愛を乞うしもべになる。同一人物とは思えないそのギャップが、アリアの心を掴んで離さない。

（み、認めませんわ。わたくしが目を曇らせてしまえば、うまく支配できなくなってしまいます。愛とは人を惑わせるためのものであって、自分が惑うものではないのです）

胸の高鳴りをごまかすように、秋野菜のテリーヌを切り分ける。色とりどりの美しい断面を穢してしまわないよう優雅にナイフを操っていると、のぼせた頭がほどよく冷静さを取り戻してくれる。何事もなかったかのように、アリアはまた称賛の言葉を振りまいた。

「アリア！」

「お待ちしておりました、アンジェ様。お会いできて嬉しいですわ」

品評会が終わって舞台から降りたアリアに声をかけてきたのは、金髪碧眼の少女だった。お忍びでやってきたアンジェルカだ。その隣には当然のようにウィドレットが立っている。祭りを楽しむ他の人々と同様に、二人も収穫祭の仮面を頭の横で斜めになるようにしてつけていた。楽しんでもらえているようでなによりだ。

「今日はいないと聞いていたが、結局来ていたのか」

「色々と事情がありまして。私の聖女様と片時も離れたくなかったんですよ」

ウィドレットと話しながら、ノーディスはアリアの手を握る。「ノーディスったら」アリアも頬を染め、熱っぽくノーディスを見上げた。

「どうやらお前にも、俺が女神を愛する気持ちを理解できる日が来たようだな。俺達ほどの域に辿り着くのはまだ遠いだろうが」

「まったく。ウィド、一体何を張り合っているの？　甘いのはジャムだけで十分なのに」

アンジェルカはくすくすと笑いながら、腕にかけていたバスケットからパンを取り出して小さくちぎり、ウィドレットの口を塞いだ。バスケットの中には他にもいくつかのパンが入っている。季節のジャムや干した果実が練り込まれたものだろう。どこかの屋台で買ってきたに違いない。歩き食べなどはしたない、と咎める声はなかった。祭りの日は無礼講だ。どうせ誰だってやっている。

「初めて来たけれど、レーヴァティ領の収穫祭ってとても楽しいお祭りね。美味しいものもたくさんあって目移りしちゃう」

「ふふ。アンジェ様にお気に召していただけたなら、民も喜びます。レーヴァティ領には王室御用達の農場が数多くございますから、アンジェ様にもご満足いただけるとひそかに自信を持っておりましたのよ」

「そうだったわね。どうりで何を食べても美味しいわけだわ。こんなに美味しい農作物を育てられるなんて、レーヴァティ領はアルバレカで一番幸せな土地なんじゃないかしら。食べ物が美味しいって、すごく大事なことだもの」

「光栄ですわ。アルバレカの食料庫として、これからも王国のために尽くしていく所存でございます。この幸福を他の領地の方々にも分け与えたいんですもの。美味しいものは、大勢で食べたらもっと美味しくなるでしょう？」

アンジェルカは大真面目に頷く。彼女も彼女なりに国のことを考えているのだろう。アンジェルカからはアリアのような打算の気配は感じ取れなかったが、純真さの奥にある聡明さの輪郭は見えた。自覚があるかはわからないが、アンジェルカは自分の言葉の重みを認識しているはずだ。その後援はとても心強い。

「そういえば……お茶の時間で食べているジャムがそろそろなくなりそうだとメイドが言っていたわね。今度からは、まっさきにアリアにおすすめのジャムを聞くことにするわ。わたくしに他にもお友達がいれば、その方にも振る舞いたかったのだけど。だって、独り占めなんてもったいないもの」

「でしたら今度、お茶会を開いてはいかがでしょう。もちろん殿方は立ち入り禁止ですわ」

「それってすごく楽しそうね！　その時はアリアも絶対に来てちょうだい。約束よ？」

無邪気に盛り上がる少女達に、青年達は少し寂しそうにしながらも温かく目を細める。彼女達に相手をしてもらえなくなったので、自然と会話の相手は兄弟同士になった。

「兄上もきちんと息抜きできているようで安心しましたよ。今日ぐらいは仕事のことなど忘れて、ゆっくり羽を休めていってくださいね」

「俺の女神がことのほかレーヴァティ領とアリア嬢を気に入ったようだからな。可愛い婚約者の願いならばなんだって叶えるさ。それに、大事な弟を任せる場所を見ておきたいと思うのは当然だろう？　大領地を治める同世代の領主として、アリア嬢と親睦を深める必要もある。これだけ理由が揃えば、俺自ら足を運ぶのもやぶさかではない」

　同世代の領主。ウィドレットはそう言ったが、アリアとウィドレットはまだ家を継いだわけではない。それでも彼の中では、すでに確定している未来なのだろう。つまり、近い将来に必ずそうなるということだ。そう認識するほどノーディスには異母兄への信頼があったし、そもそもノーディス自身もそうさせるつもりだった。

「しばらく街を見て回っていたが、誰も彼もが祭りの空気にあてられて浮かれ騒いでいるようだ。正体を隠すこの仮面も、人の気を大きくさせる一因だろう。愛しい聖女のことはよく見ておけよ？　この喧噪だと、どこで悪い虫に集《たか》られるかわかったものではないからな」

　そう言いながら、ウィドレットは威圧感たっぷりに周囲を見渡す。その手はしっかりとアンジェルカの腰に回されていた。遠巻きながらもアンジェルカとアリアに好色そうな視線を送る若者達を威嚇しているのだろう。喧嘩を売るつもりはないと言いたげに、彼らはそそくさと立ち去った。

「ご忠告ありがとうございます。よもやアリアとわかったうえで声をかける恥知らずがいるとは思いたくありませんが、仮面をつけてしまえばそうと知らずに寄ってくるでしょうからね。どれだけ顔を隠していても、魂からあふれる美はわかってしまうものですから」

　アリアがよそ見する可能性などノーディスは考慮していない。そうならないよう、餌をさんざん与えているのだから。だが、横からアリアを奪おうとする不届き者の出現にはいつだって警戒していた。ノーディスが愛でている花の可憐さを称えるのは構わないが、だからといって盗もうとするのは違うだろう。

（幸い、アリアは衆目の前でも好意をあらわにすることに抵抗はないみたいだ。だからありがたく

乗らせてもらおう。私達の関係の良好さを広めて支持を得るためにはもちろん、無粋な軟派男の心を根元からへし折るためにもね）

あっさり失うようなことがあれば、わざわざ釣った意味がない。釣った魚にのびのびと泳いでもらうためにも、水槽はこまめに手入れをしなければ。

アリアの柔軟な対応とノーディスの的確な補佐、そしててきぱきと動く役人達の仕事ぶり。それらがうまく働いたおかげで、フェンリルの襲来以外は目立ったトラブルもなく、収穫祭は最終日を迎えた。ライラも帰ったと、街門を守る兵士達から昨日のうちに連絡が来ている。どうやら、ピスケス・コートに入れないせいで民間の宿を取っていたらしい。人であふれるこの時期によく手配できたものだ。それでも長くは滞在できず、その都合でさっさと帰ったのだろう。粘られなくてよかった。

（今日を無事に乗り切れば、収穫祭は成功を収めたと言えるでしょう。なんとしてもその評価を手に入れなければなりません）

このまま何事もなく収穫祭の幕を引けるといいのだが。自分を鼓舞しながら、アリアはベッドから起き上がった。

午前中に山羊レースを観戦し、領内の重鎮達との会食を挟んでから午後の予定に取り掛かる。山羊レースでは山羊がコース付近に生えていた草のほうに夢中になったり、途中で日向ぼっこを始めたりするということはあったが、これは想定の範囲内だ。そういった自由気ままさを楽しむのが山羊レースの醍醐味なので、誰も気にしていない。大幅な予定の遅れにもつながらなかったので、アリアの胃が痛むようなこともなかった。執政院で囲い火の舞踏のための打ち合わせをし、賓客の接待をしていると、時間はあっという間に過ぎていった。いつの間にか日は沈み、仮面で顔を隠した者達が続々と東庭園に集まってきている。すでに音楽も聞こえてきた。

「あれが収穫祭のダンスパーティーか。面白い趣向だね」

「初めてご覧になる方には、邪教の儀式か何かかと思われる方もいらっしゃいますの。豊穣の神に捧げる、由緒正しい伝統行事なのですけれど」

執政院の回廊から東庭園を見下ろしたノーディスがそう呟く。植物を模した装飾で飾られた仮面をつけてめちゃくちゃに踊る人々の群れは中々に壮観だ。農地に祝福を与えると言われる豊穣の神の杖は仮面と並んで収穫祭を象徴するアイテムだが、囲い火の舞踏に参加する際は毎年持ち込みを禁じていた。興奮して杖を振り回されると危険だからだ。もみくちゃになって踊る人々の興奮ぶりを見ていると、実に正しい判断と言わざるを得ない。

「囲い火の舞踏は、豊穣の神を楽しませるためのもの……という名目で、農民に羽目を外させるためのものです。大きな解放感を味わえる、冬が来る前の最後の娯楽ですわ。ですからあのように、老若男女を問わず全力で楽しむのです。とはいえ、この祭事は慣れていても疲れてしまいますから、無理に参加なさらなくても問題ございませんことよ?」

「いや。そういうことなら、少しでも慣れる機会は大切にしたい。来年も、こうして貴方と収穫祭に参加するんだしね」

微笑まれてまた胸が高鳴る。当たり前のことなのに、アリアと一緒にいる未来を見据えてくれているのが嬉しかった。

「で、では、夜が更ける前には戻りましょう。夜が深まるにつれて、騒ぎは大きくなっていきますもの。わたくしも、あまり夜遅くまで参加したことはございませんの」

「これよりさらに賑やかになるのか。それはそれで興味深いけど、忠告には素直に従おう」

アリアはノーディスの腕に自分の腕を絡ませ、東庭園へと向かった。仮面を被って顔を隠したものの、服装や背格好でアリアだとすぐにわかる。それでも、誰も指摘はしなかった。囲い火の舞踏では誰もが平等であり、わざわざ仮面の下の顔で態度を変えるなど無粋の極みだからだ。この場にいる以上は、同じ仮面を身に着けた、豊穣の神のために舞を捧げる従者の一人でしかない。領主一族もその伝統を踏襲していることが重要だった。

「ここでのダンスに決まりはございませんの。ただ思うまま、音楽に合わせて踊るだけですわ」

アリアは軽やかに笑いながらノーディスの手を取った。ノーディスをリードするためだ。普通の舞踏会であればリードは男性側が行うものだが、囲い火の舞踏にその常識は当てはまらない。初参加のノーディスを気遣ってのことだというのは伝わるはずなので、彼のプライドを傷つけることもないだろう。

どんちゃん騒ぎの中であってもアリアの優雅さは決して損なわれてはいけない。頭のてっぺんから足の爪先に至るまで意識を集中させて、全身で曲のリズムを掴む。でたらめに踊っているように見せかけて、即興で計算したステップを踏むのは城でワルツを踊るよりよほど神経を使った。

「なるほど。これは確かに、誰でも簡単に盛り上がれるね。仮面のおかげで誰が誰だかわからないから、恥ずかしさも薄れるし。だんだん自分の……いや、自分達だけの世界に取り込まれていくような気がする」

けれどその考え抜かれたステップに、ノーディスは完璧に合わせてきた。雑談に応じる余裕さえ見せている。確かにアリアも合わせやすいように配慮はしていたが、彼には見えているのだ。今流れている音楽を聴いたアリアが次にどんな動きをするのか。アリアのことをよく理解しているからこその芸当だろう。ノーディスなら上手に合わせてくれる、という信頼が、徐々にアリアの緊張をほぐしていく。品よくすらりと伸ばした手足は自然体でも美しい。本当の意味で何も考えず、音楽に身を委ねて無心で囲い火の舞踏に参加することができたのは初めてだった。

飛んだり跳ねたり、肩を組んで歌ったり。空が宵色に染まるにつれて、宴は賑わいを増していく。仮面のせいで表情はわからないが、誰もがみな楽しそうだ。ぱちぱちと音を立てて燃える薪の匂いに混じって漂うワインの香りも、彼らの気分を高揚させる一因だろう。

少し踊りすぎたので、広場の端のほうによける。ノーディスが近くのテーブルから自分用にワインを、アリアのためにブドウジュースを持ってきたので、二人だけで乾杯した。仮面を少しずらしてグラスを口元へと運ぶ。芳醇な甘みが疲れた身体に染み渡った。

「もう少し経ったら、そろそろ屋敷に戻りませんこと?」

「そうだね、そうしようか」

喉を潤しながら、周囲の様子を観察する。昼間は気難しい顔をしていた重鎮達が、まるで別人のようにはしゃぎ回っているのが見えた。仮面をつけている間はまさに別人として扱われるのだから仕方ない。彼らも日ごろ溜まっているストレスがあるのだろう。

不意に視界の端で何か音がした気がした。物陰に目をやれば、人目がないのをいいことに激しく口づけを交わす恋人達がいる。情熱的なその光景に、アリアは慌てて目をそらした。祭りの性質上、こういったことがあるからあまり夜遅くまでノーディスを参加させたくなかったのだ。年ごろの乙女として恥ずかしいというかなんというか。

「ノーディス、もう少し明るいところに行きましょう！」

「？」

ノーディスの手を引く。ノーディスは不思議そうにしながらもそれに応じた。空いたグラスをテーブルに置き、大きな焚火が照らすほうへと向かう。

（ああ、もしかして暗がりのそばが怖かったのかな？　賑やかな広場の中心との対比で、一気に静かに感じられるから）

アリアの慌てぶりを感じ、ノーディスは呑気にそう推測した。ただでさえ眼帯をつけているのに、その上から仮面を被っているせいで、普段の比ではないほど視界が狭いのだ。正直、アリアのことすらおぼろげにしか見えない。先ほど踊っていた時だって、アリアの邪魔にならないよう彼女の身振り手振りを全力で感じ取りながらこれまでの経験則で動いていただけだ。アリアなら多分こういう時にはこんな感じのステップを踏むんじゃないか、と。実は結構無理をしていた。囲い火の舞踏、強敵であると認めざるを得ない。すっかり疲弊しながらも、傍らのアリアの機嫌を損ねないよう彼女に意識を集中していたので、見えないところでイチャつく有象無象達には本当に思い至っていなかった。実はアリアが気づいたペア以外にも案外多くの恋人が周囲にひそんでいたのだが、彼らと同様、ある意味二人きりの世界にいたノーディスの目にはちっとも映っていなかったのだ。というわけで、ノーディスはアリアの突然の行動を微笑ましいものと受け取った。なにやら照れているように見えるのは、この年で暗いところを怖がっているのが恥ずかしいからだろう。可愛い。誰にだって怖い物の一つや二つあるだろうに、なんていじらしいのだろうか。

（そういえば、アリアの好きなものは結構まとめてきたつもりだけど……嫌いなものはほとんどわからないな。苦手なものほどごまかそうとする傾向があるのか？　別にそのこと自体はおかしいことじゃないけど、あまりに見つけられないのが引っかかる）

ノーディスの観察眼をもってしても、アリアの嫌いなものを見抜けた試しはほとんどない。こんなことは初めてだった。好きなものならわかるのに、ここまで徹底的に隠し通されるなんて。あえて挙げるなら双子の姉のライラぐらいだろうが、幼少期から振り回されているなら苦手意識が芽生えていてもおかしくない。

だから、アリアが暗がりを苦手としているのだと思ったのは、ノーディスの願望でもあったのだ――誰にだってあるはずの苦手なものを、ようやく見つけられたのだ、と。

（嗜好と言えば……たまにアリアは、好きなものについて自覚が薄そうなことがある。自分がそれを好きなことに気づいてない、というか。でも、自分自身のことだぞ？　そんなことがありえるのか？　特に好きでもないものについて好きなふりをしているのはわかるんだけど……）

まだアリアと婚約を結ぶ前から、アリアの心理を読み解こうと試行錯誤していた。無事に婚約者の座に収まった今も、その挑戦は続いている。アリアの『好き』と『嫌い』を十段階で表して、『普通』を五とした時に、五に該当するものはある。だが、それより下の評価点のものがない。アリアは宝石などのきらびやかなものが好き。ここを七として、小さな子供は八としよう。動物については可愛がるだけの余裕はあるが、特別愛しているわけではなさそうだ。動物全般は五でいいだろう。もしかしたらフェンリルのせいで、犬のことは嫌いになっているかもしれないが。花は……

六に見せかけて本当は五。花束をプレゼントした時の反応を重ねることでこの結論を出した。贈り物というシチュエーションについては本当に喜んでいるようなので、何を贈られるかより行為そのものを重視していたのだろう。邪魔だと思われていないならそれでいいので、特に気にせずまだ花束は贈っている。アリアの嗜好の中で一番平坦なのは食への関心だ。ノーディスの見立てでは、アリアは甘酸っぱい果物や甘いお菓子が八ぐらいには好きなはずなのに、彼女自身は五か六のように振る舞っている。それは、これまで同席してきたすべての食事で見られた傾向だった。なんでも食べられることと、なんでも美味しく感じることは似ているようで異なっている。食の好みを均一化することは、まるで何かしらの理由があってアリアの中で食べ物に差をつけることを忌避しているからのようにも見えた。

(もしかして……それが、レーヴァティ家の教育方針だった……?)

双子の姉と比較され、実の両親から抑圧され続けて育ったのなら。押しつけられた型に忠実であろうとするあまり自分を見失ってしまう、ということもあるのかもしれない。現に、レーヴァティ家の中でアリアは軽んじられてきたにもかかわらず、それに耐えることについてノーディスに指摘されるまでアリアは何も疑問を持っていなかった。そのことが、アリアはレーヴァティ公爵夫妻にとって都合のいい人形になれると証明している。アリアから主体性を封じて自我を奪い、嗜好までもをコントロールして育てることは十分に可能なはずだ。

(なら、私がこれまで見てきた貴方は、本当の貴方じゃなかったのか?)

自分は何か、大きな読み間違いをしていたのではないか。冷や汗が伝う。一体アリアの何を見て、彼女をわかった気になっていた?

「ノーディス？　どうかなさったの？」

「……いいや。なんでもないよ。少し疲れただけさ」

だが、ノーディスは豊穣の仮面の下で笑みを浮かべた。今恐れを抱いたのは、自分の分析が大外れだった可能性についてだ。そのせいで自信が揺らいだだけで、今目の前にいるアリアが造られた存在かどうかなどどうでもよかった——だって、まだ本当のアリアを理解できていないというのなら、これから理解すればいいだけなのだから。アリアと一緒に、それを探していけばいい。

ノーディスがアリアの虚像の奥にあるものを見つめていたことなど露知らず、アリアは煌々と燃え盛る焚火へと向かった。さすがにここまで来れば、夜闇を理由にして睦言を囁き合う恋人達はいない。近くで酔っ払い達が歌っているのでムードもへったくれもないからだ。

秋風で冷えた身体を焚火で暖める。踊っていた時はむしろ暑いくらいだったが、やはりしばらくすると冷えてくるものだ。ノーディスがワインを飲み終えたら屋敷に戻ろう。

「失礼、そこのお嬢さん」

そう思っていた時、突然誰かに声をかけられた。金髪の男性だ。声からしてまだ若い。聞き覚えはあるような気がするが、ピンとくるものはなかった。どこかで会ったことぐらいはありそうだが、そこまで親しい間柄ではないのだろう。仮面越しのため、脳内での照会はそれが限界だった。

「わたくしのことでしょうか？」

まともな光源が焚火ぐらいしかないのでわかりづらいが、男性は上質そうな服に身を包んでいる。立ち居振る舞いも洗練されているので、上流階級に属しているのは間違いないだろう。ただ、レーヴァティ領の人間ではなさそうだ。もし領民であれば、たとえ顔がわからなくても、彼の服装や仕草からして背格好でもう少し相手を絞り込める程度には付き合いのある家柄の出のはずだった。他領からの客人だろうか。

「ああ。せっかくの祭りだ、僕と一緒に踊らないかい？」

男性は気取った様子でアリアに手を差し出す。足腰はしっかりしているので、酔っているようには見えない。本気でアリアを誘ったのだろう。

（主催の家の娘にダンスの誘いをかけるのは、高位貴族の殿方のマナーですわ。もしもわたくしをアリア・レーヴァティと看破して声をかけたのであれば、きっとこの方はレーヴァティ家より位が高い家の方のはず。ですが今宵は囲い火の舞踏。そのマナーは適用されませんが……他領の方であれば、その辺りの事情には疎いかしら。それとも、わたくしが誰なのか本当に気づいていらっしゃらないのでしょうか）

普通の舞踏会なら、ノーディスに断りを入れたうえでこの男性と一曲踊っていた。自分の家より家格が低い家の舞踏会に招待された場合、主催の家の娘をダンスに誘うことで、招待されたことへの感謝を示すという意味があるからだ。どのタイミングで踊るかは自由だが、それを怠るということはパーティーに不満があるとみなされてしまう。そうなると、お互い恥をかくことになりかねない。これは果たすべき社交辞令の一環、義務のようなものだ。しかし、囲い火の舞踏の主催はあくまでも豊穣の神だった。上流階級のマナーなど問われない。各々が好きなように踊るだけだ。仮面の下ではどんな身分の人間だろうと、それを振りかざすこともできない。無礼講だということは入場の際に説明をしているはずなので、それを盾にすれば簡単に拒めるだろうが……面倒なのは、この男性が本当にレーヴァティ家より格上の家の人間で、宴席の戯れを水に流すことができないほど器が小さかった場合だ。

（レーヴァティ領の事情に疎い方ならば、仮面をつけたわたくしとノーディスを看破できなくてもおかしくはありません。ですが、上流階級特有の社交辞令を抜きにして、一般常識でだけ考えたなら……他の殿方と親密そうにしている娘を、まっとうな殿方がわざわざダンスに誘うかしら）

知人としての距離感だったならともかく、アリアとノーディスは寄り添い合って立っている。婚約者だと知らなくても、それに近い関係であることは察せられるはずだ。異性の友人と談笑しているところに声をかけるより、よほど勇気がいるだろう。とはいえアリア自身は経験したことはないが、そういうことを平気でできる意地の悪い手合いはたまにいるらしい。

自分の顔と家柄に絶対の自信があり、二人の間に割って入ることについて苦に思わないどころかむしろそれを楽しいとすら思っているような悪趣味な輩が。眼前の男性が一体何を思ってアリアに声をかけたのか見抜きたかったが、仮面に隠されているせいでその心は読み取れなかった。

アリアの逡巡はとても短かった。まばたき程度の時間で素早く頭を回転させた彼女は、ひとまず返事をしようと口を開く。だが、そのアリアより早く返事をした者がいた。

「申し訳ございませんが、彼女には先約がございますので」

「お前には聞いていないが？」

「いいえ、彼はわたくしの言葉を代弁してくださっただけですわ。お誘いをいただけたのは光栄ですけれど、どうかその栄誉は他の方に授けてさしあげてくださいまし」

にこやかに、けれどきっぱりと男性を拒絶したノーディスに、アリアは追従することを選んだ。元々そう答えるつもりだったからだ。見知らぬ男性を優先させてノーディスの機嫌を損ねるわけにはいかない。

「……これが仮面舞踏会でよかった。きっと仮面の下で、お前はウィドレットと同じ目をしてるんだろう。アンジェに近寄る男を牽制する、嫉妬と独占欲で穢れた目だ。醜いったらありゃしない」

男性は苛立たしげに吐き捨てる。その矛先はノーディスだった。

「私に気づいていておいて、堂々と私の婚約者に声をかけるような方に慈悲深さは必要でしょうか」

ウィドレットとアンジェルカ……この二人を馴れ馴れしく呼ぶ、金髪の男性。薄暗いせいでよく見えづらいが、仮面の奥の目は青い色をしている気がする。彼が誰なのか気づき、アリアは無言で淑女の礼を取った。

「減らず口を。僕はこの愉快な催しを開いてくれたアリア嬢に対して当然の礼儀を果たそうとしただけだ」

「今夜の宴は無礼講です。マナーは問われないんですよ」

アンジェルカの兄、王太子オルディールは煩わしげに肩をすくめた。アリアに向き直ってそっと仮面を外す。整った顔をぐいとアリアに近づけた彼は、流れるように手を取って口づけするふりをする。きらめく青い瞳がアリアのことを熱っぽく見つめていた。

「シャウラの名を持つ男は、どうも女性をたぶらかしては不幸にする星の下に生まれるらしい。もし君もこの男に苦しめられるようなことがあれば、いつでも僕を頼ってくれ」

「お言葉はありがたいのですが、ご心配には及びませんわ。ご厚意だけ頂戴いたします」

アリアはさりげなくオルディールから離れてノーディスと腕を組む。いくら相手が王太子でも、女好きで知られる遊び人に付け入る隙など与えたくない。すでに婚約者がいる身なのだからなおさらだ。

「わたくし達は心から愛し合っておりますもの。もしこの愛が悲劇を呼ぶというのなら、その時は二人で乗り越えてみせますわ」

蜂蜜より甘い声を出しながらノーディスにすり寄る。ここまでの熱愛ぶりを見せつければ、どれだけオルディールが自信過剰だとしても諦めてくれるだろう。どうせ彼も本気ではないはずだ。似たようなことは誰にだって言っているに違いない。

「姫花の聖女をここまで恋に溺れさせるとは……。実に残念だ。どうやら運命の神は僕に微笑んでくれなかったらしい。もっと早く君に出会えていれば、僕とその男の立場は逆だったのに」

オルディールは目を見開き、大げさにため息をつく。仕草のいちいちが芝居がかって気障《きざ》な男だ。自分の顔の良さをよく理解しているからこその言動だろう。

(たとえノーディスがいなくたって、貴方が王太子である以上は結婚対象外なのですけれど?)

アリアが探していたのは一緒にレーヴァティ領を盛り立ててくれる婿だ。嫁ぎ先ではない。もちろん、女公としての身分を認めたうえで妃として迎えてくれるのであればそれもやぶさかではなかった。だが、並み居るライバルを蹴散らしたうえでこの放蕩者を調教して手綱を握る気苦労を思えば、最初から優秀で物わかりのいい夫を迎えたほうがよほどいい。

「従弟として、臣下として申し上げますが、お戯れはどうぞほどほどになさってくださいね。いつまでも浮ついた振る舞いをされると、下の者に示しがつきませんよ」

「僕は美しいものを平等に愛でているだけだ。それの何が悪い」

「では、せめて不義を働くようなことは慎まれるようお願いいたします。貴方は等しく広がる花畑をご覧になっているのかもしれませんが、貴方が摘み取ろうとしたものが、誰かが愛を注いで世話をしている決して替えのきかない唯一の花でないとは限りませんので」

ノーディスが静かにいさめると、オルディールはつまらなそうに鼻を鳴らす。その顔にははっきりと侮蔑の色が浮かんでいた。

「愛欲に溺れたけだものの息子の分際で、僕に正道を説くのか。なんでも純愛と呼んでいれば許されると思うなよ」

「お言葉を返すようですが、真実の愛と博愛主義を謳うことで移り気を正当化するような方に糾弾されるいわれはございません。これではどちらが愛欲に溺れているのかわかりませんね」

オルディールとノーディス、二人の間で散る火花がアリアの目にも見えた。これはまずい。アリアはノーディスの腕を引き、上目遣いで訴える。

「ねえ、わたくし、疲れてしまいましたのよ。そろそろ冷え込んできましたし、もう帰りませんこと？」

「ああ、ごめん。退屈させてしまったね。そうだね、そろそろ戻ろうか。……それではいい夜を、王太子殿下」

「ご機嫌よう、王太子殿下。殿下におかれましては、どうぞこれからも宴をお楽しみくださいまし」

釈然としない様子ではあったが、それでもアリアの手前かオルディールは笑みを浮かべて別れの挨拶で応えた。ただしノーディスにはもう一瞥もくれていない。

「王太子殿下とは、いつもあのようにお話しなさるの？」

「私とはあまり会うことはないんだけどね。どうやら兄上と仲が悪いみたいで。その余波を受けたんだろう。……殿下はああ見えて実は潔癖というか……理想家なところがあるんだよ。兄上との不仲も、もとをただせば私達の父を嫌っていることから始まったんだ」

オルディールと距離を取ってから小声で話しかける。ノーディスはやれやれと首を横に振った。

「見境なく女性に声をかけるのは、殿下いわく運命の人を探しているかららしい。すべての女性にその機会は平等に与えられてしかるべきだから、すべての女性に優しくするんだってさ。さすがに清い関係に留めて、深い仲にはならないようにしているらしいけど」

王太子妃の座を巡る熾烈な争いの噂はアリアの耳にも届いている。黙っていれば見目麗しい、この国の次代の君主の妻になれるということで、年ごろの令嬢達の多くがオルディールの寵愛を得たがるのだ。アリアがそれに加わっていれば、もっと波乱が巻き起こっていたことだろう。

「私達の父は、結婚前から愛人を囲っていたような人だ。あげく正妻をないがしろにして、亡くなるとすぐに愛人を後妻に迎え入れた。堂々と複数の女性を平等に愛する殿下からすれば、その狡猾さと非情さが気に食わないんだろうね。本人はいたって誠実なつもりのようだから」

「誠実という言葉の意味を辞書で調べ直していただきたいですわね。一周回ってからでないとそうと認められないような行いは、本来の言葉の価値を損なわせてしまいますのよ？」

「はは、それはそうだ。だけど兄上が言うことには、あれで昔は本当に正義感からシャウラ家に反発してたみたいだよ？　今となってはこのねじれた恋愛観に加えて、兄上のことが目障りだから私達を目の敵にしているみたいだけど。年の近い優秀な人間と比較され続けることは、中々に堪《こた》えるからね」

「……ご婦人やご令嬢以外からの人気が低いことを気にしていらっしゃるのかしら？」

その端麗さと優しい物腰から、オルディールは国中の女性陣から絶大な人気を誇っている。あまりに浮ついているせいで恋愛対象としてはナシという判断を下されていても、目の保養《アイドル》として遠巻きに眺める分には問題ないとも思われていた。だが、アルバレカ王国は何も女性だけの国ではない。顔と身分と振る舞いだけで女性達の黄色い声を独占する軟派男に、同性から向けられる視線はわりと厳しかった。せめて何か目立った功績でもあればまた違ったかもしれないが、流す浮名のほうが目を引くせいで名誉の回復には中々至っていない。

「そういうこと。殿下と兄上は一歳しか変わらないし、殿下と違って兄上は政治に長けてるからね。父はまだ王族籍から離れたわけじゃない。おかげで私も兄上も、王位継承権は上から数えたほうがまだ早いんだよ。私達はいずれ臣籍に降るつもりだけど、万が一のことが起きるとよくないからせめて殿下の婚約者が決まるまでは予備でいるようにって国王陛下のお達しが出てるんだ。そのせいで殿下が兄上の二心を疑ってるんだから、迷惑な話だよ」

「アンジェ様が降嫁なさるのではなく、ウィドレット様が現王家に加わる……。求心力の低い王太子殿下であれば、それを危惧していても不思議ではございません。そのような世迷言《よまいごと》を吹き込む佞臣がもしも殿下のお傍にいれば、なおのこと……」

言いかけて、アリアははたと口をつぐんだ。身近にウィドレットの謀反を訴えていた存在がいることを思い出したからだ。

『だからっ、ウィドレットは悪魔みたいな男で……いつ内乱を起こすかわからなくってぇ……そんな家と親戚だったら、困るのはうちでしょ？』

アリアとノーディスを別れさせようとした理由について追及されたとき、ライラは涙ながらにそう言っていた。だが、ろくに社交界に顔も出さないライラが王太子とウィドレットの密かな確執について知るわけがない。アリアだって今初めて聞いたのだから。それだけオルディールとウィドレットは上手に不仲をごまかしているのだろう。従弟に劣等感を抱いているなんて知られれば、それこそオルディールは佞臣に目をつけられかねないし、王太子に嫌われていると知られれば、ウィドレットの名声に傷がつく。どちらにとっても隠しておきたいことのはずだ。

ウィドレットが王家に婿入りするという話も、決して一般的な見解ではない。成人済みの王太子オルディールがいる以上、六歳年下の妹王女アンジェルカは婚約者である次期シャウラ公爵家当主ウィドレットのもとに降嫁するという流れのほうが自然だからだ。

（それなら、ライラは一体どこからウィドレット様の謀反の話を掴んだのでしょう。情報源について、あの子は何も言わなかったわ。それだけ重大な秘密を抱えているとでも？）

元々理解できなかった片割れが、さらに遠くて不気味なものになる。彼女の言葉が真実になるとは思わない。それでも、何のためらいもなく不吉な予言を口にして、なおかつそれが実際に起こりえる可能性として存在することを第三者から聞かされると、どうしようもなく背筋が寒くなった。

「収穫祭の時期は、やっぱり人が多いなー」

飛竜車を降り、ライラはきょろきょろと周囲を見渡した。右を見ても左を見ても、へんてこな仮面をつけて杖をついた人達ばかりだ。お祭り自体は楽しいが、正直なところこの光景は何度見ても気味が悪い。これだけ観光客がいるのなら、ホテルが予約戦争になったのも無理はないだろう。まさか帰省でホテルを取ることになるとは思わなかったが。

今回の帰省は、屋敷に残っているライラ付きの使用人達にもこっそり知らせていた。だから誰かしら出迎えに来るだろうと思っていたが、その気配はなかった。辺境暮らしに音を上げて領都に戻ってきているはずの使用人達とも連絡が取れない。忙しいのだろうか。彼女達の手引きを受けてこっそり屋敷に入れてもらおうと思ったのだが、この様子だと難しそうだ。ダルクとケリーがなんとか一泊分の宿を確保したと言っていたときは、どうせキャンセルするのにもったいないと思っていたのだが……。

一泊二日の宿泊用の荷物を背負ったダルクとケリーがライラに続いた。ライラの手にあるのは、自分で持つと主張した小さな鞄だけだ。

「人込みに巻き込まれて迷子にならないように気をつけろよ、ライラお嬢様」

「ダルクとケリーもね」

ライラが出禁を言い渡されたのは、実家であるピスケス・コートだけだ。領都への来訪は禁じられていない。ケリーにそう主張して、ライラはこの帰省の権利を勝ち取った。実際、母もライラが領都に来ることは想定済みのはずだ。飛竜車はそのために与えられたのだから。離れの屋敷に滞在することだって、アリアにバレなければ問題ないはずだったのに。

僻地暮らしに久しぶりの都会の空気が染み渡る。大自然の中でのスローライフも悪くはないが、便利な都会の暮らしに慣れているとどうにも疲れが溜まるのだ。仮の田舎暮らしは、いつか貴族令嬢をやめて悠々自適に生きていく時の、移住先を決めるいい参考になった。

「ライラお嬢様、その鞄も俺が持とうか？」

「ううん、これは自分で持つから大丈夫」

ダルクの申し出を固辞し、ライラは鞄を大事に抱える。いくらダルクでも、いや、ダルクだからこそ、この鞄を持たせるわけにはいかない。この鞄にはとっておきの秘密が入っているのだから。

（わたあめちゃんを連れてきたって言ったら、ダルクは絶対怒るもんね。意外と動物嫌いだったのかな。原作では別にそんな描写なかったけど……そもそも、動物と触れ合うエピソード自体がなかったからなぁ。だけど馬は普通に可愛がってるから、犬が苦手だったり？　可愛いー！　原作にない裏設定を知れてラッキーかも！）

にやけるライラに気づいてダルクは不思議そうに首をかしげるが、宿泊予定の宿についてケリーに尋ねられたのでそちらに意識が向いたようだ。二人に気づかれないように、ライラは鞄の蓋を開けてそっと声をかける。

「お疲れ様。もうちょっと我慢しててね、わたあめちゃん」

この日のために考えた小型化魔法によって、わたあめちゃんはぬいぐるみさながらのサイズになった。ポメラニアンのようで愛らしさが加速している。全体的にふわふわで、まるで本物のわたあめだ。ダルク達にバレないように、わたあめちゃんには実際にぬいぐるみのふりもしてもらっていた。もちろん、呼吸がちゃんとできるように鞄はぴっちり閉じていない。お利口さんなわたあめちゃんだからこそできることだ。帰省はしたかったものの、わたあめちゃんを異様に怖がる留守番役《ナナ》に留守中の世話を任せられなかったのだから仕方ない。もっとも、わたあめちゃんもライラ以外の人間に世話をされるのを嫌がっているのだが。そのため、ライラが留守の間はわたあめちゃんは元々棲んでいた森の奥に引っ込んでしまったということにした。事前にそういう小芝居を打っておいたので、ダルク達に疑われることはなかった。あとは、このぬいぐるみがわたあめちゃんだとバレなければ大丈夫だ。

お忍びで街の散策をしながら、プレイアデス商会に立ち寄る。ライラの右腕であるカフ氏の顔色は少し悪いような気がした。言葉にも普段のキレがない。突然の訪問だったせいだろうか。カフ氏以外の部下達は、ライラを見て何か言いたそうにしている。だが、カフ氏はそのままライラを応接室に連れていったので、彼らと話している時間はなかった。カフ氏から詳しく話を聞き出すと、どうやら最近ライバル商会が台頭しているらしい。ポラリス商会という新しい商会のようだが、どうやらレーヴァティ家……アリアのお抱えのようだ。

そこで売っている魔具はプレイアデス製の魔具より安価らしく、シェアをそちらに奪われているという。当然、いい気はしなかった。

「人のアイデアをパクって粗悪品を流通させるなんて、あの子は一体何を考えてるわけ？　そんなまがい物、成功するわけないのに」

「おっしゃる通りです、ライラお嬢様。アリアお嬢様にも困ったものですな」

カフ氏は引きつった笑みを浮かべながら頷く。先ほどからずっとグラスを手放すことなく水を飲んでいるようだが、そこまで喉が渇いているのだろうか。

「そもそもうちの魔具は、うちでしか作れないんだから。どうしてもそれでお金儲けがしたいなら販売権を買うか、特許使用料を払ってからにしてよ」

家族だからこそ、金が絡む話はきっちり線を引かなければならないのに。プレイアデス製の高品質な商品にあやかる便乗商法はいただけない。自社製品の特別さを、ライラははっきりと認識している。どの魔具も、前世の知識と自分の魔力があるからこそ開発できた品々だ。いずれは特許使用料で左うちわの生活を送る予定なので、その時は他の商会でも同じものを作れるよう手伝うつもりだが、盗用者相手に企業秘密を公開する気など一切ない。こっちだって商売でやっているのだから。

「権利関係についての意識、もっと厳しく広めないとなぁ。わたしが簡単にお金稼いでるから自分でもできるって思ったんだろうけど……いくら妹だからって、あんまり図々しいなら出るとこ出てもいいんだからね」

「さすが、ライラお嬢様は頼もしい。こちらもポラリス商会には手を焼いているのです。どうかライラお嬢様からも、アリアお嬢様に何かおっしゃってくださいませ」

そう言いながらカフ氏は汗をぬぐった。とは言ったものの、現状のライラではアリアに自由に会いに行くことができない。実家なのに馬鹿馬鹿しいことこのうえない話だが、アリアに堂々と会いたければ事前に訪問の許可を得ないといけないのだ。駄目元で、後で家の前まで行ってみよう。

だが、いざピスケス・コートの門の前に行ってみると、普段より警備が厳重で近寄れなかった。見慣れた門兵だけでなく、警官の姿も散見される。毎年、収穫祭の時には家に客が大勢来るから、きっとそのせいだろう。客人になど会いたくないのでいつもは警備が手厚くなる前にさっさと抜け出して遊びにいき、使用人達の手引きを受けながら帰っているのでわからなかった。その使用人達も、今日は頼れそうにない。

（これを突っ切るのは、わたしみたいな小市民には難しいよ！）

門兵からアリアに取り次いでもらおうにも、お忍びスタイルのせいでなかなか自分だと気づいてもらえなかった。やはり自分から門兵に声をかけるしかなさそうだ。

「なあ、ライラお嬢様。今日寄るのはやめておいたほうがいいんじゃないか？　どうせアリアお嬢様は収穫祭で忙しいだろ。先触れを出しておくから、明日会えそうなら会えばいい」

「仕方ないなぁ……。疲れちゃったし、そろそろ宿に行こっか」

しかしダルクにそう言われ、ライラはしぶしぶ踵《きびす》を返す。人ごみに揉まれ、なんとか目的地の宿についたころにはすっかりへとへとになっていた。

ライラは気づかない。人波を縫うように進んでいるうちに、中途半端に開いていた鞄からぬいぐるみが落ちてしまったことに。

ライラは思い至らない。どれだけ頭がよくて従順に従うからといって、長時間狭い場所で身じろぎを許さないことが生き物にとってどれほどのストレスを与えるのか。

ライラは知らない。迷子になってしまった仔犬《フェンリル》が、ライラを探そうと必死に動き回っていたことを。

そのフェンリルは、ぬいぐるみ扱いされていたことによってずっと食事を与えられていなかった。ライラの気配を辿りつつ、足は自然と鼻孔をくすぐる香ばしい匂いのするほうへと向かってしまう。

ライラがしばらく前に暮らしていた場所。ライラがほんの少し前に立ち止まっていた門の前。その奥から漂ってくる、新鮮な血と肉の匂い。その誘惑は、フェンリルが鉄柵を越える理由となるのに十分すぎた。地面を駆ける小さな体躯は、門兵の視線をたやすくすり抜ける。

そして、ようやく愛しいライラと再会できたことでフェンリルは喜びに舞い上がった。けれど近づいてみれば、匂いが違う。姿かたちはライラそのものなのに、この女は一体誰なのか。主人を騙る忌々しい偽者を見て、飢えたフェンリルは怒りに任せて暴れ出す。まずこの偽者、それから周りのうるさいニンゲンどもで腹を満たそう。殺気を込めたフェンリルの咆哮の衝撃で、かけていた小型化の魔法が解けてしまったことだって、ライラの与《あずか》り知らないことだった。

　人間など簡単に殺してしまえるような危険な生き物を愛玩動物として可愛がっておきながらしつけを軽んじ、無責任に連れ回す。その行為が招いたものの顛末も、まだライラの耳には入らない。

「わたあめちゃんがいない……!?」

「何言ってるんだ、ライラお嬢様。あのフェンリルは雷鳴森に帰っただろ」

　ライラがいくら顔を青ざめさせて鞄をひっくり返しても、ふわふわのぬいぐるみは出てこない。ダルクの苦笑が返ってくるだけだ。本当のことを言えば絶対に怒られる。

「ああ、そういえば犬のぬいぐるみを持ってきてたな。あれをどこかに落としたのか？　なら、俺が探しにいってくる」

「う、うん、ありがと。でも、わたしも一緒に探すよ」

「歩き回って疲れただろ。お嬢様はここで待っててくれ」

「ダルクの言う通りですよ、ライラお嬢様」

　二人とも親切で言ってくれるのはわかるのだが、今は余計なお世話と言うほかない。どうかダルクの前でもわたあめちゃんがおとなしくしてくれますように。心の中で願いながら、ライラはダルクを見送った。しかし夜になってもダルクがわたあめちゃんを連れて帰ることはなかった。警官の詰め所にも問い合わせたが、それらしい落とし物はなかったらしい。謝られたが、ダルクが悪いわけではないので責めようがないだろう。

「残念だけど、見つからないものは仕方ない。帰ったら似たようなぬいぐるみを作るから元気出してくれよ」

「あの子じゃないとダメなの！　簡単に諦めて、そんなこと言うなんてひどい！」

わたあめちゃんはわたあめちゃんだ。代わりなんていない。八つ当たりとわかってはいても、あまりに冷たいその言葉に対して反論せずにはいられなかった。

「……ごめん、そうだよな。そもそも、お嬢様の大切なぬいぐるみの代わりなんて、俺に用意できるわけなかった」

ダルクはしょんぼりと肩を落とした。雨に濡れる仔犬さながらの様子に毒気が抜け、ようやく気づく。『アンまど』のエピソードの一つに、似たような話があったことを。

アンジェルカが幼い頃、大切にしていた人形をなくしてしまって泣き暮れていたことがあった。そんな主君を慰めるためにダルクは自作の人形をプレゼントして、アンジェルカはたいそう喜ぶのだ。その人形は子供の手作りらしく簡素なものだったが、アンジェルカは大きくなってからもそれを宝物として扱っていた。代わりのぬいぐるみを作るという発想がとっさに出るあたり、手先の器用さがうかがえる。原作でも現実でも、ダルクは物作りが得意だった。多分、今のダルクにぬいぐるみ作りをお願いすれば、まあまあのクオリティのものを贈ってもらえるだろう。

（わたし、もしかして何か間違えたんじゃ……？　で、でも、ただの人形とわためちゃんじゃ全然違うし。第一、わたしがアンジェじゃなくてもダルクは仕えてくれるんだから、この程度で嫌わ

れたりしないよね）

アンジェルカでない自分が、アンジェルカのような態度を取らないのは当然だろう。現実《いま》のダルクが選んだのはアンジェルカではない。彼が心酔しているのはライラだ。アンジェルカのことなんて知りもしない彼は、ありのままのライラを愛してくれる。だから、アンジェルカをなぞる必要なんてない。

（わたあめちゃんがいなくなって、ナーバスになってるのかなぁ。一体どこに行っちゃったの？）

失意にうなだれながら眠る。頭のいいわたあめちゃんのことだから、起きたらしれっと帰ってきてくれると信じて。

二日目の散策はわたあめちゃん探しに費やされた。アリアに訪問の申し出を突っぱねられたので、時間がたっぷり余ったのだ。よほどライラに商会の件で口出しされたくないのだろう。わたあめちゃんが消えて心がささくれだった今、あの話の通じない妹に構っている場合ではなかったので、むしろよかったかもしれない。

ダルク達を連れて市場を歩いていると、向こうの屋台の前に立っていた金髪の少女と濃灰色の髪の青年が何気なく目に留まった。屋台でリンゴの棒付きキャンディを買ったその二人は、ライラのほうに向かってくる。

「ッ！」

それは、アンジェルカとウィドレットだった。二人は幸せそうに笑いながら、一つのキャンディを食べ合っている。まずキャンディを手にしたアンジェルカがそれを齧り、ウィドレットに差し出せば少し背をかがめたウィドレットが次の一口をもらう。ずっとそれを繰り返すさまは、どこから

見ても仲睦まじい恋人そのものだ。

(人前であんなにベタベタして、恥ずかしくないのかな。わたしだったら絶対無理。この世界じゃそう珍しくない年の差なのかもしれないけど、ロリコンにしか見えないし)

呆れながら二人の様子をうかがう。アンジェルカはウィドレットにおどされて怯えきっているようにも、嫌々彼に付き合ってやっているようにも見えなかった。アリアが言っていた通り、本当に二人の仲は良好らしい。

「ライラお嬢様もリンゴのキャンディ、食べるか？　あれって綺麗だよな、お嬢様の目の色みたいで」

「う……うん」

何に目を奪われていたのか、ダルクは気づかなかったようだ。ごまかすために適当に頷く。アンジェルカ達も、変装しているライラには気づいていない。あの二人はアリアとは面識があるはずだし、もし気づいていたら声をかけられていただろう。

何も知らないダルクはライラのために屋台へ向かう。ライラは思わずその背中を凝視していた。ダルクはアンジェルカとすれ違った。けれどその視線がぶつかることはない。アンジェルカは傍らのウィドレットのことしか見ていなかったし、ダルクはまっすぐ屋台を見ていたからだ。ダルクはすぐに帰ってきた。前世で見慣れた赤色ではない、琥珀色のリンゴ飴を一つ手にして、ライラに差し出してくる。本当は、この飴のことは好きではなかった。齧ってみるが、やっぱり食べづらいし美味しくない。リンゴ自体の酸味はあるが、溶かした砂糖だかなんだかをべったりと纏わりつかせているせいでやけに甘ったるいからだ。

「ダルクも食べる?」

「いや、俺は大丈夫だ。お嬢様が召し上がってくれ。お嬢様のために買ってきたんだから」

「そんなこと言わないでよー」

一口食べればもう十分だ。あとはいらない。ダルクに押しつけると、ダルクは少し困ったようにしながらもキャンディを齧った。意外と気に入ったのか、黙々と食べている。

(ダルクに気づかないってことは、アンジェは転生者じゃないのかな? ダルクとアンジェは出逢っちゃっても何も反応しなかったし、アンジェはウィドレットと本当にうまくやってるみたい。ってことは、ウィドレットは反乱を起こさないかも!)

それは紛うことなき福音だ。ライラの努力で未来を変えることができたのだから。

(もしかして、ウィドアン派の転生者《ノーディス》も何かやってたのかな? ま、それでもダルクをアンジェに逢わせなかったわたしの機転あってのものだから、感謝してほしいけど)

元気が出てきた。アンジェルカ達のあの様子なら、悪の王弟一家が国家転覆のために暗躍することはないだろう。内乱は起きず、多くの人が死ぬこともない。ライラは悲劇の運命に勝ったのだ。

それに、ダルクも晴れてライラだけのダルクになったことが証明された。やっぱり、アンジェルカの模倣などしなくてもいいのだ。確かに最初の出逢いこそアンジェルカを真似たが、原作知識に頼る必要はもうなくなった。だって自分達には、これまで育んできた絆があるのだから!

(あー、よかったよかった。これならアリアとノーディスを別れさせる必要もなくなったし、全部丸く収まって無事ハピエンだね! ……でもやっぱりヤンデレ男の暴走は怖いから、お姉ちゃんとしてしっかり見張っておいてあげたほうがいいかも？）

地雷男《ヤンデレ》と地雷女《ぶりっこ》、しかも片方は身内。とても素直に祝福はできないが、せめて迷惑をかけられることがないよう祈ろう。厳しいことを言ってでも別れさせてあげたほうが、アリアのためになるかもしれない。恋は盲目とはよく言ったものだが、不健全な関係に溺れて泥沼にはまった恋愛依存症の人間を救い出せるのはいつだって冷静な第三者だ。とはいえ、多少痛い目を見たほうが、アリアも現実を知ることができるに違いない。アリアがいつまでも甘ったれなのは、ライラに守られていることに気づいていないからだ。アリアの傲慢さを増長させる、自分のこういうところがよくないのかもしれないと、ライラは自嘲気味にため息をついた。

そうこうしている間に、帰宅の時間が迫ってくる。本当はもっと長く街に滞在したかったのだが、泊まるところがないなら諦めるしかない。アリアの意地が悪くなければ、こんなことにはならなかったのに。もしそうだったら商会の利権について争う必要もなく、ちゃんとピスケス・コートに入れて、わたあめちゃんが見つかるまで探せていたのに。

過ぎたことを悔やんでも仕方ない。ライラは停車場に向かってとぼとぼと歩き出した。つがいなのか、路地の向こうで二匹の犬が寄り添っている。わたあめちゃんも、きっとこの地でたくましく生き延びて、あの犬達のような新しい幸せを見つけてくれるはずだ。

（新天地で幸せに暮すんだよ、わたあめちゃん）

空を走る飛竜車に乗って領都を見下ろす。このどこかにわたあめちゃんがいる。たとえ離れていても、見上げる空は同じものだ。この空の下でわたあめちゃんの幸せを祈っていれば、きっとまたいつか出会えるだろう。

秋も深まる王都で魔導学の研究集会が開かれるのは、研究の出資者である高位貴族に向けたアピールを兼ねているからだ。

ノーディスも個人的に自分達のポラリス商会の宣伝をしようと思っているので、これからしばらく王都に滞在するつもりだった。すでに卒業は内定しているし、最近の研究課題はもっぱらポラリス商会で取り扱う魔具開発を中心にしていたので、研究の一環として教授からもぜひ王都でさらなる協力者を募るよう言われている。大学にいる時のノーディスは研究室か図書館に籠もることがほとんどなのだが、師事している教授がフィールドワークと人脈形成の重要性を説いては遠慮なく送り出してくれる性格なので、最近はありがたく出かけさせてもらっていた。

（国中の有力貴族が一堂に会する社交期は、世論を操る絶好の機会だ。誰もがそれをわかっているから、普段以上に噂話に敏感になる）

そんな教授の助手として発表に参加し、その後の懇親会にも出席していたノーディスは、油断のない眼差しで会場を一瞥した。レーヴァティ家の聖女が主導している新事業の魔具について売り込み、雑談の体を装ってそれとなく収穫祭のフェンリル騒動について触れ回る。人々の食いつきは上々だ。

（ライラが個人で所有していたプレイアデス商会は、実質的にレーヴァティ家のものになった。私とレサト君の商会が買収したからね。これでもうライラはプレイアデス商会について何の権限もな

いし、個人資産の財源も失っただろう。何かと理由をつけて、今ある財産も奪えればなおいいんだけど）

ライラの財力を封じるのはただの嫌がらせ……というわけでもない。ライラ個人の資産があれば、それを元手にして再起される可能性があるからだ。ライラが返り咲けば、またアリアに危害を加えようとするかもしれない。それだけは避けなければ。

（そもそも、まだ親の庇護下にあるいち貴族令嬢が本当に自分一人の力で事業を立ち上げたなんて、ほとんどの人間は本気で信じていない。彼女がこれまで貴族にまったく顔を売ってこなかったのが幸いしたな）

ライラがいかに天才なのか、彼女に近しい者……レーヴァティ家の人間や、彼女と接する機会の多い商人や職人達はよく知っているだろう。ライラ・レーヴァティという少女の輪郭は、レーヴァティ領から広がる噂によって構成されていた。ライラが起こす奇跡を間近で見ている者達は、その奇跡が日常になりすぎていて気づけない。外部から見れば、ライラの有能さなんて実体の伴わないおぼろげなものでしかないことに。

ライラの評判は確かにいい。それはライラの打ち立てた功績と、非の打ち所がないアリアの所作のおかげだ。ライラが表舞台に立つとき、常にアリアがその代役をやっていた。ほとんどの貴族は、アリアを通してでしかライラ・レーヴァティを知らないのだ。けれどライラは、アリアに自分のふりをさせて挨拶だけやらせるのではなく、ライラ自身の言葉をもってきちんと外部の人間に向けて自分の成果と魔法の才能を宣伝し、有力者達に売り込むことでその幻想の補強をするべきだった。せっかく領外の有力貴族達も、彼女に興味を持っていたというのに。

（ライラの性格なら、時代を超越した天才の足を引っ張るのはいつだって古臭い常識に囚われたその他大勢の凡人だ、とでも言っていそうだな。だけどそこまでわかっていながら凡人を味方につけなかったのは、怠慢だと言わざるを得ないね。せめて自分の才能を過信しすぎないで、もっと優秀な参謀を右腕にしていれば、こんなことにはならなかっただろう）

これまでライラに袖にされ続けてメンツを潰されてきた上流階級の人間の数は、ライラの頭脳と才能を否定してその栄光を奪うには十分すぎた。レーヴァティ公爵が魔具開発事業の窓口として愛娘《ライラ》を指名した。ライラがこれまで積み重ねてきた功績は、ライラの箔付けために周囲の大人が用意したお仕着せの逸話でしかない。けれど姉妹のどちらを後継者にするか正式に決めたから、領地の事業を牽引する商会を統合させた——社交界での露出がほとんどない、謎多き才女。実家以外に後ろ盾を持たない彼女の名声は、彼女を快く思わない者達の思惑と圧力によって簡単に反転してしまう。

（恨むなら、これまで社交を全部アリアに押しつけて処世術をろくに学んでこなかった自分を恨むといい。アリアを生命の危機に陥れたんだから、社会的に死ぬ覚悟ぐらい決めてもらわないと）

フェンリル襲撃の黒幕はライラであると、すでにノーディスは結論づけていた。王都入りした時にまっさきにレーヴァティ公爵夫妻に会いに行き、収穫祭での事故をほのめかしたところ、わかりやすいぐらい顔色を変えたからだ。

「フェンリルが街に現れるはずがないでしょう。ただの大きな白狼のことを、大げさにおっしゃるのはおやめくださいまし」

そう言い切った公爵夫人の目の奥には、確かに怯えの色があった。けれどフェンリルそのものに怯えているわけではない。彼女が恐れているのは、フェンリルが現れた理由のほうだ。それは間違いなく、フェンリルがどこから来たのか知っている者の反応だった。

（ライラの謹慎先を選んだのはレーヴァティ公爵夫人だ。よその領地から嫁いできた夫人なら、過去に領地で起きた惨劇のことも、使われなくなったカントリーハウスのいわくについても知らないのも無理はない。この三十年は大きな被害も出ていなかったから、レーヴァティ公爵の確認がおろそかになるのも仕方ないことだろう。だけど……認識したうえで放置していたのなら話は変わる）

そしてレーヴァティ公爵夫妻は、あろうことかノーディスに沈黙を要求した。周囲の気を引きたがるアリアに付き合う必要はないからあまり騒がないでくれ、と。その場にノーディスもいて、フェンリルを倒したことはしっかりと伝えたのに。それでも口止めを試みるとは。フェンリルが突然現れてアリアを襲った事実を、よほど隠蔽したかったのだろう。あいにくと、ノーディスには夫妻の茶番に乗る義理などない。だから訳知り顔で「私がなんとか丸く収めますから、どうかお二人におかれましてはこの件について否定か沈黙を徹底してください」と伝え、それと同じ口で醜聞を広めている。

レーヴァティ公爵夫妻が、恥も外聞もかなぐり捨ててまで本当に隠し通したかったものは何か。それは娘達の不仲に他ならない。きっと彼らも、フェンリルの襲来はなんらかの方法であの怪物を手懐けたライラの仕業だと思っているのだ。結果的に何の被害も出なかったとはいえ、アリアを心配するでもなく、ライラのことしか頭にない。そんなレーヴァティ公爵夫妻の姿にはほとほと嫌気がさした。こうなった以上、その過失を徹底的にあげつらわなければノーディスの気は済まない。子供を守る気のない親なんて、果たして親と呼べるのだろうか。少なくとも、ノーディスはそう思わなかった。

そんなノーディスが投じた一石は、社交界に大きな波紋を呼んだ。危険なモンスターが突然街に現れ、いたいけな令嬢を襲った——新聞社までもが嗅ぎつけて、無責任な風刺記事を面白おかしく広めている。それを読んだ人々も、ああだこうだと勝手な憶測を囁いた。それがアリアへの侮蔑や嘲笑に発展しないよう、制御するのはノーディスだ。伊達にこれまで人当たりのいい男を演じてはいない。当人の婚約者である誠実な彼がそう言うのなら、と収められた流言の矛先は、もっと目に見えた瑕疵のあるほうへと向かう。表向きは婿入り先の悪い噂の火消しに奔走しているだけのノーディスに、レーヴァティ公爵夫妻は文句を言うことすらできなかった。だが、ノーディスが潰しているのは、嫉妬や野次馬根性が生んだアリア個人への誹謗中傷だけだ。社交界の花だったアリアは多くの貴族と積極的に交流していたこと、そして王女アンジェルカを後ろ盾《ゆうじん》としていることから、アリアを守るための印象操作は簡単に進めることができた。その代償として、レーヴァティ家の当主夫妻と長女の名誉は日に日に傷ついていったが。

フェンリル騒動など大げさなだけだと一蹴して以降その話題にまったく触れない公爵夫妻の姿を見た上流階級の人々は、「あそこまで認めないなら、よほど隠したい何かがあるに違いない」と下衆な勘繰りを始める。たとえ話のつじつまが合わなくても、陳腐な陰謀論《スキャンダル》が人を吸い寄せるのはレーヴァティ家の次期当主の謎を巡って人々が好きに噂し合っていたことからも実証済みだ。証拠は何もないため公の裁きにまで発展することはなかったが、いつしか「次期当主となったアリアに嫉妬したライラが暴走してフェンリルに彼女を襲わせ、家の名誉のためにレーヴァティ公爵夫妻はその事実を揉み消した」という噂がまことしやかに囁かれるようになった。公爵夫妻は、失った信用を取り戻すべく王都で精を出しているようだ。陰ながら笑いものにされ、義憤を燃やす者に疎まれていることに気づいていても、ライラのためなら頑張れるらしい。今ここで領地に帰れば十年前の二の舞いになる。ライラの将来のためにここは耐えて悪評の払しょくに動いたほうがいいと、二人の思考を誘導したのは他ならないノーディスだが。冬が始まる前に領地に戻られて、アリアの自由な時間を削られたくなかったのだから仕方ない。あっさりノーディスの手のひらの上で踊り出した二人も二人だ。どうしてその熱意の半分でもアリアのために注いでくれなかったのだろう。まったくもって理解に苦しむ。それほどライラが可愛かったのだろうか。

(それならそれで、その可愛いライラと一緒に倒れるといいさ。大丈夫、貴方達がいなくても私がしっかりアリアを守るから。……アリアを蔑ろにしたのは貴方達だ、いい大人なんだから自分の行動にぐらいきちんと責任を取れるだろう?)

大貴族の当主には二種類の人間がいる。一つは、その地位にふさわしくあろうと研鑽を重ねた人間。もう一つは、生まれながらにして得た地位に慢心して何もしない人間だ。積み重ねてきた歴史と財産という、安定しすぎた土台が後者の人間から貪欲さを奪う。その土台の上であぐらをかく者は、貴族として最低限持ち合わせるべき処世術ぐらいしか武器がないにもかかわらず、家の力を自分の力と錯覚しているから安穏と暮らしていられるのだ。ひとたび土台が揺らいでしまえば、その平和な日々はあっけなく手放さざるをえなくなる。それでもせめて心の底から善良であれば、ノーディスが付け入る隙はなかっただろう。アリアが悲しむことだってなかった。だから、すべてはレーヴァティ公爵夫妻の自業自得でしかない。

王都での扇動が十分な成果を見せ、商会の宣伝もあらかた済んだので、ようやくルクバト領に帰れるようになった。一番の獲物もレーヴァティ家に関心を見せている。あとは舞台の幕が開くのを待つだけだ。

イクスヴェード大学の構内にある大学寮に入り、やっと一息つく。ここ半月は暗躍にかかりきりだったので、アリアとのやり取りは手紙が中心だ。寂しい思いをさせていないといいのだが。週末にでもデートに誘って、これまでの遅れを取り返すべきかもしれない。

（アリアのために色々とやってるのに、そのアリアの心が私から離れたら意味がない。だからこれも必要なことなんだ。餌をあげる機会は大切にしていかないとね）

心の中で自分自身に言い訳し、ノーディスは何度も頷く。いくらアリアのことは尊重したいと思っているとはいえ、籠絡対象に本気になっているだなんて、まさかそんなことがあるわけないだろう。家族からの愛を与えられなかった孤独な少女を守りたいと思ったのは事実だが、そんな彼女に新しい家族として取り入ることでより自分の居心地がよくなると思っただけだった。だから、久しぶりにアリアと会えるからといっても、別に浮かれてなんていないのだ――！

早くアリアに誘いの手紙を書こう。寮のホールを突っ切るノーディスに声をかけてくる青年がいた。ユークだ。

「シャウラ君、俺の代わりに宣伝に行ってくれてありがとな」

「何事も適材適所ですから。レサト君こそ、私が不在の間も魔具開発に打ち込んでくれたでしょう？」

「べ、別に、楽しいからやってるだけだし。さすがにまだプレイアデス製ほどの品質のものは作れないけど、廉価版としてはかなり安定してきた。売り上げもいいしな」

「それは朗報ですね。やはり、貴方に声をかけたのは正解でした」

「プレイアデス製の魔具っていう完成品の見本があったからな。製法はなんの参考にもならないけど、目指す答えがわかれば必要な内部構造も組み立てられる。魔力を込めるんじゃなくて、魔法そのものを動作させるのは難しかったけど。プレイアデス製の魔具で一番独創的だった部分は、魔力を持たない人間でも扱えるってところだ。その着眼点自体は本当に画期的だから、なんとかそこまで再現したいんだけど、エンセルフィッガー方程式を実証して永久機関を作れればきっとできる。それだけじゃない。本当の『完成形』まで辿り着けるかもしれない」

ユークは早口でまくしたてる。楽しそうでなによりだ。

「アリア様が予算をたくさんくれたから、好きなだけ研究できるんだ。人手も都合してもらったし。おかげで色々実験できるし材料もたくさん揃えられた。シャウラ君、今度会ったらお礼を言っておいてくれ」

「わかりました。支援のおかげで研究が実を結んでいるとわかれば、アリアもきっと喜びますよ」

ユークの言葉通り、アリアは莫大な予算を都合してくれた。領地をあげての事業だからだろう。ポラリス商会を後援しているのはアリア・レーヴァティ個人ではなく、レーヴァティ家そのものだ。領主代行として、アリアはそれを示す書類にサインしてくれた。だからこそ、なんとしてでもふさわしい成果を出さなければならない。

「卒業の日も近くなってきましたが、これからどうするか決めているんですか？　もしレサト君さえよければ、このまま私と一緒にレーヴァティ領に行くのはどうでしょう。ポラリス商会の研究部門は、貴方抜きでは成り立ちませんから」

「お、俺も、実はそう思ってて……！　もっとこの新しい魔具について研究したかったんだ。ポラリス製の魔具はまだまだこれからだから。どうせ家は兄上が継ぐし、弟だっているから、俺が家を出たって問題ないし。好きなだけ開発に没頭できるレーヴァティ領で暮らすのも、悪くないよな」

ユークは嬉しそうに何度も頷いた。やはり持つべきものは優秀な友人だ。彼がいれば、きっとこの事業を成功に導けるだろう。


ノーディスが大学のあるルクバト領に帰ったのはつい昨日のことだ。彼がいないだけでタウンハウスも幾分静かに感じられる。その寂寥をごまかすように、ウィドレットは近侍に手渡されたばかりの朝刊を広げた。財政界の動向や市井の様子、そして面白おかしく取り沙汰される社交界。新聞は情報の宝庫だ。異母弟が刻んだ戦果も華々しく載っている。『名門公爵家の知られざる確執――虐げられる聖女に救済を』。実にいい見出しだ。

（レーヴァティ家のことはノーディスに任せていれば大丈夫そうだな。婿入り先の地ならしぐらい、もっと手伝ってやりたかったが。成長を実感できるのは嬉しいが、やはり少し寂しいものだ。……いや、処世術に関しては元々あいつのほうが卓越していたか。むしろ生徒は俺のほうだったな）

昔のことを思い出し、ウィドレットはくつくつと笑った。まさか自分がここまでノーディスに心を開くようになるとは、幼い頃は想像もしていなかった。あの頃は、母を奪った元凶達の子である彼を憎んですらいたというのに。

シャウラ公爵から一切の愛を得られず、正妻の座にありながら日陰に追いやられていた女性。そんな女性を母に持つウィドレットも同じように日陰の住人だった。家族間の交流はほとんどなく、申し訳程度についた使用人は何の役にも立たない。まともな環境も教育も与えられなかったウィドレットは、いつも目をぎらつかせて一人で必死に生きていた。

母方の祖父母がよこしたという教育係も、ウィドレットには匙を投げていた。幼いウィドレットはまだ知らなかったが、自殺に失敗して心が壊れてしまった母は、そのまま実家に連れ戻されていた。祖父母は憎い男の血を引くウィドレットのことまでは引き取ろうとしなかったが、シャウラ家を掌握するための駒とはみなしていたらしい。それにふさわしい木偶《でく》になるよう、彼らは教育係を通じて厳しいしつけとシャウラ家への悪感情だけ教え込もうとしたが、ウィドレットはそれにすらも反発した。

食事が与えられないので厨房を荒らして盗み食いを繰り返し、礼儀を教えられていないので誰であろうと牙を剥く。いつしかウィドレットは屋敷内でもすっかり問題児として定着し、とうとう使用人すらつかなくなった。けれどそのおかげで、誰もウィドレットのことを『幽霊の子』なんて呼ばなくなった。たとえ鼻つまみ者としてであれ、ウィドレット・シャウラという存在を認知してもらえた。

一方、ノーディスは違う。いつも使用人《おとな》に囲まれて、何の苦労も知らないように笑っているからだ。少なくとも当時のウィドレットはそう考えていた。ウィドレットが呼ばれることのない家族団らんの席にも、きっと彼は招かれているのだろう。そう思っていた。母親を独占しようとする父親の嫉妬心のせいで、両親の前に姿を見せることをほとんど許されていないなんて知らなかった。深く愛し合う父と後妻の間にたった一人しか子供がいない本当の理由なんて、もっと気づきもしなかった。愛した女が『母親』という聖なるものになったところを見たいという男の傲慢で生まれたはいいものの、子供なんて彼女の時間と関心を盗む付属物でしかないと気づかれて捨てられたなど、どうしてウィドレットに理解できただろう。

世界の悪意になんて触れたこともないような無垢な異母弟は、ただ純粋なふりをしていただけだった。その虚飾に気づかなかったのは、彼は愛をウィドレットにすら分け与えようとしていたからだ。おもちゃやらお菓子やら、そういうものを持って毎日のように遊びに来る。だからいつもドアの前で追い返した。後妻と同じ色の目をした異母弟と、まともに言葉を交わしたことは一度もない。眩しく輝く彼のことは、ずっと遠くで眺めていただけだった。

ノーディスのことが目障りで仕方なかった。彼と遊んでいる暇があったら、この渇きを満たせる何かを一つでも多く手に入れなければならないのに。けれどその飢餓の原因がなんなのか、ウィドレットにはわからなかった。魔力孔はあるのに体内にほとんど魔力がないことから、自分が魔力に関する欠陥を持っていることはなんとなく認識していたが、足りていないのは魔力だけではない気もする。

好きな時に好きなものを食べて、悪戯にかかった大人を笑い飛ばし、怒鳴り声と悲鳴に耳を澄ませても、一瞬の快楽は虚しさだけを連れてきた。何かをすればするほどに、見えない何かに追い立てられているような感覚を覚えた。それから逃れるために暴れて、また虚脱感に襲われる。悪循環だったが、これ以上どうすればいいのかわからなかった。

最初の転機が訪れたのは、七歳の時だ。今日は誰にどんな悪意をぶつけてやろうか考えていると、嵐が通ったかのように荒れた廊下に異母弟が倒れ込んでいた。禍々しいほどの光を帯びて輝く左目を押さえ、もがきながら苦しげにうめき声を上げている。その傍には絵本と、皿の破片とお菓子が散らばっていた。厨房からもノーディスの部屋からも遠いはずなのに。きっといつもの通り、ウィドレットに会いにこようとしていたのだろう。思わず名前を呼んで、おそるおそる揺すってみたら血を吐いた。驚いたウィドレットは、様子を見に来たのか近くを通りかかった父親と使用人を大声で呼んだ。愛されているはずの異母弟が死にそうなのに、大人は誰も助けに来なかった。普段ノーディスをちやほやしていたはずの使用人すらもだ。長男は当主からいないものとして扱われているが、次男に至っては当主から目の敵にされている。次男本人の愛らしさに負けて庇護はしていたが、越権行為を咎められて当主の不興を買ってしまわないか不安だったのだろう。異母弟が得ていた愛情がうわべだけのものでしかなかったことに、ウィドレットは初めて気がついた。そういえば、ウィドレットの部屋に来る時のノーディスは、何故かいつも一人だった。嫌われ者のウィドレットに使用人が近寄りたがらなかったからだと思っていたが、そうではなかったのだろうか。

弱々しく震えるノーディスの手に自分の手を添えたのは、特に何か深い考えがあったわけではない。苦しみを和らげることなど自分にはできないので、せめて震えを止めてやろうと思っただけだ。すると不思議なことが起きた。ウィドレットの手にある魔力孔が熱を帯び、ノーディスの魔力孔から放たれていた光が霧散していったのだ。それに伴ってノーディスの容態も落ち着いていく。魔法にならないままあふれ出た魔力が何か悪さをしていたのだと、遅ればせながら気づいた。廊下の惨状もそのせいだろう。

小声で「兄上の手、あったかいね」と微笑み、ノーディスはそのまま意識を失った。他人の魔力を奪って怒られることはしょっちゅうあったが、礼を言われたのは初めてだ。そんな奇特なことをする異母弟が信じられなかったし、今の言葉が感謝の言葉だと認識できた自分にも驚いた。

それ以来、二人はなんとなく一緒にいるようになった。遊びに来たノーディスのためだけにウィドレットは部屋のドアを開ける。二人でおやつを分け合って、日が暮れるまで同じ部屋で過ごすのだ。兄なのに文字もろくに読めないどころかまともな教養が何一つ身についていなかったことが悔しかったので、恥を忍んでノーディスに教えを乞うた。愛を与えられたのではなく与えさせた弟は、その成果を惜しみなくウィドレットと分かち合った。ノーディスの愛想のよさをもってしてもかわせない悪意があれば、生まれついての狡知でもってウィドレットが報復に出る。誤解されがちなウィドレットのために他人との橋渡しをするのはノーディスの役目だ。兄弟仲はまだぎこちなかったが、それでもうまく回っていた。「お前は利用できるから、俺の傍に置いてやる」……この言葉を喜ぶノーディスは、やっぱりちょっと変わっていたのだろう。

シャウラ家の嫡男としての自覚を芽生えさせて独学で教養を身につけたウィドレットに対しても、周囲の目は相変わらず冷たい。唯一、母方の実家は懲りずに接触を試みていたが、祖父母の傀儡になるつもりは毛頭なかった。そんなに当主にさせたいなら、支援を引っ張るだけ引っ張って踏み台にしてやる。ノーディスと比べられることも多々あったが、彼が大人達にかけられる猫なで声の固さも知っていたので平気だった。蔑ろにされる子供は自分だけではない。この小さな異母弟のことは、自分が守ってやらなければいけないのだ。ノーディスはウィドレットから母を奪った原因の一つだが、だからといってウィドレットの邪魔にはならない。彼は敵ではないのだ。兄上、兄上と無邪気に懐いてくる理由はいまいちわからないが、好意を向けられて悪い気もしなくなる程度にはほだされていた。

二度目の転機は、ウィドレットの十歳の誕生日だった。大人は誰もウィドレットの誕生日を祝うつもりなどないくせに、体裁がどうとか言ってパーティーが開かれた。年の近そうな少女が大勢招かれていたので、この中の誰かが婚約者候補なのかもしれない。子供心にもそう思ったが、別に興味はなかった。

「お兄ちゃんって、なんだかさびしそうね。ひとりぼっちがいやなら、わたくしがおともだちになってあげてもいいわよ」

それもこれも、パーティーが始まって早々に従妹だとかいう生意気な初対面の子供にそんなことを言われたせいだ。あの美しい深海の瞳がちらついて離れない。孤独が嫌だなんて誰にだって一言も言っていないし、そもそもそんな風に思ってもいないのに。どうしてあんなことを言われなければならないのだろう。

招待客が入れ代わり立ち代わり挨拶に来る間も、ずっと従妹のことを考えていた。あの目には一体何が映っていたのか。もっと彼女と話して、その思い違いを訂正させたい。自分は孤独ではないと、ちゃんとわからせてやりたい。パーティーの途中で見知らぬ少女にケーキを思いっきり顔に投げつけられても、ウィドレットは動じなかった。従妹のことで頭がいっぱいだったせいだ。

「兄上、本当に僕から何も贈らなくてよかったの？」

謎の少女が暴れたせいで服が汚れたので、一度下がって身を清める。それを済ませると、ついてきたノーディスが不安そうに声をかけた。頼んでもいないパーティーのせいで何かと慌ただしくて、それまで私的な会話がほとんどできなかったせいだろう。

——もしもこのとき、謎の少女の暴挙がなかったら。パーティーが終わるとすぐ、シャウラ公爵夫人は先妻の息子の無愛想さをあげつらって、彼の廃嫡と自分の息子の家督相続を夫に持ちかけていた。名君と言われた先代の王と同じ色の瞳をノーディスも持っていたことを理由に、まだ残っていた招待客も夫人に追随した。シャウラ家と近しいせいで、かつてのウィドレットの粗暴さを知っていた者達だ。赤い瞳はただの偶然だった。とはいえ、先妻がまだ妻の座にいたときに愛人との間に子供が生まれ、しかもその直後に先妻が死亡したと知られると外聞が悪い。そこで、赤い瞳はあくまでも父方の祖父から受け継いだものだということにされていた。

たとえ実の息子のことであれ、愛する妻の口から他の男の名前など聞きたくないシャウラ公爵は、夫人のそんな言動を夜に行う甘い罰の口実にしようと思った。だからその場で行われた名ばかりの会議を続けることを許した。そして、偶然それを聞いてしまった少年は、何もかもを奪われた憤りとこれからさらに失う恐怖に心を蝕まれ、行き場のない感情をか弱い異母弟にぶつけてしまう。『幽霊の子』は、どこまでいっても要らない子。その自覚は、おぼろげな愛を濁った情念に変えるはずだった。

けれど、大人達の話題は無礼な少女のことでもちきりだった。彼女に荒らされたせいでしらけた会場をとりなすために奔走したシャウラ公爵夫人は、その後にするつもりだった直談判の気力すら削がれてしまった。不出来な嫡男を嘲笑い、次期当主には不適格だと晒すためのパーティーだったのに。発端となる公爵夫人の訴えがなければ、次期当主についての話し合いの場も持たれない。だから、この時交わされた兄弟の絆の証を、瀆《けが》すものは何もなかった。二人の絆がもつれることはない。この世界においてただ一人運命《みらい》を知る少女の小さな羽ばたきは、確かに一つの悲劇をねじ曲げたのだ。

「ああ。面白い魔具を見つけてな。物を贈る代わりに、お前にやってほしいことがあるのだ」

気休め程度に前髪で魔力孔を隠していたノーディスに眼帯を差し出す。真新しい手袋を嵌め、ウィドレットはいびつに微笑んだ。大丈夫。彼からの愛が本物なら、きっと受け入れてくれる。

「兄上のお願いなら、いいよ」

それがどんな魔具かを説明しても、ノーディスはためらわなかった。母を足蹴にした女と同じ色の瞳が、ウィドレットを引き上げてくれる。従妹に報告しなければ。お前のその、何もかもを溶かしてしまうような目に映ったものはまやかしだと。お前に心配されずとも、自分は孤独ではないのだと。

「そうなの？　ならよかった。でも、やっぱりわたくし、お兄ちゃんのおともだちになってあげるわ。そしたら、もっともっとさみしくなくなるでしょ？」

天使のように笑う童女にぎゅっと手を握られて、心までも鷲掴みにされてしまったのはまた別の話だ。

（ワイバーンに直接乗るための服など持っていないのですが……普通の乗馬服で大丈夫なのかしら？）

アリアは小首をかしげつつ、鏡の前でターンする。少なくとも着こなしにおかしなところはなさそうだ。

今日は久しぶりにノーディスと会うことができる。何やら王都で忙しくしていたようで、収穫祭以降は手紙のやり取りばかりだった。そんな彼の顔をやっと見ることができるのだから、楽しみでないと言えば嘘になる。ただ、不安がないこともなかった。今日はピクニックに出かける予定なのだが、移動手段がワイバーンなのだ。ワイバーンが引く飛竜車ではなく、その背に直で乗るらしい。

フェンリル討伐に多大な貢献をしたノーディスの愛竜を称えているうちに、話がそんな風に転がっていってしまったのだ。アリアからワイバーンを褒めて関心を寄せてしまった手前、嬉しそうなノーディスに水を差すこともできない。手紙で行われた会話だが、彼のワイバーンへの愛情は文面からもよく伝わっていた。ワイバーンのことをよく知っている彼がアリアの騎乗を止めないというのなら、きっと乗っても大丈夫なのだろう。そう信じるしかない。

服装以外にも、ピクニックの用意は完璧だった。レーヴァティ家の料理人が腕によりをかけて作ったランチボックスは、彩りも鮮やかで栄養面にも気を配っている。そこにアリアの手作りのカップケーキを添えているので、ノーディスもきっと喜ぶだろう。

約束の時間に、空から白銀のワイバーンが舞い降りてくる。ノーディスとその愛竜だ。

「久しぶり、アリア。元気そうでよかった」

「ノーディスもお変わりないようで安心いたしました。ずっと貴方に会えなくて、わたくしとても寂しかったです」

ワイバーンから降りたノーディスはアリアをぎゅっと抱きしめた。蕩けそうな琥珀の瞳にノーディスだけを映し、アリアも甘えた声を出す。

「王都の様子はいかがでした？」

「それが、狩猟大会のフェンリルのことが噂になっててさ。収穫祭には領外からの観光客も多かったし、そこから話が伝わったのかな。たくさんの人が貴方のことを心配してたよ。本当に、誰も怪我がなくてよかった」

「まあ。もうそれほど広まっているだなんて」

今初めて聞いた、という風に驚いてみせるが、本当はもっと前に知っていた。アンジェルカとレーヴァティ公爵夫人から手紙が届いていたからだ。レーヴァティ公爵夫人からの手紙は冗長で、自己憐憫とうわべだけの母性が多分に含まれていた。過剰な装飾を取り払って要点を抜き出せばこうなる。『貴方の恥になるのだから、誰に何を聞かれても、これ以上虚言を言いふらしてはなりません。いい子のアリアなら、どうすればいいのかわかるでしょう？』と。

それは懇願だった。周囲の気を引こうと大げさな嘘をつく聞き分けのないアリアをなだめるというより、アリアを起点にしてこれ以上噂が広がらないようにするためのものだ。

この期に及んでアリアの主張を封じ込めたがるとは。どうやら公爵夫人は、何も学んでくれていないらしい。あるいは、それほどまでにアリアが下に見られているのだろう。アリアなんて、しょせんは自分の言いなりになる付属物としか思っていないのだ。悲しくて悲しくて、アリアは早速老エブラに相談した。領主の館がフェンリルに襲撃されても帰ってこないどころか、娘の身を案じもせずに捏造だと決めつける領主夫妻など、本当にこの領地に必要なのだろうか。

フェンリルの襲来は、これまでレーヴァティ家の中で行われてきたような、アリアだけを標的にしたライラとライラ派の使用人からの陰湿な嫌がらせとはわけが違う。多くの者が危険にさらされた。証人には、収穫祭以前はアリア派としての立場を表明していなかった者も含まれる。自分の使用人を言いくるめたアリアが必要以上に騒ぎ立てて被害者ぶっているだけだ、というお決まりの理論はもう通じない。ノーディスも教えてくれた。自分にも不利益が降りかかれば、人は自分のためにアリアの味方をしてくれるということを。その助言通り、老エブラは夫人の態度に難色を示した。

アンジェルカから届く手紙は、公爵夫人とは違ってアリアへの思いやりにあふれていた。王都でのレーヴァティ公爵夫妻の様子を尋ねれば、アンジェルカはかなり回りくどい表現を用いながらも彼らが孤立していることと、それがライラについてよからぬ噂が出回っているせいだということを教えてくれた。友人の家族を馬鹿にしてしまわないように、精一杯言葉を濁したのだろう。

わざわざ厳重に口止めを頼んできた公爵夫人。アリアの暗殺を目論んだと何故か噂されているライラ。この二つを合わせれば、公爵夫人の奇行の理由はすぐにわかった。きっと彼女も疑っているのだ。フェンリルの侵入はライラの手引きだということを。いつだってライラを優先させる公爵夫人は、ライラのためならば扱いやすいアリアに我慢を強いることなどなんとも思わない。

ちょうどライラからも、訪問の許可を求める手紙が連日届いていた。プレイアデス商会のことで話したいことがあるらしいが、忙しかったので一度も許してはいない。門の前で連日騒ぎ立てている少女がいると困り顔の門番が訴えてきたが、不審者なら早く警官に通報しなさいと答えてからは来なくなったようだ。屋敷内で突撃されないということは、元ライラ派の使用人は引き続きアリアに忖度することを選んだのだろう。特に忠義に篤い者はライラと一緒に西の辺境に行っているから、元ライラ派といえど日和った者しかピスケス・コートには残っていないのかもしれない。

ライラの対処に頭を悩ませる必要がなくなったのはいいことだ。おかげで報告書の閲覧に集中できた。プレイアデス商会というライラ個人の商会にレーヴァティ公爵が領地の予算を不正につぎ込んでいないか、その調査結果の確認もはかどるというものだ。

アリアがノーディス達に作らせたポラリス商会は、レーヴァティ領で領主が主導する正式な事業のためという名目で支援しているものだ。いわば公共事業の一環で、生まれた利益はアリアの懐には一切入らない。一方でライラが作ったプレイアデス商会は、領地の経済活動に多大な貢献をしているとはいえ、あくまでも民間の組織でしかなかった。プレイアデス商会が儲かれば儲かるほど、資本家《ライラ》の懐も潤うだろう。いくら領主の娘の商会といえど……否、領主の娘の商会だからこそ、一般的な補助金の域を超えて支給される金があってはいけなかった。もしその癒着が見つかれば、公爵もその長女も同時に失脚させられる。そう思っての調査だった。アリアほど黒い望みはなかっただろうが、不正そのものの可能性についてはノーディスも憂慮していたらしい。最初にアリアに調査の必要性を示唆したのはノーディスだ。そこで二人は情報を共有し、得た証拠の扱いについても一緒に考えることにした。

せっかく世論がアリアの味方をしてくれたのだから、やるべきことは一つだ。針の筵に耐えかねたレーヴァティ公爵夫妻が領地に帰ろうにも、公爵夫妻がフェンリル騒動をかたくなに否定していたことは狩猟大会に参加していた他の郷紳達にも吹き込んである。「我々を嘘つき呼ばわりするのか」と、みなたいそうご立腹のようだった。今さら領地に帰ってきたところで、怒りと失望の混じった眼差しに晒されるだけだろう。よもや領民の不興すら買っているとは思いもしていない領主夫妻は、一体どんな顔をして領地に帰ってくるのだろうか。自分達の人望のなさに恥じ入って、すぐさまアリアに家督を譲ってくれればいいのだが。

ノーディスの手を借りてワイバーンの背に乗る。太陽の光を反射して冷たく輝く白銀の鱗は、思っていたほど硬くない。なめらかできめ細かく、しっとりと手に吸いつくようなしなやかさがある。癖になりそうな触り心地だ。背を撫でてその不思議な触感を堪能している間、ノーディスは慣れた手つきでアリアをワイバーンに固定していく。

「ベルトはきつくない？」

「ええ。ちょうどいいですわ。ありがとう、ノーディス」

「空を飛んでいる間は、しっかり私に掴まっていてね。本当に無理だと思ったらすぐに降りるから、ちゃんと言うんだよ。風をじかに感じる分、飛竜車とは勝手が違うから」

そう言いながら、支度を終えたノーディスもワイバーンにまたがった。言われていた通り、彼の腰に手を回して背中にぎゅっとしがみつく。初めてワイバーンの背に乗って空を飛ぶ……その緊張以上に鼓動を早めるものがあることに気づき、アリアの頬がかぁっと赤くなった。けれど今さら離れられない。

「風で土埃が舞うから、少し目を閉じていたほうがいいよ」

忠告におとなしく従って目を閉じる。ノーディスがワイバーンに声をかけると、それまで恭しくかがんでいたワイバーンはゆっくりと起き上がり、翼を大きくはためかせた。身体そのものがふわりと浮かんでしまったような感覚に、思わず小さな声が漏れる。しかしそれは悲鳴ではなかった。

歓喜の響きを帯びた自分の声が信じられず、アリアはおずおずと目を開けた。いつの間にかワイバーンは地上をはるか遠くに置き去りにし、青空の下を悠々と飛んでいる。

「まぁ……！　ここまで遠くが見渡せるなんて……！」

眼下に広がる景色にアリアの視線は釘付けだ。何もかもが小さく見えて、まるで模型を見下ろしているかのようだった。赤く色づく木々や風にそよぐ黄金色の麦穂など、自然が織りなす絵画の美しさから目が離せない。

「空からの眺めは気に入った？」

「はい。まさかこれほど素敵だなんて。飛竜車で移動するときは、いつも窓にカーテンがかかっていましたの。こうやって地上を眺めたのはいつ以来かしら」

幼い日の記憶を紐解く。いつからあのカーテンは窓を覆うようになったんだっけ。

（確か……わたくしの淑女教育が本格的に始まったころからかしら。飛竜車に乗るたびにわたくしとライラが窓の外を見てはしゃいでいたものだから、淑女らしくない振る舞いをしないようカーテンが閉じられるようになったような）

それ以来、たとえどれだけ晴れた日であろうとぴたりと閉じたカーテンを開けるという発想はなくなった。無垢さの演出でいたいけな振る舞いをすることはあっても、度が過ぎればしつけもなっていないただの子供だ。それでは淑女としての在り方に反してしまう。だからアリアはいつだって、煌々と輝くカンテラに照らされながら前を向いておとなしく座っていた。けれど今は違う。アリアの視界を覆い、絶景を遮るものは何もない。この目に映るすべてがアリアのものだ。

「楽しんでもらえたようでよかったよ。アリアは高いところが好きなんだね」

振り返ったノーディスは柔らかく微笑んでいる。曇りなく輝く赤い瞳に思わず見惚れそうになりながら、アリアも笑みを返した。

「私はね、アリア。貴方の好きなものや嫌いなものをもっと知りたいんだ。だから、これからも一緒に探していこう？　何が好きで何が嫌いかわかっても、私はそれを否定しないから」

「……はい、ノーディス」

アリアはノーディスの背中に顔をうずめる。幼いころに落としてきた何か大切なものを、彼と一緒なら拾い集められる気がした。

目的地の山にはほどなくして着いた。赤く色づいた木々がアリア達を歓迎するようにそよめいている。泉の傍の開けた場所にワイバーンは着陸し、ノーディスの手を借りながらアリアも地上に降り立った。

「静かでいいところだね。空気も美味しいし」

「幼いころに、何度か家族で遊びに来たことがありますのよ。ぜひノーディスにも案内してさしあげたくて」

おぼろげな記憶を呼び覚ます。猪突猛進で独善的なところは昔からだったとはいえ、まだ奇行の目立つことのなかった姉は最高の遊び相手だった。なにせ生まれた時から一緒だったのだ。ライラのことは何だってわかっていると思っていたし、彼女だってきちんとアリアのことをわかっていると思っていた。

（ライラの後を追っていただけとはいえ、かけっこに水遊び……果ては木登りや虫取りまでやっていただなんて。今ではとても考えられませんわ）

無鉄砲な幼女だったころを振り返り、アリアは微苦笑を浮かべる。成長した今はとても同じことなどできそうにない。

姉妹の明暗が分かれる前のことだったから、公爵夫妻も優しかった。ライラに対する甘い諦めも、アリアに対する無責任な信頼もない。おてんばな双子の姉妹を見つめる両親の眼差しは温かかった。この幸福がずっと続くと信じていた。けれど、それは錯覚だった。出来の悪い子ほど可愛いとはよく言ったものだ。両親の愛はもう等分に注がれない。愛されるための努力などしなくてもライラの周りには人がいて、アリアはその踏み台にされる。ライラの分まで背負った宿命は、アリアが無垢のままでいることを許さなかった。

幸せな思い出を懐かしむのも今日で最後だ。ここに来たのは、あの日々を塗り潰すためなのだから。ワイバーンにくくりつけていた荷物を下ろしてラグを敷いているノーディスを見る。レーヴァティ公爵夫妻やその長女と最後にここに来たのは、十年も前のことだ。彼らと来ることはもう二度とないだろう。

「お待たせ、アリア。少しこの辺りを散策したら食事にしようか」

「ええ。この奥に、綺麗な花畑がありますの。ぜひノーディスにも見ていただきたいですわ」

差し出された日傘を受け取る。服に合わせて靴も歩きやすいものを履いているため、山歩きに支障はない。過去を掻き消すために、思い出の道をゆっくりと辿った。儚さのにじむ薄紫色が一面に広がる花畑を歩きながら、記憶を一つ一つ焼《く》べていく。アリアが足をもつれさせて転べばライラは手を差し伸べてくれた。ぐちゃぐちゃの花冠を放り投げたライラの頭に、自分で作った綺麗な花冠を載せてあげる。押し花の栞を両親へのお土産にするんだと二人して意気込んで、うまく作れずぼろぼろにしてしまったこともあったっけ。今のアリアには、もう関係のないことだけど。

（迷うことなどあるかしら。決別の時が来たという、ただそれだけのことですのに）

腕を組んだノーディスに見せる笑みは甘やかで、けれど過去を見つめる瞳は冷え切っている。親にも逆らえないような臆病者でいる時間はもう終わりだ。きっとこれが女公になるための最終試練。不要なものを切り捨てて、新しい人生を歩まなければ。ただ待っているだけではなく自ら掴みとってもいいことを教えてくれたのは、隣を歩くノーディスだ。家族と過ごした幸せな時間を、未来の夫と過ごす時間で上書きする。もうあの三人が入り込む余地などどこにもない。

他愛のない雑談に花を咲かせながら付近を歩いているうちに正午を迎えたので、アリア達は最初の場所に戻ってきた。ラグの上に座り、バスケットを開けて昼食の用意をする。ひき肉のパイや色鮮やかなサラダを取り分け、ローストビーフに舌鼓を打つ。デザートはもちろんアリアのカップケーキだ。季節の果物を飾ったケーキは見た目も愛らしく、アリアの自信作だった。

「アリアの手作りのお菓子を食べられるなんて、私は世界一の幸せ者かもしれないな」

「もう。大げさな方ですこと」

ノーディスが真面目な顔で言ってのけるので、恥ずかしげに目を伏せる。内心では勝利の高笑いが止まらない。

「でも、本当にそれぐらい美味しいんだ。私の聖女様は、この素敵なカップケーキに一体どれだけの祝福を込めてくれたんだろう」

「ノーディスに喜んでもらいたかっただけですわ。それほど美味しそうに召し上がっていただけるなら、わたくしも作ったかいがありました」

素直な称賛が胸に温かな光を灯す。こみあげてくる嬉しさは心からのものだった。もっと、もっと褒めてほしい。アリアを見て、アリアのことを認めてほしい。ノーディスは、その願いを叶えてくれる。アリアはノーディスに寄り添い、彼の手の上にそっと自分の手を重ねた。満たされた思いのまま、景色を眺めてとりとめのない雑談に興じる。小春日和のうららかな昼下がりと満腹感の心地よさ、そしてなにより安心感を与えてくれる人。ぬくもりを感じているうちに、いつの間にかアリアのまぶたは琥珀の瞳を覆い隠していた。

「おはよう、聖女様」

次にアリアが目を開けた時、真っ先に目に入ったのは眼前に広がる泉だった。頭上から聞こえる声につられて顔を上げる。微笑むノーディスが、読んでいた本を閉じたところだった。アリアの身体にはノーディスが羽織っていた薄手のコートがかけられている。ノーディスの膝の上で寝かされていたことに気づき、アリアは顔を赤らめた。

「ご、ごめんあそばせ。重かったでしょう」

「そんなことはないよ？　むしろ、もう少しこのままでもいいと思うぐらいだ」

ノーディスに優しく頭を撫でられて、覚醒しかけたアリアはまた穏やかな眠りの世界に引き戻されそうになる。撫でてくるノーディスが悪い。そんな風に甘やかされたら、頭がふわふわしてしまう。だからアリアが起き上がれないのは、全部ノーディスのせいだ。

「アリアはいつでも一生懸命だからね。たまにはきちんと休まないと。もちろん努力家なのは美点だけどさ」

「……わたくしが努力をしていると、そう思ってくださいますの？」

「当たり前じゃないか。アリアは誰よりも頑張り屋さんだよ。領地のことも領民のことも真剣に考えて、次期公爵にふさわしい振る舞いも身につけたじゃないか。影の努力を悟られないように、なんでも自然に美しくこなせるように見せるには、それ自体にも才能と練習が必要だ。貴族たるもの常に正しく完璧であらねばならない……そんな姿がよしとされるけど、貴方ほどそれを徹底できている令嬢はいないよ。誰にでもできることじゃない」

「……」

「きっと小さいころから、なんでも真面目に打ち込んできたんだろう？　刺繍も楽器も、お菓子作りも、練習しないと身につかないことだ。あそこまで卓越するには、長い時間をかけないといけない。つらいこともたくさんあっただろうに、よく投げ出さなかったね。偉いなぁ」

「……わたくし、刺繍は苦手でしたのよ。ずっと針で指を刺してばかりで、けれど、上手にならないといけなくて、だって、鞭のほうが痛いから……」

アリアの頬を涙が伝う。それを丁寧にぬぐい、ノーディスは言葉を続けた。

「貴方からもらったハンカチは大切にしているよ。貴方の刺繍はとても綺麗だ。誰彼構わず見せびらかして、私の聖女様が私のために施してくれたんだって触れ回りたいぐらいにね。……貴方は刺繍が嫌いかい？」

「……わかりません。好きでも嫌いでもないのです。確かに特技ではありますが、本当は趣味にしているわけではないのですから。ですが……だからといって刺繍を取り上げられたら、自分の存在意義を否定されてしまったような気がします」

「そうだよね。だから私は、刺繍なんて二度としなくていい、とは言わないよ。たとえ経緯がどうであれ、アリアが磨いた技術と費やした時間は本物なんだから」

静かに涙をこぼすアリアの奥には、ずっと泣きじゃくっていた幼い少女がいる。ノーディスの言葉は光明となって彼女すらも照らし出した。

「私も、今の貴方を貴方自身に否定してほしくないんだ。過去の貴方があってこそ、今の貴方がある。アリアが本当に嫌だと思ったことなら、捨ててしまってもいいと思うけど……苦痛を乗り越えたうえで得た力だと思えるのなら、どうか大事にしてほしい」

小さく頷いて、アリアは潤んだ目でノーディスを見つめる。ノーディスはアリアが弱い部分を見せても失望しない。アリアを受け入れてくれる彼に、どうしても尋ねたいことがあった。

「もしもわたくしが、貴方の思うような淑女ではなくても……貴方は、わたくしを愛してくださいますか？」

「もちろん。私は、貴方が完璧な淑女だから惹かれたわけじゃない。たとえどんなアリアでも、私の愛するアリアなんだ。私がまだ知らない貴方のことも含めて、貴方のすべてを受け止めよう」

ノーディスの言葉が心に溶けていく。安らぎに誘《いざな》われ、アリアは再び目を閉じた。

番外編　ヨランダの一日

「おはようございますっ」

「おはよう、ヨランダ。今日も元気そうね」

ヨランダの朝は早い。主人であるアリアが目覚める前に起きなければならないからだ。ヨランダは元々早起きが得意だったたし、秋の穏やかな気候のおかげで寝覚めもいい。

動きやすいコットンのワンピースと麻のエプロンを身に着けてきっちり髪を結い上げたヨランダは、先輩メイドに挨拶してから厨房に向かった。アリアのための目覚めの紅茶の用意が、朝に行う最初の仕事だ。最初はもたついたティーセットの支度も、今ではずいぶん手際よく行えるようになった。おかげで領主の館に来てからも、この役目を外されたことはない。

厨房ではキッチンメイドが朝食の下ごしらえにいそしんでいる。彼女達を飛び越えるように裏口に目をやると、配達に来ていた肉屋のテオが見えた。目が合って微笑まれ、ヨランダの表情も思わず緩む。

（はっ！　だめだめ、今はお仕事に集中しないと！）

ただでさえそそっかしいのに、あの同い年の優しい少年に心を奪われていればどんなへまをするかわからない。ヨランダは慌てて目の前の仕事に意識を集中させた。ひとたびティーポットを持ち出してお湯と茶葉の用意をしたら、もう絶対に目を離さない。たとえ誰に呼ばれたって持ち場を離れてはいけないと、ヨランダは自分に言い聞かせていた。ここはレーヴァティ領の領主の館であり、王都のタウンハウスとは違って意地悪な先輩使用人などいないことはわかっている。それでも、嘘の用事でヨランダを呼んでティーポットにひどい細工を施した先輩達のことは、苦い失敗としてヨランダの心に刻まれていた。

（アリアお嬢様に、美味しく召し上がっていただけるといいんだけど）

顔を洗うための温かいお湯を張ったボウルとタオルも一緒にカートに載せて、ヨランダは足早にアリアの部屋に向かう。深呼吸をしてドアを優しく叩き、ドア越しに朝の挨拶をする。返事はまだない。どうやら今日もちゃんと起床時間に間に合ったようだ。なるべく音を立てないよう静かにアリアの部屋に入り、カーテンを開ける。朝の陽ざしは気持ちいい。アリアの部屋からは、手入れの行き届いた庭園がよく見えた。太陽の光を反射してきらきら輝いている噴水を、ヨランダは密かに気に入っていた。窓の外に広がる広大な緑は、都会では中々味わえない贅沢だ。

「おはようございます、アリアお嬢様」

「……おはよう、ヨランダ」

朝の景色に浸るのもそこそこに声をかけると、アリアはすぐに目を開けて上体を起こした。たとえ寝起き姿であっても、ヨランダのお嬢様は美しい。貴族のお嬢様というのはみなこうなのだろうか。内心で感嘆のため息をつきながら、ヨランダは恭しくボウルとタオルを差し出した。アリアが顔を洗っている間に紅茶を注ぐ。ふわりといい香りが漂った。

ティーカップを手にしたアリアは、その香りも味わうようにそっと目を閉じた。ヨランダの淹れた紅茶を、敬愛する女主人が口にしている。毎朝のこととはいえ、いい意味で緊張する時間だ。どきどきしながらアリアの様子をうかがう。ヨランダの視線に気づいたのか、アリアは目を開けてヨランダを見た。その口元は優しげにほころんでいる。言葉はなかったが、それ以上は不要だった。ヨランダの心臓がもたないからだ。

（アリアお嬢様に喜んでいただけた！）

ヨランダの頬が一気に赤くなる。アリアが目の前にいなければ、飛び上がって歓声を上げていたところだ。日に日にメイドとして認められていくことに、ヨランダはかけがえのない喜びを感じていた。大貴族のご令嬢とはいえ一歳しか年の変わらない少女に仕えることに、反発を覚えたことはない。孤児のヨランダは十一歳の時から様々な家や商店を転々としながら下働きだの御用聞きだのといった仕事をしてきたので、主人と使用人の間にある絶対的な隔たりを理解していたからだ。

レーヴァティ家は、これまでヨランダが出入りしていた職場の中でもっとも大きくて裕福な家だ。だからそこのお嬢様もこれまで見てきた主人一家の子供達以上に我儘なのだろうと思っていた。だが、いざ会ってみたアリアはヨランダが予想していた人物とはかけ離れていた。失敗続きのヨランダを折檻やきつい言葉で責め立てないし、体調まで気遣ってくれる。まさか貴族令嬢のアリアが、メイド同士のいじめに気づいて対処してくれるとは思わなかった。元々タウンハウスで雇われたメイドなのに、ヨランダの希望を叶えて領地にまで連れて行ってくれるという厚遇ぶりだ。その好待遇に応えられるものがあるとすれば忠誠心だけだろう。アリアに心酔しきったヨランダは、いっそう忠実にアリアに仕えるようになった。それに、テオに出逢えたのもアリアからレーヴァティ領行きを許可されたからこそだ。なおのこと感謝の念が募る。

（あたしがこのお屋敷に来た時はそうでもなかったけど……このお屋敷でも使用人がアリアお嬢様派とライラお嬢様派で対立してたなんて信じられない。もしライラお嬢様派のほうが優勢でも、あ

たしは絶対アリアお嬢様についていくんだから）

目覚めの紅茶を飲み終えたアリアが朝食に向かったので、ヨランダは合流した他のメイド達と一緒にアリアの部屋の掃除を始めた。ベッドを綺麗に整えて、部屋の空気を入れ替える。窓から吹き込む秋の穏やかな風が心地いい。

「ヨランダ、あまり長く開けておかなくていいわよ。突然強い風が吹いて花が散ってしまうようなことがあったら、アリアお嬢様が悲しんでしまわれるもの」

「はっ、はいっ！」

先輩から忠告を受けたので、ほどほどのところで窓を閉めて花瓶の様子を確認する。サイドテーブルに飾られた、白とピンクのダリアの花は変わらない愛らしさを誇っていた。花びらを一枚も散らせずに済んだことに、ヨランダはほっと胸を撫でおろす。

（ノーディス様から贈られたばかりのお花だもん。すぐに散っちゃったら、きっとアリアお嬢様はがっかりなさるよね。お花が届くたび、あんなに嬉しそうにしてらっしゃるんだから）

この花を飾ったのはヨランダだ。昨日届いた花束を見せた時のアリアの様子は鮮明に思い出せる。アリアは歓喜に目を輝かせ、愛おしげにダリアを見つめていた。うっとりと頬を染めるその姿は同性のヨランダですら見惚れざるを得ない。ノーディスという献身的な崇拝者がいるのも当然のことだろう。

（喜んでるアリアお嬢様、すごくお可愛らしかった。アリアお嬢様の笑顔を見ると、あたしまで幸せな気分になっちゃう。恋っていいなぁ……。いつかあたしもあんな風に……）

アリアに自分を重ねるのはあまりにおこがましいが、それでも夢想は抑えられない。いつかテオへの小さな恋心は成就するだろうか。来月の月末には何か大きなお祭りがあるらしいので、せめてそれにテオを誘うだけの勇気が欲しい。理想的な恋人達にあやかりたい一心でダリアに祈りを捧げるヨランダを、先輩メイドは微苦笑交じりに見守ってくれた。


「今日はお友達がいらっしゃるから、決して失礼のないようにしてちょうだいな」

「かしこまりました、アリアお嬢様」

朝食から戻ってきたアリアに告げられ、ヨランダは勢い込んで頷く。アリアが友人を招いてお茶会をするというのはあらかじめ聞かされていた予定なので準備は完璧だが、やはり当日になると気が引き締まる思いだ。

（ええっと……今日いらっしゃるのは確か、大商会のご令嬢のミディー様と、男爵令嬢のキア様。それから、市議のご令嬢のジュリナ様だっけ。大丈夫、大丈夫。粗相のないようにしないと）

領主の館にやってきてから、アリアが主催するパーティーはヨランダも何度か経験した。初めて味わったのが領地中の有力者を招いた大規模なガーデンパーティーだったおかげで、度胸はついた……と思いたい。

今日やってくる三人の令嬢は、友人達の中でも一番アリアと親しいらしい。少なくともヨランダはそう認識していた。アリアにはたくさんの友人がいて、いつも彼女達に囲まれているが、その中でもこの三人はよくアリアの傍にいたからだ。

お茶会は午後二時から。それまでアリアは家に届けられた手紙に返事を書いたり、執政院で役人達の話を聞いたりとせわしない。せめて助けになればと、息を殺したヨランダは影のようにぴたりとくっついてアリアの動向をうかがう。紅茶も換えのインク壺も、主人に求められる前に差し出さなければいけないというのは先輩の教えだ。さすがアリアに仕えるメイドというだけあって、先輩達の仕事ぶりは目を見張るものがある。ヨランダはまだまだその域に達することができていないが、傍に置いておくことに不快感を覚えられていないのなら御の字だろう。

軽い昼食の後に午後の召し替えを済ませ、お客様達がやってくる。　彼女達が持つ高貴な少女特有の華やかさも、もっときらびやかなアリアと日ごろ接しているヨランダにとっては気後れするほどのものでもない。先輩達の教え通り空気に徹し、会話に花を咲かせる令嬢達の邪魔にならないように、かといって不便さも感じさせないよう近くに控える。ヨランダは普段の気高く凛とした主人を見慣れているので、友人達と一緒にいる時にアリアが見せる年相応の表情はいつ見ても新鮮だった。

（でも、それもそうだよね。こんな風に思うのは失礼かもしれないけど……アリアお嬢様だってあたし達と同じ、普通の女の子なんだから。友達とお喋りしてれば楽しいし、好きな人と一緒にいれば嬉しいし、美味しいものを食べたら幸せだし！　それでもちゃんと切り替えて偉い人の前でも堂々とできるなんて、やっぱりアリアお嬢様ってすごいなぁ）

そんなすごいお嬢様に仕える自分まですごくなった気分……だとは思わない。今の幸運があるのは、決して自分の力のおかげではないのだ。

（アリアお嬢様のメイドにふさわしいって思ってもらえるように、あたしももっと頑張らないと。早く先輩達に追いつきたいなぁ）

談笑に興じる令嬢達の様子をそっとうかがう。輪の中心はもちろんアリアだ。三人の少女達から親愛と尊敬の眼差しを向けられるアリアを見ていると、なんだかヨランダまで誇らしくなる。

お茶会は終始和やかに進み、日が暮れたのでお開きになった。どうやら三人は誘い合わせてミディーの家の馬車に乗って来たらしく、帰る時も三人一緒だった。小耳に挟んだだけなので詳しくは知らないが、キアの家はあまり裕福ではないようで、それが関係しているのだろうか。

「大変！　ミディー様ったら、ハンカチを忘れてらっしゃるわ。ヨランダ、悪いけど届けに行ってくれる？」

「はい、ただいま！」

先輩に託《ことづ》けられて、ヨランダは弾かれたように背筋を伸ばした。レーヴァティ家の使いということで馬車を出してもらい、それに乗ってミディーの家を目指す。ミディーの家に着くと恭しく出迎えられた。

「わざわざレーヴァティ家の方に届けていただけるなんて。本当にありがとうございます」

「いいえ、それほどのことでは」

「よろしければお茶はいかがです？　このままお客様をお返ししては、当家の名折れですもの」

領主の館ほどではないとはいえ、ミディーの家も豪邸だ。ミディーの家の女中頭にそう申し出られて恐縮しないでもないが、こういう時に固辞するのは逆に失礼らしい。それに、他家の使用人の仕事ぶりも気になる。結局、ヨランダはありがたくその申し出を受け入れることにした。

（普段は人をもてなす側だから、もてなされるのは緊張しちゃうなぁ……）

そのまま応接室に通される。この家も領主の館と同じように、何部屋もの応接室があるらしい。美味しいお茶を堪能し、さて帰ろうと廊下を歩いていると、不意にどこかの部屋から少女の軽やかな声が聞こえた。

「そうですわよね！　それに、今日のアリア様……」

（アリアお嬢様のお話!?　この声……ジュリナ様？）

三人で同じ馬車に帰ったついでに、ミディーの家に寄ったのだろうか。ヨランダは思わず足を止めた。不作法だとはわかっているが、聞き耳を立てずにはいられない。どうやら少し先の部屋から聞こえるようだ。

「レッドスピネルのブローチを身に着けてらっしゃいましたわ！　これはもう、アリア様ご自身があの男をお認めになられたということでしょう？」

「だから大丈夫だとわたくしは最初から言っていたじゃない。ただの軟派な優男にあのアリア様がお心を委ねるわけがないもの！」

「でも、わたし達のアリア様がぽっと出男に奪われるのは悔しいです……。アリア様を幸せにしてくださる旦那様候補が現れたのはとってもいいことなんですけどぉ、それとこれとは話が別ですからぁ！」

自信満々なのはミディーの声で、涙声はキアのものだ。やり玉に挙がっているのはきっとノーディスだろう。

「安心なさいキア。アリア様を奪われると思うからいけないのよ。たとえ結婚したってアリア様がわたくし達とのお付き合いを変えるようなことは絶対にないわ。もしアリア様が他人の影響でわたくし達を友人と呼んでくれなくなるような方だったら、とっくにわたくし達など切り捨てられているでしょう？」

「それは本当にそうですねぇ……。没落寸前の名ばかり貴族のわたしなんて、本来ならアリア様とご挨拶もできない立場ですから」

「ミディーさんのお祖父様《じい》が亡くなって商会が大きく傾いた時も、アリア様は決して態度を変えませんでしたものね。強硬派の市議《ちち》のことでいじめられていたわたくしにも、いつも優しく手を差し伸べてくださって。アリア様が間に立って守ってくださったおかげで、今のわたくしがあると言っても過言ではありませんわ」

「アリア様がいてくださったから、わたくし達は救われたのよね。たとえ誰が離れていってもアリア様だけは絶対にわたくしを見捨てないってことに、どれだけ勇気づけられたか。そんなアリア様に素敵な恋人ができたのなら、応援するのが友人じゃないかしら」

「うぅ、わかりましたよぉ。でも、アリア様のお友達だからこそ……あの男がアリア様を悲しませるようなことがあれば、相応の報いを与えないといけませんよねぇ？」

キアの言葉に二人の少女から返事はなかったが、何やら凄みを感じさせる黒い笑い声が聞こえた。

……今の話は聞かなかったことにしよう。多分そうしたほうがいい気がする。ヨランダは軽やかな足取りでミディーの屋敷を後にした。

領主の館に帰ると、なにやらアリアの機嫌がよさそうだった。どうやら夕方の郵便配達で、またノーディスから贈り物が届いたらしい。異国の珍しい詩集だそうだ。

（やっぱりお二人は、あたしの理想の恋人だなぁ。愛されてるってなんて素敵なことなの！）

アリアが喜んでいるとヨランダも嬉しい。どうかアリアの幸せがずっと続いてくれますように。

――熱心に愛を告げる崇拝者に対して、プレゼントを抱きしめた女主人が「わたくしの目論み通りですわ！」と夜な夜な勝利の高笑いを上げていることなんて、ヨランダには知る由もなかった。

傲慢令嬢と腹黒貴公子の、打算から始まる騙し騙され恋模様 1

*本作は「小説家になろう」（https://syosetu.com/）に掲載されていた作品を、大幅に加筆修正したものとなります。
*この作品はフィクションです。実在の人物・団体・事件・地名・名称等とは一切関係ありません。

2024年3月20日　第一刷発行

著者 …………………………………… ほねのあるくらげ
©HONENOARUKURAGE/Frontier Works Inc.
イラスト ………………………………………………… 八美☆わん
発行者 ………………………………………………… 辻 政英
発行所 ……………………………… 株式会社フロンティアワークス
〒170-0013　東京都豊島区東池袋3-22-17
東池袋セントラルプレイス5F
営業　TEL 03-5957-1030　FAX 03-5957-1533
アリアンローズ公式サイト　https://arianrose.jp/
フォーマットデザイン …………………………… ウエダデザイン室
装丁デザイン ……………………… 鈴木 勉（BELL'S GRAPHICS）
印刷所 ……………………………………… シナノ書籍印刷株式会社